확률론적 외톨이 모형

확률론적 외톨이 모형 SF

이신주 소설집

아작

이 세계 귀환담 ———————————— 7

2집 ———————————————— 83

미완의 삶 ——————————— 125

부분점수 ————————————— 141

식후경 ——————————————— 165

유한무한 ——————————————— **207**

밀실진담 ——————————————— **229**

작은 발걸음 ————————————— **267**

확률론적 외톨이 모형 ——————— **313**

작가의 말 ——————————————— 343

이 세계 귀환담

● 초고 2018년 6월 28일

폭탄이 터지고 사방이 껌껌해졌다. 군인은 죽고 서류 가방이 펼쳐졌다. 나뒹군 내용물이 여자아이 앞에 떨어졌다. 부지불식간에 그녀의 손길이 그곳으로 향했다. 오로지 그것을 막기 위해 유구한 세월을 바쳐 온 뒤였다.

그로부터 전날 밤의 수십 년 뒤 미래에서, 영남은 근무 중이었다.

＊

영남의 이름 석 자에는 거창한 울림이 없었다. 애석하게도 거창한 뜻 또한 없었다. 영남을 보살핀 사람은—낳은 사람이 아니었다는 사실에 유념하라—TV 드라마 〈전원일기〉의 올망졸망한 영남이를 귀여워했고, 큰 고민 없이 그 이름으로 아기의 정체를 규정지었다. 아기가 말을 익히고 철이 들 때쯤 〈전원일기〉는 이미 사람들의 추억 한편으로 물러났다. 그런즉슨 영남은 의미를 잃은 이름으로 자신의 삶을 살았다.

지금의 영남은 크다고 할 수 없는 도시에서 꼭 필요하다고 말하기 힘든 일을 맡았다. 영세한 지방자치단체가 저출산의 물결을 맞아 할 수 있는 일은 제한적이었다. 출산장려금 정책이 돈만 챙긴 후 유유히 시 경계를 넘는 사람들을 발생시키자, 자포자기한 지방자치단체들은 행정조직의 명함을 단 이들이라도 늘려 각종 교부금을 빨아먹으려 했다. 그래서 지금 영남의 일처럼, 마음 한 구석이 간지러운 직책이 대폭 생겨났다.

"계세요? 시청에서 나왔습니다."

영남은 땀을 훔치며 말했다. 날이 더웠고, 땀방울도 둥글게 빚어질 힘이 없어 성의 없는 모양으로 피부를 덮었다. 영남은 예수보다 더 나이를 먹었을 것 같은 초인종을 내버려두고 양철 대문을 두드렸다. 암녹색 페인트 조각이 발치를 나뒹굴었다. 안에서 퀴퀴한 냄새와 더불어 인기척이 들렸다.

"뉘시ㅠ?"

저 '뉘슈'도, '뉘시오'도 아닌 오묘한 발음.

"전기 문제 땜시 오셨나?"

"시청에서 나왔습니다. 근데 전기 문제는 아니고요."

영남은 서류의 용어를 가능한 한 정확히 사용하려 노력했다.

"귀댁에 고등교육 진학연기자가 한 분 있죠? 2년 전에 XX중학교 졸업한?"

영남은 그러나 정작 자신이 정확히 무슨 일을 하는지는 몰랐다. 놀랍게도 누구도 몰랐다. 그냥 그럴듯한 느낌이 그 자리를 만들었고 인력을 채워 넣었으며 매월 꼬박꼬박 봉급까지 먹여주었다. 겉으론 일단 급감한 학령인구 모집을 위해 민간과 직접 접촉하여 진학을 유도하는 임무였지만, 영남은 자기 일이 달동네 탐험가에 더 가깝다고 생각했다.

영남이 몸담은 지방자치단체는 영세할 뿐만 아니라 한마디로 후졌다. 세간에서 흔히 부르는 지잡대란 것조차 없는 동네, 호젓한 2차선 도로를 굽이굽이 지나다 보면 반려동물 장례식장이나 화장터 건설을 결사반대한다는 현수막만 간간이 눈길을 사로잡는 동네, 영남의 고향은 말하자면 그런 벽촌이었다.

가파른 산에는 어김없이 푸세식 화장실이 딸린 판잣집과 신선한 시멘트에 장판 한 장 깐 쪽방이 들어섰고, 밤이 되면 울먹이는 어린아이처럼 부연 나트륨등이 동네를 집어삼켰다. 바깥의 침입을 막는 대신 내부의 탈출을 막는 데 더 공을 들인 것 같은 투박한 담장이 구불구불하게 이어져 스스로를 휘감고 가두었다. 그리고 그런 곳에서는 비록 21세기라고 해도 '고등학교에 가고 싶다고? 배부른 소리!' 같은 말이 흔했다. 그러니까 단도직입적으로 표현하면, 영남의 일은 생계유지가 곤란해 아이도 돈을 벌어야 하는 가정에 찾아가 공립교육의 필요성을 설파하는 것이었다.

대부분의 경우 좋은 소리는 듣지 못했다.

"쓸데없는 소리 하지 말고 썩 가쇼!"

"젊은 양반이 대낮에 할 일이 없어서….."

네. 맞아요. 할아버지. 저는 할 일이 없어서 이러고 있답니다. 그런데 그거 아세요? 시청은 저 같은 할 일 없는 젊은 양반한테까지 돈을 준답니다. 조금 전엔 그걸로 껌도 하나 샀어요. 이 가방 안에 바로 들어 있죠. 참고로 집 도어락이 다 돼서 건전지도 한 통 샀어요. 네. 어르신께서 사자에 쇠고리 달린 집에 살 때 저는 전자 잠금장치가 지켜주는 집에 산답니다.

영남은 다음 집으로 향했다.

크로스백의 무게가 어깨를 지그시 눌렀다. 영남은 반대쪽 손으로 어깨를 주물렀지만 손끝으로 돌아오는 것은 땀에 흠뻑 젖은 와이셔츠의 촉감뿐이었다. 그래도 시청 이름 내건 사업인데 항상 깔끔한 와이셔츠 한 장 걸치고 다니라던 주임의 당부가 죽이고 싶을 만큼 원망스러웠다. 하지만 반소매 한 장 덜렁 입는다고 크게 달라질까? 작열하는 태양과 가파른 달동네, 사람들의 따스한 냉대(?), 거기에 크로스백의 무게까지 합쳐지면 별 차이가 없었다.

"그렇다고 이걸 두고 올 수도 없고."

크로스백 안에는 두께도 가격도 잔혹하기 그지없는 책들만 꽉꽉 들어 있었다.

"어휴. 오늘은 꼭 다 들어야지."

'한국사능력검정시험 2주 속성'이니, '공무원 9급 단기완성' 같은 제목만 보아도 그 무시무시한 두께와 무게가 능히 짐작되고도 남았다. 영남은 크로스백을 고쳐 멘 뒤 다시 걸음을 옮겼다. 무거운 책을 왜 굳이 이런 날씨에 들고 나왔느냐 하면, 맨몸으로 달동네 탐방을 마치고 가방을 챙기러 복귀했다간 틀림없이 다른 일거리가 주어질 것이기 때문이었다. 애매한 시간까지 외근으로 스스로를 몰아붙인 뒤 퇴청하면 많은 시간을 아낄 수 있었다.

"다음… 오늘 마지막이네."

영남은 방문할 집의 리스트를 뒤졌다.

"학력 중졸. *XX공립초급중학교?* 뭐야 이게? 그런 데가 있나?"

들어본 적 없는 학교였다. 주소는, 그러니까 진학연기자가 사는 곳은 분명 근처 어딘가를 가리켰다. 다른 데서 살던 아이가 가족과 함께 달동네로 이사 와 고등학교 문턱도 못 밟고 있다면, 진학 권유를 한다고 해서 해결될 만큼 가벼운 사정은 아닐 것이었다. 그렇게 생각하며 구슬땀을 훔치던 영남의 진로에 누군가 끼어들었다. 방금까지 하던 상념을 모조리 몰아내도록 빠르고 정확하게, 둘의 몸이 충돌했다.

어이쿠. 모자를 푹 눌러쓴 남자는 칠칠맞게 외쳤다. 외양은 젊어 보이는 데 이런저런 고생을 많이 하여 목소리만 저 혼자 훌쩍 늙은 것 같았다. 남자가 들고 있던 스포츠음료가 왈칵 쏟아졌다. 영남은 음료수가 미지근한 붓질처럼 옷을 물들이는 것을 느꼈다. 겨드랑이부터 바지 윗자락까지, 상반신을 비스듬히 가로질러 불쾌한 얼룩과 그보다 더 불쾌한 감촉이 아로새겨졌다.

"아니 이게."

목소리는 올라가지 않았다. 그도 그럴 게 영남은 화를 내지 않았다. 화를 내기엔 일렀다.

"지금⋯."

누가 어깨를 치고 사과 없이 지나간다. 그건 화가 날 일이다. 누가 발을 밟고 모른 척한다. 그건 화가 날 일이다. 하지만 길가에서 음료수 세례를 받는다면? 분노하기 전에 어이가 없어지는 게 먼저다. 제대로 된 격정을 쏟아내기 위한 간격이 필요하다.

그러나 음료수를 쏟은 남자는 그럴 기회조차 주지 않았다.

"미안하게 되었소."

눌러쓴 모자챙을 살짝 숙이며 남자는 작별을 고했다. 발을 약간 절었지만 그럼에도 걸음이 빨랐다. 영남은 어느새 남자가 자취를 감춘 골목을 멍하니 바라볼 수밖에 없었다.

그리고 돌연 불어온 한 줄기 열풍이, 영남을 다시 현실로 되돌려주었다.

뜨겁게 데워진 공기는 순식간에 스포츠음료의 수분을 날려버리고 온갖 끈적이는 성분만 남겨두었다. 손 틈새로 스민 즙이 주먹을 쥐고 펼 때마다 거미줄처럼 끈끈하게 달라붙었다. 땀 냄새와 섞인 꾸리꾸리한 비린내가 코끝에 올라올 무렵, 모든 게 확실해졌다.

"거지 같은 새끼들!"

이것은 한여름 백주대낮에 맞이할 수 있는 가장 끔찍한 악몽이었다.

"인성이 그따위니까 이딴 데 사는 거야!"

그때가 되어서야 영남은 분노했다. 그러나 감정의 목적지를 이미 영영 잃은 뒤였다.

"뭐? 전기 문제? 요금 꼬박꼬박 내면 안 끊길 거 아냐? 나한테 물어봤자 몰라 나도!"

영남은 한 걸음 한 걸음에 분노를 실었다. 누구 하나 듣는 사람은 없었지만, 있다고 해도 참을 수 없었을 거라고 생각했다. 그보다 중요한 것은 시간이었다. 어느 지점까지의 시간이 아니라 앞으로 영남에게 남은 시간의 문제였다.

좋든 싫든 음료수는 뿌려졌고 들러야 할 집은 남아 있었다. 좋든 싫든 태양은 내리쬐었고 날은 더웠다. 좋든 싫든 영남에게는 자가용이 없었고 퇴근 시간의 대중교통은 붐볐다.

영남은 웬 젊은이가 퀴퀴한 쩐내를 풍기며 만원 전철에 섰을 때의 광경을 떠올렸다. 눈물이 나 얼굴을 비볐더니 소금기가 배어 눈만 더 아팠다. 그렇게 이목구비로 분비물을 줄줄 뱉으며, 영남은 걸었다. 그러면서 이름 모를 남자에 대한 분노를 꼭꼭 씹어 삼켰다. 발밑의 세상을 부숴버리겠다는 것처럼 뒤축을 내려찍고 발부리를 굴렀다. 다음 집에서도 얼토당토않은 일로 싫은 소리를 들으면 정말 꼭지가 돌아버릴 지경이라고도 생각했다. 생각, 그리고 또 생각…. 기분이 나쁠 때의 머릿속은 개미지옥과도 같은 것이라. 끝까지 밀고 나간들 기분만 점점 나빠질 뿐이다.

"그래, 공립초급중학교? 이름도 희한하네."

영남은 주의를 돌리기 위해 억지로 서류를 펼쳐 들었다.

"근데 가족 구성원엔 한 사람밖에 없냐? 최순자, 87세. 할아버…, 아니 할머니."

왠지 그 사람에게 가상으로라도 넋두리 겸 분노를 쏟아내고 싶어졌다.

"아이, 할머니! 할머니 손녀분 어디 갔어요. 예?"

영남은 그래서 누가 훔쳐보기라도 하면 좀 창피해질 일인극을 시작했다.

"손녀분이랑 같이 사시면서 왜 전입신고도 안 돼 있어요?"

영남은 정말 눈앞에 누가 있는 것처럼 몰입했다.

"게다가 손녀가 중학교만 졸업해서 나 참, 요즘 세상에… 이런 경우가 다… 있을 수도 있지!"

큰 소리로 노래를 불러 스트레스를 발산하는 것과 비슷하게,

영남은 차츰 차분하게 상황을 분석하기 시작했다.

"아마 나이 먹어서 한글도 잘 모르시는 분일 거야. 그냥 몸만 받아들여서 같이 살고 있나 보네. 만나면 일단 전입신고부터 권유해야겠어."

영남이 고개를 끄덕이며 말했다.

"그래. 악의는 없을 거야. 논리적으로 차근차근 설명하면 돼."

그는 목소리를 높여 상대역의 대사까지 녹음(?)하기 시작했다.

"아유 젊은 양반, 난 우리 애기 고등학교 갈 나이인 것도 몰랐구먼. 미안하게 되었네."

"하하, 괜찮습니다. 이게 제 일인걸요 어르신…."

영남의 정신이 느리고 둔하고 끈적이는 육신을 벗어나 공상의 영역까지 뻗어 갈 무렵, 리스트에 적힌 주소가 눈앞에 나타났다. 오래된 집의 전매특허 식으로 시멘트 블록 담장에 양철 대문까지 갖춘 채였다. 어쩌면 이곳의 사람들은 아직도 석면 지붕 슬레이트를 벗겨 삼겹살을 구워 먹는 흉흉한 관습을 지니고 있을지 모른다…고 영남은 문을 두드리며 생각했다.

"누구여."

"시청에서 나왔습니다."

얼떨결에 대답해버렸지만, 저쪽의 목소리는 젊고 앳되었다. 아마 사춘기의 여학생. 퉁명스럽다기보다는 부루퉁하다는 말이 더 어울릴 젊음이 느껴졌다. 그러나 정작 말투가 그 젊음을 역행하여 반말부터 꺼내 드는 것이 거슬렸다. 게다가 -여. 라는 종결 어미가 딱히 화자의 연령대와 어울리지도 않았고.

이래저래 예의 없는 행동이긴 하지만, 영남은 지금 몹시 지치고 피곤했다. 어찌 되었건 일만 마치면 될 것 아닌가? 게다가 마침 진학연기자 본인인 모양이니 설득을 하든 거절을 당하든 싸게 싸게 일 보면 피차 좋은 일이다.

하지만 그런 선택적인 묵인도 대문이 열리자 눈 녹듯 사라졌다.

문을 연 사람의 표정이 그냥 무뚝뚝한, 내지는 아무래도 좋다는 표정이었다면 영남도 그렇게 굴었을 것이다. 굳이 누군가의 무관심을 받기 위해 시청 직원이 될 필요까지는 없었고 영남은 이미 그런 처사에 익숙해져 있었다. 하지만 모습을 드러낸 여학생의 표정은 그야말로 성가셔 버틸 수가 없다는 투였다. 무더운 밤 귓가에 모기가 얼씬거리는 사람의 표정이 그럴까?

"뭔진 몰라두 필요 없어."

손끝도 간신히 들어갈 틈만큼만 문을 벌린 채, 그녀는 한쪽 눈과 반쪽 콧방울과 입술로 입을 열었다.

"그냥 가."

"학생… 말이 좀 짧네. 그리고 나 물건 팔러 온 거 아닌데."

맹랑한 눈썹이 맹랑하게 꿈틀거렸다. 이름 모를 학생이 입을 열려던 찰나 집 안에서 큰 소리가 났다. 후우웅. 후우우웅. 무슨 커다란 기계가 돌아가는 소리 같았다.

"뭔데 그럼."

"학생 저기 어… XX공립초급중학교 졸업했지?"

영남이 서류철을 뒤적이며 물었다.

"고등학교 진학연기자 분류돼서 찾아왔어. 다닐 마음은 없어?"

없는데. 그렇게 말하며 여학생은 서류철을 빼앗아갔다.

막기엔, 역시 영남은 너무 지쳐 있었다. 그녀는 그러거나 말거나 종이를 탐독했다. 제 인적사항을 찾는 모양이라고 영남은 지레짐작했다.

"오랜만이네."

생뚱맞은 소리였다. 그래서 영남은 무시하기로 했다.

"거기 너 이름 없어. 근데 너 여기서 사는 거 맞지?"

"어 맞아. 근데….."

또 반말? 이 정도면 슬슬 왜 말끝마다 조금씩 정성이 모자란지 제대로 따지고 넘어가고 싶어졌다. 더 황당한 일은 그러나 여학생이 짓는, 자기 이름도 없는 리스트에서 'XX공립초급중학교'라는 이름을 본 뒤의 표정이었다.

그리움. 아니 회한?

십 대 소녀에게 그런 무거운 표현을 선뜻 붙이고 싶진 않았지만 정말로 그랬다. 흡사 이방인들의 땅에서 수십 해를 살아온 교민이 어린 시절 숨바꼭질하던 장소로 돌아와 품을 법한 그런 그리움, 추억을 그리는 수많은 생각 중 단 하나도 말로 내보낼 수 없을 때 저도 모르게 짓게 되는 그런 표정? 그녀가 꿈을 꾸듯 서류를 비비기 시작했다.

영남은 그냥 가만히 있었다.

"안 갈 거여. 됐제?"

현실로 돌아온 여학생이 제 앞에서 더운 김을 씩씩 내뱉는 시청 직원을 알아채기 전까지.

"더 볼 일 없으면 어여 가."

영남은 속으로 오만가지 욕을 다 퍼부으며 서류철을 받아들었다. 음료수가 남기고 간 상처가 설탕옷처럼 번들거리며 달라붙는 꼴을 보자 자칫 그 욕설이 현실로 튀어나올 뻔했다. 어쨌든 그렇게 내민 서류를 잡고 당기려는데, 힘이 걸려 돌아오지 않았다.

고개를 돌리자 학생 쪽에서 종이를 놓지 않았다. 영남은 곧 그녀의 시선이 자신의 흠뻑 젖은 웃옷에 가 있는 것을 알았다. 냄새를 맡는지 짧은 들숨 몇 번. 문득 영남은 자기가 얼마나 처참한 꼴을 하고 있을지 상상했다.

"…물이나 좀 마시고 가든지."

인생에 단계가 있다면, 영남은 방금 자신이 어느 지점을 분명 통과했을 거라고 확신했다.

"힘들어 보이네."

반말 찍찍 싸는 십 대마저도 차마 호의를 베풀지 않고는 버티지 못할 만큼 엉망인 꼴 해보기 성공! 양철 대문이 열리자 안 그래도 손바닥만 한 마당 중앙을 차지한 평상이 눈에 띄었다. 아래에는 아마 이런저런 생활기구나 포대 따위가 있을 터였다. 한편 기계음의 근원지는 대문 안에서도 찾을 수 없었다. 후우웅. 후우웅. 들리는 걸 보면 집 안에 있는 게 확실한데, 대체 이 정도까지 시끄럽게 굴 가전제품이 뭐가 있을지 종잡을 수가 없었다.

"물 가져오꾸마."

학생은 종종걸음으로 사라졌다. 그 패션 센스가 또래에 걸맞지 않게 파멸적이었지만 중요한 것은 아니었다.

영남은 우선 꾸준히 신경 쓰이는 크로스백부터 평상 다리에 기대놓았다. 온종일 쓸리고 까여 고통을 호소하던 살갗이 시원하게 떠올랐다. 하지만 살결을 붙잡고 늘어지는 음료수의 불쾌한 감촉은 끝내 떨쳐낼 수 없었다. 티 한 장만 남기고 와이셔츠도 벗었지만 아무것도 달라지지 않았다.

"집 가면 샤워부터… 아니야 아예 냉수욕을 해야겠어….

영남이 중얼거렸다.

"얼어 죽을 때까지….

투덜대는 와중에 기계음이 갑자기 커졌다. **후우우웅!** 짐승으로 치자면 가볍게 앓던 소리만 내던 것이 별안간 포효하는 정도였다. 물을 들고 돌아오던 학생의 기척이 작아졌다. 그러고는 딱히 뭐라고 하기 힘든 소리가 계속해서 났다. 아마 덜덜대는 기계를 원래대로 돌려놓는 것일 터였다. 소음이 포효에서 다시 칭얼거리는 수준으로 떨어지자 이윽고 그녀가 나왔다. 손에 든 물병에는 송골송골 차가운 이슬이 맺혀 있었다. 보기만 해도 뒷머리가 오싹하게 시원했다.

"냉장고 소리야?"

"뭐?"

"저거, 냉장고 소리냐고.

"아. 어.

"웬만하면 수리 받아.

영남은 손으로 부채질을 하다가 스스로를 더 괴롭게 만드는 것 같아 그만두었다.

"나 어렸을 때도 저런 적 있어. 간당간당하다가 어느 날 훅 가.

남자는 손날로 목을 끽, 긋는 시늉을 했다.

"애들 그날 다 굶었지 뭐.

여학생은 오묘한 표정으로 고갤 끄덕였다. 그리고 병을 내밀었다. 몸에서 가장 먼저 차가운 물과 만난 영남의 손아귀가 즐거운 소름을 냈다. 곧 입술과 혀, 목구멍이 마저 은총을 받았다.

"어으, 좀 살 것 같네."

영남은 배가 부를 지경까지 양껏 집주인의 호의를 음미했다. 금세 날아갈 것처럼 몸이 가벼워졌다. 반말? 그까짓 거야. 아마 원래는 말도 예쁘게 하는 착한 학생이고, 그저 오늘따라 기분 나쁜 일이 있었을 것이다.

"고마워 학생. 이것도 좀?"

영남은 물을 부어 몸을 좀 씻어도 되겠느냐는 몸짓을 했다. 학생은 선선히 고개를 끄덕였다. 영남은 하마터면 꾸벅 목인사라도 올릴 뻔했다.

"아, 좀 살겠네!"

텀벙텀벙 차디찬 물결을 끼얹으며 영남은 기나긴 탄식을 내뱉었다.

"음료수 쏟은 거. 아까 누구랑 부딪쳐서."

가벼워진 혓바닥이 캐주얼한 한탄을 풀어놓기 시작했다.

"사과도 안 하고 휭하니 가더라 참. 근데 학생 여기 사는 거 맞지?"

"어."

"그래? 근데 전입신고 안 한 거 아니니?"

영남은 푸우, 하고 물을 튀기며 물었다.

"여기에도 가족구성원 학적 중졸, 만 적혔지 학생 이름은 없는데."

영남은 종이가 다 젖어버리지 않게 조심하며 달랑 한 명의 이름만 올라 있는 서류를 노려보았다.

"최 순자 자자 87세, 할머님이셔?"

"나여."

영남은 한창 손을 씻고 있었다.

손등에 물을 붓고 약지를 축으로 크게 돌려 한 숨, 손바닥을 위로 돌린 뒤 이번엔 새끼손가락 위주로 크게 돌려 두 숨. 깍지를 낀 채 손가락을 비비던 참이었다. 영남은 유리병을 치켜들어야 할 타이밍을 놓쳐 남은 물을 전부 흙바닥에 쏟아버렸다.

"뭐라고?"

"나 최순자라고. 그리고 여든일곱 아녀."

여학생이 말했다.

"엄니가 신고를 좀 늦게 하셨어."

영남은 자신을 바라보는 그 눈길을 피했다. 그리고 툭 던져진 조금 전의 선언을 분석하려 했지만, 대관절 처음 만난 사람에게 자기가 십 대 중반 모습의 87세 할머니라고 주장해서 얻을 수 있는 이익이랄 게 떠오르지 않았다.

"중2병이니?"

"그게 뭔데?"

민감하게 반응하지 않는 걸 보니 적어도 진짜 중2는 아닌 것 같았다.

"말도 안 되는 걸 말하면서 이 정도면 설득력 있다고 생각하는 거."

"그럴 수도 있겠구만."

그녀는 의외로 선선히 수긍했다. 고개를 끄덕이자 귀 뒤로 넘긴 머리칼이 조금 흘러내렸다.

"그냥 앓고 지나가는 고뿔이면 좋았을 텐디. 너무 오래 걸렸어."

놓치지 않고 붙잡아 다시 귓등으로 밀어 넣는 손길이, 군더더기 없이 야무졌다.

"이제 바로잡아야지."

"아, 그래…."

영남은 공손하게 물병 뚜껑을 닫았다.

"아무튼, 물 잘 마셨어."

후우웅. 기계음이 다시 돌아왔다. 학생은 영남이 내민 빈 병을 내버려두곤 재빨리 집으로 들어갔다. 또다시 이런저런 소리가 들리고 그것이 기계 마음에 들었는지 소음이 가라앉았다. 그대로 우두커니 앉아 있는데, 그녀의 얼굴만 빼꼼 마루로 빠져나왔다.

"가, 이제."

살짝 간격.

"뭐 더 할 일 있어?"

"물도 다 마셨는데 없지 그럼….."

"그거 말고."

학생이 고개를 저었다.

"이 집 다음에 또 들려야 되냐고."

"없어. 마지막이야."

그 말을 듣고 그녀는 물끄러미 생각에 잠겼다. 그 머릿속으로 이런저런 말들이 주판알처럼 바삐 튕기는 모습이 떠올랐다.

"그럼 아무거나, 하고 싶은 일 하고 있어."

얼굴이 불쑥 집 안으로 사라졌다.

"어차피 좀 있으면 다 없던 일 될 거야."

기계음은 멎지 않았다. 영남이 뭔가 반응하기도 전 대화는 그렇게 끝났다. 사실 시간이 있었더라도 무슨 말을 했을지 그 스스로도 잘 몰랐다. 확실한 건 더웠고, 물을 들이부어 좀 나아지긴 했어도 여전히 집까지는 멀다는 사실뿐이었다.

영남은 와이셔츠를 챙겨 입고 집을 떠났다.

가파른 달동네의 내리막은 위험한 곳이었다. 물리적으로가 아니라 심리적으로 그랬다. 계단 같지도 않은 계단과 길 같지도 않은 길이 서로의 머리끄덩이를 붙잡은 채 끝나지 않는 싸움을 벌이는 곳, 익숙하지 않은 사람들의 발걸음을 호시탐탐 엉뚱한 곳으로 이끄는 곳, 잘못하면 비좁은 여정의 끝에 드리운 막다른 골목과 몇 번째인지 모를 어색한 눈인사를 서로 교환하기에 십상인 곳. 그런 곳을 지금 영남은 엉뚱한 생각을 하며 걷고 있었다.

"알게 뭐람. 걔는 그냥 걔대로 살겠다는데."

그만큼 특이한 만남이었다.

"난 이제 나대로 살면 되지."

몸이 부쩍 가벼웠다. 씻어내지 못한 음료수도 작열하는 태양의 빛도 뜨겁고 혹독한 열풍도 그대로였지만 기분이 좋았다. 퇴근의 마법이었다.

"집에 가자마자 씻고 원래는 공부를 하려 했는데, 그래, 도착하자마자는 좀 아니지."

이전보다 확연히 가벼워진 발걸음으로 영남은 세상을 즈려밟았다.

"일단 저녁을 맛있게 먹고, 그러면서 TV도 좀 보고, 오늘 어디까지 하기로 했더라?"

훈훈한 상상을 하던 영남은 엉거주춤 걸음을 멈추었다. 전날 공부해둔 부분까지를 참고서에 표시해두었는데, 참고서는 물론 가방에 있었고, 가방은? 빈 손이 허공만 휘적거리고 있었다. 그는 제 몸이 부쩍 가벼워진 것이 꼭 심리적인 이유 때문만은 아니라는 것을 깨달았다.

없다!

등세모근을 묵직하게 내리눌러야 할 끈이, 맹장쯤에서 연신

옷감과 스치며 존재감을 피력해야 할 크로스백이, 통째로 사라지고 없었다. 멈춰선 걸음을 기폭제로 하여 영남은 재빨리 과거를 훑어 내렸다.

"개! 물!"

들어가서 평상에 앉았다. 기다리는 동안….

"벗어놓고…?"

평상 다리에 백을 걸쳐놓았다. 와이셔츠도 벗었다. 일어나면서는 와이셔츠를 챙겨 입었다.

와이셔츠'만' 챙겨 입었다.

태양이 그를 비웃듯 굽어보았다. 안타깝지만 등반이 다시 시작되었다.

"계십니까…?"

문은 떠날 때와 마찬가지로 빠끔 열려 있었다. 안에서는 기척이 없었다. 더 큰 소리로 불렀지만 달라지는 것은 없었다. 방금 시청 직원이라고 소개해놓곤 남의 집에 몰래 들어가고 싶진 않지만, 문틈으로 정말 코앞에 있는 평상과 크로스백이 그대로 눈에 들어왔다.

"학생 거기 있어?"

묵묵부답.

"나 가방 가지러 왔다?"

도둑놈도 아닌데 도둑놈보다도 더 긴장한 영남이었다. 문을 열며 혹시 경첩에서 쇠 찢어지는 소리가 나지 않을까 노심초사, 마당으로 발을 들여놓으며 혹시 여학생이 대뜸 나타나 뭐라고 하지 않을까 전전긍긍. 그러나 시간은 흘러갔고 현재의 영남은 다시 크로스백을 멘 채 서 있었다. 여전히 집주인은 두문불출한지라, 아까부터 줄곧 영남을 반겨주는 것은 단 하나뿐이었다.

끝없이, 쉬지 않고 이어지는 기계음.

냉장고 운운했던 것은 별 뜻 없이 던진 너스레였다. 가정용 냉장고에서 나는 소리치곤 너무 강력하고 또 정교했다. 영남은 방향제처럼 끊임없이 소리를 뿜어내 온 집 안을 굉음으로 채우는, 그리고 거기에 귀를 적응시켜 소음 한복판의 정적이라는 미묘한 평화를 이끌어내는 물건을 상상했다. 소리는 억세면서도 차분하고, 크면서도 산만하지 않았다. 음악처럼 잘 조화된 부품들이 하나하나 구분할 수 없을 만큼 빠르게 제 몫을 다하고 그로 인해 한 덩이로 뭉쳐지는 그런 종류의 소음이었다.

신을 벗고 조심스레 발을 올리자 낡은 마루가 휘었다. 영화에서 그러듯이 얻어맞은 타악기처럼 대뜸 울어버리진 않아 다행이었다. 영남은 다른 한 짝도 마저 벗고 맨발로 마루에 올라섰다. 기계음은 그치지 않고 여학생의 기척도 없었다. 나간 게 확실했다. 아니 그래야만 했다! 만약 안에 있었다가 이 꼴을 본다면 뭐라고 변명할 것인가?

'기계'는 대강 육면체 모양에 여닫을 수 있는 큰 양문을 달고 있었다. 전체적으로 조악하다고 할지, 독창적이라고 할지 아무튼 돈 주고 어디서 사온 것 같진 않았다. 사방으로 거미줄처럼 각종 케이블과 지지대가 널려 있었다. 영남은 그것이 내부 환경에 뭔가 작용을 가하고 있다는 인상을 강하게 받았다. 가령 선탠이라든가 1인용 사우나 같은 느낌으로. 안에 그리고 누군가 있는 것 같았다.

그래서 학생이 말소리를 못 들은 걸까?

기계가 갑자기 작동했다. 영남은 그렇다고 생각했다. 시종일관 높낮이 변화 없이 쭉 직선을 그리던 소음이 살아 있는 것처럼 요동치기 시작했다. 톡 쏘는 냄새와 제멋대로 명멸하는 천장의 형광등. 그리고 분명한 진동이 방바닥을 타고 영남의 다리까지 떨리게 만들었다. 기계는 그로서는 알지 못하는 어떤 목적을 향해 달려가고 있었다.

영남이 어쩔 줄 모르고 꾸물거리는 동안 기계의 뿌리가 거무튀튀한 연기를 뱉었다. 연기는 삽시간에 천장까지 솟아 그을음을 남겼다. 영남이 엉거주춤 물러섰다. 얕게 숨을 쉬었을 뿐인데 그만 속이 뒤집힐 뻔했다. 아무래도 평범한 연기는 아닌 것 같았다. 헛구역질을 하다가 아까 마신 물을 게워버린 영남은 그것을 건네준 친절한 학생을 떠올렸다. 연기는 이미 집 안 가득 퍼져 있었다. 밀폐된 기계 안은 더 심각할 것이었다. 안에서는 아무 소리도 들리지 않았다. 설마 이미. 아니면 본인이 다 알고?

기계 근처에는 딱히 밟고 싶지 않은 것들이 어지러이 널려 있었다. 영남은 허겁지겁 신발을 신고 돌아왔다. 문을 붙잡고 힘을 주자 경첩이 덜컹거렸다.

"뭐야, 너 뭐야!"

기계 안에서 새된 비명이 터져 나왔다.

"밖에 누구여!"

"나야, 학생! 괜찮아?"

영남이 물었다.

"다친 데 없어?"

"다친 덴 없는…."

다행히 의식이 남아 있는 모양이었다. 영남은 손잡이로 보이는 부분을 잡고 모든 것을 다 시도해보았다. 있는 힘껏 밀고, 당기고, 돌리고, 눌렀다.

"너 지금 뭐야? 미쳤어?"

여전히 열리지 않았지만 기계가 들썩거리며 안에까지 기척이 닿은 모양이었다.

"당장 놔!"

어투에서 느껴지는 기분이 확 달라졌다.

"학생, 아무리 힘들어도 이건 아니야!"

"어린놈의 새끼가 더위라도 먹었어?"

목청이 어찌나 우렁찬지 귓가에서 폭탄이 터지는 것 같았다.

"당장 안 떨어져?"

영남은 마침내 문짝과의 싸움에서 이겼다. 기계가 그 속살을 고스란히 드러냈다.

"못 돌아오…!"

문짝을 열자 안에서 신선한 바람이 불었다. 연기 나는 기계의 한복판인데 공기는 깨끗했다. 그리고 눈이 아팠다. 연기가 아니라 빛 때문이었다.

영남은 자신이 뭘 보고 있는지 알 수 없었다.

기계 안에는 연기는커녕 그을음 한쪽 진 곳이 없었다. 대신 물처럼 된 벼락같은 것이 있었다. 사면의 벽에서 물줄기처럼 쏟아지는 눈부신 섬광이 차곡차곡 학생의 발목부터 허리, 어깨, 그리고 이마를 덮었다. 문이 열리자 빛이 약간 엎질러졌지만 금세 다시 채워졌다. 영남은 저를 바라보는 여학생의 경악한 표정에서 분노

28

와 더불어 솜털처럼 작은 두려움을 보았다. 그녀는 어째선지 영남을 걱정해주고 있었다.

기계음이 절정에 다다랐다. 그것은 더 이상 소음이 아니라 완료의 선언이었다. 그게 당최 무엇인진 몰라도 마침내 기계는 스스로의 목적을 달성할 수 있었다. 영남은 빠르게 의식을 잃었다.

＊

손아귀에 걸리는 크로스백의 묵직한 중량이 참으로 안심되었다. 더 이상 기계 소리는 들리지 않았다. 후텁지근한 연기도 없었다. 대신 시원한 바람과 등 뒤로 놓인 싸늘한 맨땅이 느껴졌다. 눈은 아직 뜨지 않았다.

두 가지 중 하나였다.

하나는 조금 전의 기억이 모두 꿈일 경우. 다른 하나는 영남이 실제로 지금 생각하는 처지가 되었을 경우, 즉 눈을 뜨면 조금 전과 다른 전혀 엉뚱한 곳에 널브러져 있을 가능성이었다. 정확히 어느 쪽을 더 바라는지는 모르겠지만, 영남은 설령 두 번째라고 하더라도 "여기가 어디야?" 같은 뻔한 소리는 하지 않기로 다짐했다. 그렇게 마음먹은 뒤 눈을 떴다.

"여기가 어디야?"

스스로와의 약속을 어겼지만 영남은 부끄럽지 않았다. 누구라도 그런 말을 할 수밖에 없었을 것이었다.

단지 다르기만 한 곳이 아니었다. 계절부터가 맞지 않았다. 여름의 싱그러운 녹음, 눈이 시릴 정도로 푸른 하늘과 새하얀 불꽃처럼 떠다니는 구름도 없었다. 대신 보이는 것은 비탈진 숲의 한가운데로, 울긋불긋한 단풍과 껍질을 잃고 칠칠맞게 뽀얀 속살을

드러낸 나무들, 바스락거리는 낙엽들 따위였다. 쌀쌀맞은 흙냄새
와 손가락 사이로 잡히는 알맹이 없는 잣, 벌어진 밤송이 따위가
계절감을 더했다. 가파르게 산바람이 불었다.

조금 전까지만 해도 찌는 듯한 더위에 몸부림치던 영남의 몸
은 어리둥절해하면서도 일단 소름을 일으켜 체모를 세웠다. 모공
이 좁아지며 땀방울이 뚝뚝 끊어졌다. 영남은 몸을 일으키려다가
발을 헛디뎠다. 꽤 경사가 있어 자칫하면 굴러떨어질 것 같았다.
길게 늘어진 크로스백이 제 주인의 속도 모르고 건들거렸다.

바람이 한 줄기 더 불었다. 하도 추워서 몸을 부둥켜안고 사지
를 오므려야 했다. 대체 이게 무슨 일이람. 눈앞에 펼쳐진 천변지
이를 온전한 이성으로는 도무지 받아들일 수 없었다. 영남은 자
신이 일으킨 소란에 휘말려 굴러가는 자갈과 나뭇가지 따위를 보
며, 차라리 자기가 그 자리를 대신하면 뭔가 감이라도 잡힐지 진
지하게 고민했다.

"돌아왔다!"

불쑥 낙엽을 헤치고 목소리가 일어섰다. 몸을 털며 잽싸게 주
위를 살피는 모습을 보아하니, 적어도 그처럼 어안이 벙벙하진
않은 모양이었다.

물론 그 목소리의 주인이 될 사람이라고는 한 명뿐이었고.

"학생, 여기가 어디야?"

영남은 물었다. 네 눈코입이 어디 있느냐고 누가 그더러 물었
다면, 대답 못 했을 것이다. 그녀는 복잡한 표정으로 영남을 쳐다
봤다. 아마 무시하면 무시하는 만큼 영남의 문제를 고민하지 않
아도 된다고 믿던 것 같았다. 찰나였지만 눈동자 너머로 필름처

럼 수많은 생각이 스쳐 지나갔다. 그 안에서 영남은 체념의 빛을 보았다.

"1950년."

*1950년?*이라고 그대로 물음표만 붙여 질문으로 되돌리고 싶었다. 그러나 가까스로 억눌렀다. 눈앞의 사람을 닦달하며 숨겨진 카메라를 찾는 것보다도, 이게 우스꽝스러운 장난인지 아닌지를 훨씬 더 빠르게 확인할 방법이 있었다.

영남은 휴대전화를 꺼냈다. 위편의 작은 기호들을 확인했다. 신호 없음. 정말 아무것도 없음. 와이파이, 전화와 데이터통신을 통틀어서 단 하나도. 그야말로 완벽한 권외. 게다가 자세히 보니 GPS 신호도 없고, 시간과 날짜마저도 완전히 말도 안 되는 숫자를 엉망진창으로 표시하고 있었다. 전파가 안 터지는 것만으로는 어딘가의 오지라고 믿어볼 수 있겠지만, 이런 식이면…. 영남은 눈을 질끈 감았다가 떴다.

풍경은 달라지지 않았다.

"괜찮아?"

그녀의 물음에 영남은 떨리는 목소리로 입을 열었다.

"괜찮을 리가… 학생."

"나 학생 아니라니까."

그랬나? 영남은 그런 말을 들었던가 곱씹었지만 머리가 제대로 돌아가지 않았다. 그러기엔 상황이 너무 무거웠다. 용감하게 현실을 받아들이려면, 우선 아까 중2병의 헛소리로 치부했던 그녀의 말부터 믿어야겠다고 영남은 생각했다.

"뭐… 최순자 할머님?"

영남은 좀 더 직업적으로, 그러니까 공무원들이 나이 든 민원인을 부를 때처럼 굴기로 했다.

"어르신?"

"그건 좀 아니잖여?"

학생도 어르신도 아닌 그녀가 혀를 찼다.

"액면가가 영 아니구먼."

"최소한 이게 다 무슨 일인지 설명이나 좀 해줄래요?"

'액면가가 영 아닌' 최순자가 선선히 고개를 끄덕였다.

"실피움이라고 알아?"

엉뚱하게도 그 단어를 본 기억이 있었다. 영남은 이제 자신이 알던 현실과의 유일한 연결고리로 남은 크로스백을 꼭 안았다. 그 안에 있는 세계사 꼭지 '더 알아보기'로 실피움이라는 식물에 대한 설명이 있었다.

"로마인들이 애용한 약초."

설명은 부지불식간에 흘러나왔다.

"식재료로도 쓰였지만 주된 용도는 병자의 치료와 낙태약."

"잘 아네. 멸종한 것도 알제?"

"네."

어느새 존댓말이 익숙해졌다. 그러나 뒤이어 돌아온 대답에는 도저히 그럴 수가 없었다.

"다시 자란 걸 내가 먹었구먼. 그래서 이렇게 됐어."

도통 감도 잡히지 않았지만 어쩔 수 없었다. 잠자코 있으면서도 그러나 한편으로는 목에 가시가 걸린 듯 뭔가 빠뜨렸다는 생각을 지울 수가 없었다.

"애 떨구는 건 부작용이여."

순자가 말을 이었다.

"주변에서 생명을 끌어오는데, 배부른 처자가 먹으면 어떻게 되겠어?"

"잠깐만, 그, 이렇게 됐다는 건, 그거 말하는 거예요?"

병자처럼 허공에 손가락만 휘젓는 영남을 보며, 순자는 입을 열었다.

"그거…."

"안 죽고 안 늙은 거?"

"네, 그거."

"내가 먹은 건 진짜 실피움이걸랑."

시원시원한 대답이었다.

"사람이 재배하믄 딱 약초만큼만. 보약도 밭에서 크면 인삼이고, 산에서 커야 산삼. 알것어?"

"네."

알긴 뭘 알아? 고대 로마 시절에 멸종한 약초가 다시 자라나서 그걸 먹었더니 불로불사가 돼? 영남이 생각했다.

"믿든 안 믿든 상관없구먼."

순자가 그의 생각이라도 읽은 듯 말했다.

"어차피 난 할 일 있으니까."

말투가 널뛰기하듯 오락가락했다. 영남에겐 그러나 더 중요한 물음들이 남아 있었다.

"아니, 믿고 안 믿고의 문제가 아니라, 그래서 여기 다시 온 건 뭔데요? 어차피 불로불사라면서 뭐가 아쉬워서?"

영남이 양팔을 쳐들었다.

"아니 그보다 타임머신은 어떻게 만든 거예요? 불로불사랑은 아무 관련도 없는데? 설마 21세기보다 더 미래에서 온 거예요? 아니면….."

영남은 말을 멈추었다. 더 중요한 물음, 그중에서도 가장 중요한 것을 애써 외면하고 있었다. 가능한 한 오래 꺼내고 싶지 않았던 주제였다. 침을 삼키자 목구멍이 깔때기처럼 조여드는 기분이었다.

"나, 돌아갈 수 있어요?"

주변은 첩첩산중이었다. 타고 온 기계는 보이지 않았다. 그래도 영남은 믿었다. 자신은 파악하지 못한 일의 전말을 학생, 아니 열일곱 살의 모습을 한 87세의 최순자 할머니에게 들을 수 있으리라 기대했다.

"그거? 걱정하지 말어. 저기로….."

그녀는 그러고는 영남의 눈치를 살폈다. 손끝은 아무 곳으로나 적당히 뻗어 있었다.

"솔직히 말할게."

긴 한숨.

"…원래 혼자 올 거라, 갈 방법은 생각 안 했어."

하지만 정말 한숨 쉬어야 할 건 바로 영남 자신이었다.

"어쩌다 보니 이렇게 돼서… 미안해."

영남은 주저앉았다. 이곳과 자신의 현재 사이에 놓인 수십 년의 지층이 그를 내리눌렀다.

"뭐 중요한 약속 같은 거 있었어? 결혼이라든가."

"없어요."

"그래?"

순자는 가볍게 맞장구치곤 길게 침묵했다. *위로라도 해주려나. 그래 봤자 아무 도움도 안 되겠지.* 영남은 생각했다.

"자네 부모님이나 친구들은?"

"저기 어르신."

영남은 눈살을 찌푸렸다.

"지금 더 슬퍼하라고 고사 지내는 거예요?"

"좀 현실적으로 구는 거여. 덮어둔다고 달라지남?"

입바른 소리였다. 그건 인정할 수밖에 없었다.

"이렇게 된 건 안됐구먼."

다만 그래서 더 듣기가 싫었다.

"끌려 들어온 것도 나 구해주려던 거였고. 그렇지만 어쩔 수가 없잖아."

말마따나 정말 할머니 연배의 사람들이나 담을 수 있을 법한, 그런 깔끔하면서도 진한 체념의 냄새가 풍겼다.

"본인이나 가까운 사람들한테나 안 된…."

"부모님 어차피 없어요."

영남이 말했다.

"두 분 다, 원래부터."

영남의 이름 석 자에는 거창한 울림이 없었다. 애석하게도 거창한 뜻 또한 없었다. 그의 이름은 낳은 사람이 아니라 보살핀 사람으로부터 온 것이었다.

"그려?"

그러나 순자는 크게 놀라지 않고 고개를 끄덕였다.

"너무 태연한 것 아니야?"

경황이 없어 말끝이 좀 짧았다.

"짐작은 했지. 아까 '애들'이라고 말할 때부터."

"뭐?"

"아까, 어렸을 때 냉장고 망가졌던 얘기."

그러고 보니 물 마시면서 흰소리를 좀 하긴 했다.

"지 형제자매를 두고 '애들'이라고 누가 그래? 그리고 너 은근히 다시 반말한다?"

샐쭉하게 손가락질하는 모습만은 정말 그 나이 여학생 같은데, 그 내용물은 87세 할머니라는 게 믿기질 않았다.

"그래 이제 멀쑥하니 컸는데 찾아뵐 생각은 했고?"

아니 듣고 있으면 그런 것 같기도 하고….

"어떤 분들이신지 조금도 모르는감?"

"없어요. 뭐 찾아볼래도."

영남이 한숨을 쉬었다.

"보육원에 불나서 기록 다 타버렸고, 직원들도 뿔뿔이 흩어졌고."

"박복하구먼."

영남은 물끄러미 순자를, 노인네의 소프트웨어를 잘못 이식한 청춘의 하드웨어를 바라보았다. 직업적으로 만났을 때는 그냥 대충 보고 넘겼지만, 자세히 보니 말투뿐만 아니라 생김새도 묘하게 어긋난 구석이 있었다. 늙은 정신이 젊은 몸을 어떻게 쓸지 모른다고 해야 할까?

요전에는 편해서 입었나 보다 하고 넘어갔지만 다시 보니 도저히 십 대의 패션이라곤 볼 수 없는 '몸빼바지'—어두운 배경에

36

울긋불긋 꽃무늬—에 땀 조금 흘리면 안 입은 것만 못해질 흰 티. 그 몸뚱어리 전체를 통틀어 장식이라고 할 만한 것은 하도 써서 옆구리가 김밥처럼 불어터지려 하는 머리 고무줄이 다였다. 손톱은 거칠었고 피부는 매끈하지만 자세히 보면 굵은 소금처럼 뻣뻣했다. 거기에 가까이 붙으니 싸구려 비누 냄새가 풍겼다. 벽돌처럼 무뚝뚝한 오이색 빨랫비누 하나로 몸을 벅벅 문질러 씻는 그 무정한 광경이 절로 눈에 선했다. 젊음을, 청춘을 낭비한다는 일같이 이곳저곳에서 들려오는 세태라지만 눈앞의 순자처럼 죄질이 무거운 경우는 드물 것 같았다.

"뭘 그렇게 쳐다봐? 갑자기."

"…그냥 좀 묘해서."

"또 반말하네."

"좀 유도리 있게 넘어갑시다. 어르신, 예?"

"어르신이라고 부르지 말라니까?"

순자가 투정했다.

"겉보기에 이상하잖아."

"순자 씨라고 불러요 그럼?"

갑자기 그런데 말이 돌아오지 않았다. 영남은 무슨 일이라도 생겼나 싶어 고개를 돌렸다.

순자는 다른 곳을 바라보고 있었다. 그냥이 아니라 물끄러미, 말없이가 아니라 아무 말도 할 수 없이 바라보고 있었다. 지금 이곳에 없는 것, 형체가 있더라도 지금까지는 머릿속으로밖에 그리지 못하던 어떤 순간을 그녀는 곱씹고 있었다.

"잡담 관두고, 빨랑 가야 혀."

영남이 눈썹을 찌푸렸다.

"해지기 전에가 그나마 수월할 텐데."

"제가 왜요?"

영남이 조금 퉁명스럽게 물었다.

"어차피 미래로 돌아갈 수도 없는데요."

순자는 이번에도 조금도 고민하지 않았다.

"어차피 안 따라온다고 할 일 있는 것도 아니잖아."

그녀는 영남이 말릴 새도 없이 잰걸음으로 산에서 내려갔다. 길이 있는 것도 아니고 까딱 잘못했다간 굴러떨어질 것 같은데도, 그 걸음에는 일말의 망설임조차 없었다. 역시 불로불사라 몸을 막 굴리는구나 감탄하던 영남은 문득, 해야 할 일이 있다는 말과 더불어 조금 전 무언가를 그리던 눈빛을 떠올렸다. 반대인 걸까. 다쳐도 무섭지 않아 산을 잘 다니는 게 아니라, 기억에 너무 선명히 남은 장소라 조심할 필요조차 없는 쪽일까.

"저기요."

영남이 부러 서툴게 걷자, 순자도 보조를 맞춰주었다.

"왜."

"할 일이라는 게 뭐예요?"

아마 입을 다물 거라고 영남은 생각했다. 누구나가 아무나에게 자기 비밀을 털어놓으리라는 법도 없고, 그런 사람이라도 끝까지 감추고 싶은 아픈 구석은 있지 않은가. 불로불사의 몸으로 한국전쟁부터 온갖 고초를 다 겪은 순자라면 말할 필요도 없을 것이다.

"시간 없으니께 가면서 들어."

의외로 간단하게 답이 돌아왔다. 오히려 어리둥절해졌다.

"전란 땐디⋯."

　그 시절 순자의 모습은 지금과 한 치도 다르지 않았다. 그러나 아직은 실피움을 먹기 전이었다. 전쟁은 나무껍질만 벗겨 먹는 데 그치지 않고 순자네 마을 사람들의 삶까지 야무지게 벗겨 먹었다. 배를 굶지 않으려면 뒷산이라도 돌아다녀야 했다. 먹을 게 없어 땅을 하도 헤집느라 손톱 밑이 까맣게 눌어붙은 아이들이 심심찮게 있었다.

　그날도 순자는 평소처럼 먹을 것이 없나 돌아다녔다. 동네 아이들이 자주 모여 놀던 곳이 시끌벅적했다. 그러나 소리를 내는 것은 아이들이 아니라 군복을 입고 무기를 든 남정네들이었다. 무얼 두고 옥신각신 싸우는 듯싶었다. 순자는 머리털이 쭈뼛 섰으면서도 소리의 정체를 듣기 위해 조심조심 다가갔다.

　"용감하네요."

　영남이 물었다.

　"무섭진 않았어요?"

　"어이구. 무섭지 당연히."

　혀를 내두르며 순자가 넋두리했다.

　"그래도 어쩔 수 없어."

　뒤이어 낭랑한 목소리로 덧붙였다.

　"오래 있다 보면 그냥 그렇게 되지 뭐."

　영남으로서는 전혀 다른 두 사람이 말하는 것을 듣는 기분이었다.

　당시의 순자가 다가가면 다가갈수록 언성이 높아졌다. 보니 한쪽만 있는 게 아니라 코쟁이들과 괴뢰군들이 아웅다웅하는 모양이었다. 총소리도 났지만 이미 포성에 익숙해진 순자에게는 그저 그랬다. 비명도 간간이 울렸지만 순자의 눈에는 아직 껍질이 남은 나무 밑동이 먼저 들어왔다. 그런 장소이고 때였다.

군인들이 있는 곳은 산 중턱의 공터였는데, 주위를 따라 덩굴과 쐐기풀이 빽빽하게 자라 함부로 들고 나기가 어려웠다. 그래서 체구가 작은 아이들이나 종종 모여 놀던 곳이었다. 그런 곳까지 기어들어 싸운다면 필시 급박한 상황일 터였다. 호기심이 더욱 그녀를 몰아넣었다.

"…뭐라고 해야 하지, 솔직하네요."

영남이 혀를 내둘렀다.

"적응됐다고 해야 하나."

"전쟁통도 다 사람 사는 곳인데. 진짜 죽을 만큼 쥐어짜도 잘 안 죽으니까 사람이지."

점차 줄어들던 군인들의 목소리는 끝내 둘만 남았고, 이윽고 악전고투의 신음이 인 뒤에는 하나로 줄었다. 순자가 쐐기풀을 헤치고 공터를 살필 무렵에는 이미 상황이 끝나 있었다. 두 세력은 고작 작은 서류 가방을 두고 그토록 치열하게 싸우고 있었다. 살아남은 쪽은 다행히 우리 편 착한 놈, 피부가 하얀 코쟁이였다.

순자가 몸을 숨기고 자기를 바라보는 걸 알지 못한 채, 코쟁이는 숨을 고르며 자세를 가다듬었다. 그 와중에도 손가방만은 놓지 않았다. 엄청나게 소중한 게 있는 모양이라고 순자는 생각했다. 그는 그러나 아이들이 판 함정이 있는 곳으로 걸음을 옮겼다.

"네? 갑자기 무슨 함정?"

"내 정신 좀 봐 참."

순자가 손뼉을 쳤다.

"그것부터 시작해야지."

군인 무리의 싸움을 발견하기 얼마 전이었다.

"이걸로 나쁜놈들 싸그리 잡을 거다!"

카랑카랑 외친 것은 순자의 동생인 영일이었다. 구린내가 풀풀 풍기는 똥구덩이 옆에 선 채였다. 순자는 코를 움켜쥐었지만 영일과 그 친구들은 도리어 더 당당하게 가슴을 펴고 나섰다. 순자는 동생을 집으로 데려가러 온 것뿐인데, 난데없이 생똥의 썩은 내를 맡게 된 것이 억울했다.

나이가 어린 핑계로 전쟁을 피할 순 있어도 모를 순 없었다. 밤낮으로 험상궂은 장정들이 총부리를 앞세워 마을을 들쑤시는 와중 아이들도 각자의 전쟁을 생각하기 시작했다. 여기에 급기야 나쁜 괴뢰군을 혼쭐내주겠다며 똥구덩이를 파는 데까지 이야기가 진행되었다. 순자는 코맹맹이 소리로 제 동생을 회유했다.

애초에 공터는 누가 들어오기도 어려운 곳이 아니냐. 똥구덩이를 파봤자 우리만 힘들 뿐이니 아서라. 하지만 영일이는 들으려 하지 않았다. 그때 쐐기풀 헤치는 소리가 들렸다. 다른 아이들이었다. 그런데 맨몸이 아니라 뭔가를 낑낑 끌고 밀고 굴려서 가져왔다. 순자는 그만 해쓱하게 질려버렸다. 혀가 말려들어 가고 입술이 꼭 다물렸다.

지뢰니, 수류탄이니 하는 분류는 중요하지 않았다. 그저 터지는 것은 위험했고, 알 수 없는 이유로 터지지 않고 남은 것들은 더욱 그랬다. 흙이 묻고 녹슬었어도 죽음의 향기는 가릴 수 없었다. 아연실색한 순자의 앞에서 아이들은 좌판이라도 깔듯 펼친 폭탄들을 뒤적였다. 시장이라도 온 마냥 천연덕스러웠다.

금방이라도 일이 잘못될 것만 같았다. 눈 깜짝할 사이 산봉우리처럼 높은 불꽃이 그 자리의 모두를 흔적도 없이 날려버리는 상상을, 어린 순자는 수도 없이 했다. 그러거나 말거나 아이들은 나름의 분류를 끝냈다. 크고 묵직한 것, 흙이 덜 묻고 형체가 분명한 것일수록 빠르게 낙점되었다. 똥구덩이 옆에 선 아이들은 제각기 선택한 불발탄을 굴려 넣었다. 파문이 일 때마다 고약한 똥물이 튀었지만 아이들은 눈살 하나 찌푸리지 않았다. 일이 다 끝나자 미리 나뭇가지 따위를 엮은 뚜껑이 등장했다. 아이들이 일사불란하게 일을 해치웠다. 함정은 더 이상 보이지 않았다. 맨 위편의 똥이 꾸덕꾸덕하게 말라붙고 나면 냄새도 사라지리라.

"하드하네요."

영남은 그 아찔한 광경을 떠올려보려 했다.

"하드?"

"하드보일드하다고요."

"몰라, 그런 거."

순자가 고갤 저으며 혀를 찼다.

"애들이니까 더 무섭지. 다시 생각할 필요가 없으니까."

"그래서 그 한 명 남은 미군이 거기 빠진 거예요? 그 함정에?"

"응."

왓 더 뻑! 알아들을 수 없지만 몹시 화가 났다는 것은 분명했다. 그저 똥구덩이에 우리 편이 빠졌고, 그래서 빨리 도와야 한다는 생각만 들었다. 일이 다 끝나면 쓸데없이 함정 따위를 판 영일이를 혼내줘야겠다고 생각했다. 기억해내야 할 것—구덩이에 든 건

구린내를 풍기는 똥뿐만이 아니라는—을 기억해낸 것은 군인과 순자가 서로의 눈동자 너머를 들여다볼 정도로 가까워진 뒤였다.

아주 짧고 강렬한 천둥이 쳤다. 그러더니 세상이 사라졌다.

"그땐 그냥 내가 까무러쳤는가보다 그랬어."

말은 그 내용에 비해 너무 무덤덤했다.

"나중 보니 죽지만 않을 정도로 날아갔더라구. 그 오빠야는 너무 가까웠고."

코앞의 누군가가 폭발에 휘말려 죽은 순간이 그렇게 무미건조하게 들릴 수 없었다.

"그래서 그 가방 안에 있던 게 실피움이었어요?"

"응."

"뭔 줄 알고 먹었어요?"

영남이 물었다.

"이상한 거면 어쩌려고."

"알긴 멀 알어. 그냥 가방 두 짝 나서 굴러다니는데 안에 풀떼기 하나 딱 있드라고."

질겅질겅, 보이지 않는 불로초의 기억을 순자는 되새김했다.

"그래서 냉큼 먹었지. 이대로 죽겠다 싶어서."

눈길이 낮게 깔렸다.

"그때 그게 뭔지 알았으면, 안 먹었을 텐데."

대화는 거기서 끝났다. 다시 묵묵히 산을 내려갈 차례였다.

산은 가팔랐다. 달동네 등정도 심심찮게 해본 영남이지만 점차 힘이 부쳤다. 온몸에 맺힌 땀이 싸늘하게 식은 옷가지를 척척 달라붙게 만들었다. 영남은 거친 숨을 몰아쉬며 저만치 떨어진 순자의 뒷모습을 바라보았다. 처음에는 그녀가 힘든 것을 내색하지 않는 줄로만 알았다. 아니면 그만큼 이곳에 익숙하다고 생각했다. 그러나 순자를 따라잡은 순간, 새하얀 얼굴로 입조차 벌리지 않고 새근새근 숨을 쉬는 그 모습을 보자 비로소 깨달았다. 그것은 시간의 작용을 거부하는 것과 마찬가지로 불로초가 그녀에게 안겨준 기적이었다.

"할 일이라는 게, 그거 맞아요?"

대체 왜 그런 어마어마한 기회를 없던 일로 만들어버리고 싶다는 걸까?

"과거의 당신이 불로초를 못 먹게 하는 거?"

"응."

대답은 막힘이 없었다. 더 입을 열지 않는 것을 보아하니 굳이 설명할 필요가 없다고 생각하는 모양이었다. *그래도 그게 일반적인 일은 아닐 텐데.* 영남은 생각했다. *기껏 타임머신까지 만들어서 과거의 자기를 좋게 해주는 게 아니라… 오히려….*

"죽이겠다고요?"

"뭐여?"

혹시 그런 걸까? 영원히 사는 왕, 학자, 영웅들이 책 말미에서 항상 하게 되는 말.

"그때, 아니 지금의 당신이 불로초를 못 먹게 한다는 건…."

죽을 수 있기에 귀중한 것이다. 한계가 있기에 행복한 것이다. 날 죽게 해줘, 제발!

"과거의 자기를 죽이겠다는 거 아니에요?"

"죽긴 왜 죽어 멀쩡한 사람이."

순자가 입꼬리를 내리며 쏘아붙였다.

"다 살 방법이 있으니까 사람이지, 안 그래? 자네 양친은 그럼 육이오는 어떻게 버텼대요?"

순자의 말에 얼마나 날 것 그대로의 정서가 담겼는지는 부지불식간에 튀어나온 존댓말이 증명했다. 영남도 그래서 선뜻 대거리하지 못했다.

"뭐, 어쨌든. 그건 알았어요."

단순히 의견의 차이라기보다는, 자기가 직접 불로불사의 삶을 겪어본 뒤 그걸 포기하려는 것이 아닌가.

"근데 그게 언젠데요?"

"아까부터 왜 이리 말을 중간에 끊어먹어. '그게' 뭐야?"

"50년의 당신이 불로초 먹은 날이요."

순자가 갑자기 시야에서 사라졌다. 영남은 관성을 이기지 못하고 한 발짝을 더 내디딘 뒤에야 나란히 걷던 순자가 우뚝 멈춘 것을 알았다. 낙엽이 부스럭거렸다. 순자는 냉동된 사람처럼 멍한 표정으로 제자리에 못 박혀 있었다.

"그러게."

"네?"

영남은 제 귀를 의심했다.

"모르고 그냥 온 거예요?"

"당연히 그건 아니지!"

순자가 발을 굴렀다.

"원래대로면 딱 맞게 올 거였어. 근데 네가 도중에 문 열었잖아."

영남은 조금 억울했다. 수십 년 전 과거로 끌려온 나보다, 그런

네가 저질렀을지도 모를 잘잘못을 가리는 게 더 중요하다는 것처럼 그녀의 말은 들렸다.

"큰일이야. 혹시 조금만 뒤로 떨어졌어도…."

안절부절못하는 순자를 달랠 방법은 떠오르지 않았다. 영남은 근처를 살폈다. 다행히 둘은 산을 거의 다 내려와 있었다. 비탈이 끝나는 곳에서 기울어 자란 나무들 밑으로 조그만 개울이 흘렀다.

"진정하고요."

물길이 바위를 굽이굽이 휘돌며 장딴지까지나 올까 싶은 깊이로 흘러갔다.

"저기 개울 있는데 세수라도 하면서 생각해봐요."

"개울?"

순자는 영남이 생각한 것보다 빠르게 고민을 떨쳐냈다. 삽시간에 화색이 되어 얼굴을 쳐드는 모습은 조금 어리둥절할 정도였다.

"그래, 가보면 알 거야!"

순자는 방금 전까지 안절부절 못하던 것이 거짓말처럼 후다닥 달려가다가 고개를 돌렸다.

"거북이 등딱지처럼 갈라진 바위 있나 찾아봐!"

서늘한 날씨였지만 물은 더 시원했다. 특히 현대의 각종 공해도 없던 시절이라고 생각하니 더 상쾌했다. 영남은 내친김에 아예 쪼그려 앉아 반쯤 머리를 감았다. 얼굴도, 목도, 어깨도 꼼꼼히 손가락을 세워 씻었다. 음료수와 뒤섞인 21세기 여름의 끈적한 잔재가 씻겨 내려갔다. 덩달아 복잡한 상황에 휘말려 씨근거리던 머릿속도 좀 진정되었다. 그러면서 영남은 순자가 뭘 하나

46

흘깃거렸다. 그녀는 물에는 눈길도 주지 않고 개울을 종횡무진 쏘다녔다. 그러다가 한 곳에서 걸음을 멈추었다.

"찾았다."

순자는 그러더니 그냥 바위로밖에 보이지 않는 그것을 한참이나 노려보았다. 무언가 집중하는 것은 보기 좋았지만, 바위에 달력이라도 있는 게 아니라면 대체 뭘 찾는 걸까.

"좋아! 실피움 먹기 전이야."

"그걸 어떻게 알아요?"

"여기 핏자국이 없거든."

마치 "한국의 수도는 서울이지."같이 순자는 말했다.

"여기서 영배 아배가 죽었거든."

도저히 그런 말투로, 그런 표정으로 해선 안 될 것 같은 말이었다.

"핏자국이, 동네 어른들이 아무리 지워도 안 사라졌어."

순자가 바위 표면을 툭툭 건드렸다.

"지금은 이렇게 깨끗하니까, 당연히 그 전이지."

"아, 아니. 죽어요?"

영남은 그녀가 엉뚱한 말을 한다고 생각했다.

"누가? 아니 왜?"

그런데 그게 아니었다. 정신이 번쩍 들었다. 아니다. 엉뚱한 소릴 하는 건 자기 자신이었다.

"난데없이⋯."

이곳은 1950년이었다. 총부리를 든 군인들이 전선뿐이 아닌 이런 작은 야산에까지 무리 지어 몰려다니는 그런 때였다. 현실에서는 수류탄이 팝콘을 만드는 대신 수많은 이들의 생명을 앗아갔다. 누군가의 죽음을 두고 무덤덤해질 수밖에 없는 시대이고 장소였다.

"뭔 특별한 이유가 있나."

영남은 아무 말도 못 하고 얼굴을 붉혔다. 다행히 순자는 크게 괘념치 않는 것 같았다.

"먹을 것 얻어오다가 해질 때까지 못 들어온 거지."

그녀는 정말 그게 대수롭지도 않은 듯 설렁설렁 말했다.

"깜까매지면 밖에서 무신 소리 들려도 나가보도 못해. 아침 돼서 나와서 보니까…. 암튼 제대로 왔어."

순간 저만치에서 요란한 웃음소리가 들려왔다.

영남은 재빨리 자세를 낮췄지만 실개천 한복판에서 그래 봤자 의미도 없었다. 반면 부리나케 바위 뒤편으로 몸을 숨긴 순자가 영남더러 이리 오라고 손짓했다. 어수룩해, 어수룩해. 그런 소리 없는 핀잔이 새어 나오는 듯했다.

곧 아이들 여럿이 웃고 떠들며 다가왔다. 전쟁통 한복판의 어린아이들이라면 어떻겠는가, 키가 작고 깡마른 체형에 피부는 때가 쪼록쪼록 끼어 있었다. 그러나 영남은 나머지 다른 아이들을 살필 겨를이 없었다. 순자도 마찬가지였다.

"쟤가…?"

둘의 눈에 가장 먼저 들어온 얼굴은 따로 있었다.

"보면 몰라? 똑같잖아."

순자가 일부러 퉁명스레 말했다.

"저 때 멈춘 거니까."

수십 년 전의 순자는 지금과 똑같았다. 이를테면 웃을 때 뺨이 움직이는 것, 눈주름이 넘실거리는 모양, 남의 말을 들으며 눈길을 두는 곳, 무의식적으로 짓는 표정 등이 그랬다. 보아하니 마을에는 순자 또래의 아이가 없어 그녀가 인솔자 비슷한 역할을 하는 모양이었다. 누더기나 다를 게 없는 옷을 그것도 입는다기보다는 뒤집어쓴 채 개울가를 질주하는 꼬맹이들을 능숙하게 이끄는 것을 보니 한두 번 해본 솜씨가 아니었다.

"기억나. 언젠지 알겠어…."

아이들의 물장구나, 자갈을 버적버적 미끄러뜨리며 걷는 소리는 꿈결처럼 아련했다. 바람이 선선했고 물살이 시원했다. 영남은 두 순자의 표정을 번갈아 보았다. 아이들이 실없는 소리를 하여 과거의 순자가 웃으면 미래의 순자도 살며시 입꼬리를 올렸다.

"하도 떼써서 잠깐 발만 담그고 가기로 했지."

순자가 조용히 말했다.

"저기 정자네는, 어매아배가 옆 마을서 일 도와주고 먹을 것 얻어 오셔."

그러더니 한 명 한 명의 아이들을 가리키기 시작했다.

"정웅이네는 그나마 한 분 있던 삼촌이 괴뢰군들 잡으러 가서, 종일 애 혼자 뒷산 돌아다녀. 그리고 영길이. 집에서 종일 멧신 삼느라 짚만 배배 꼬다가. 지루해 죽겠다고 잠깐…."

순자는 꼬리에 꼬리를 물고 나오는 추억에서 헤어나지 못했다. 아니 나오고 싶지 않아 보였다. 그대로 한참이나 그러고 있었다. 영남은 사진 구도를 잡듯 양손으로 직사각형을 짰다. 두 순자가 그 하나의 프레임에 담기니 영 어색했다. 미래에서 온 내가 과거의 나를 만나면 미래의 나는 과거에서 미래의 나를 만난 사실을 기억할까?

"실피움 먹는 건 내일이야."

순자가 말했다.

"딱 좋게 왔네."

영남은 조금 놀랐다. 그녀가 그렇게나 시원스레 추억에서 빠져나올 줄은 몰랐던 탓이었다. 뒤이어 순자가 그더러 가자고 가리킨 방향이 마을이 아니라 그렇게 힘들게 빠져나온 산이라는 것을 보고 다시 놀랐다.

"다시 올라가자고요?"

"어. 해 떨어지기 전에 공터까지."

"거기 똥구덩이 있다면서요?"

영남이 표정을 일그러뜨렸다.

"아니면 산에서 군인들 만나거나 하면 어쩌려고요?"

"그러니까 더 꽁꽁 숨어야지."

순자가 말했다.

"마을에는 어차피 머물 데도 없어."

하긴, 이대로 사람들 앞에 모습을 드러내거든 순자가 두 명이라는 건 고사하고 일절 면식도 연고도 없는 영남은 무슨 수를 써도 마을 사람들을 설득할 수 없을 것이다.

"거기 아니면 달래 없어."

공터는 가시덩굴이 잔뜩 자라 아이들이 아니면 다니기 힘들다고 순자는 말했다. 영남은 그녀를 응시했다. 50년대의 아담한 체구는 빈말로라도 큰 키가 아니었다. 하지만 지금 영남의 경우 당시 기준으로는 차고 넘쳤다.

"힘들어도 어쩔 수 없어."

순자도 그가 무슨 생각을 하는지 짐작이 가는 모양이었다.

"쐐기풀 쏘여봤어?"

"아뇨. 그래도 마을로 가보면 어때요?"

영남이 호소했다.

"사정사정하면 하룻밤 정도는…."

"전쟁통에 허우대 멀쩡한 고추가 나타나면 사람들이 퍽 안 수상해 하겠다."

영남이 고개를 폭 내리깔았다. 순자가 웃음을 참으려고 했지만 별 소득은 없었다.

"빨리 가자, 늦기 전에."

평생을 통틀어 벌레나 독초 따위에 당할 것을 하루에 걸쳐 다 맞은 기분이었다. 그래도 잘 참았다, 일단 들어오니 나름 아늑하다, 화끈거리는 것도 다 가라앉았다… 등의 자기합리화를 해봤지만 영남은 몰랐다. 몰랐다기보다는 미처 떠올릴 겨를이 없었다. 지금까지 겪은 고난은 아직 반절밖에 되지 않는다는 것을. 다음 날 이곳에서 나가려면 그 짓을 한 번 더 해야 한다는 사실을.

그리고 솔직히, 한밤중 야산의 공터가 그렇게 지내기 편한 곳도 아니었다.

덜해졌다고는 해도 계속 죽치고 있다 보면 느껴질 수밖에 없는, 폭 썩은 똥구덩이 냄새. 구덩이 안에 든—내일의 사건으로 아직 뇌관이 살아 있음이 입증될—불발탄들, 그 바로 옆에서 숨죽인 채 버텨야 하는 서러움. 어느 것 하나 마음 붙일 곳이 없었다. 하지만 가장 힘든 것은 싸늘한 바람이었다. 공터를 겹겹이 둘러싼 가시덩굴은 생선뼈만큼이나 휑한 구멍으로 냉기를 빨아들였다.

"…불로불사라도 춥긴 한가 봐요."

둘은 나란히 몸을 떨었다.

"헛소리할 힘 있으면 조금이라도 아껴."

다시 바람이 불었다. 낙엽을 모아 엉성하게 만든 방석이 가장 자리부터 조금씩 날아갔다. 각자 웅크린 두 형상이 부르르 떨었다. 영남은 휴대용 난로라도 되는 양 크로스백을 꼭 껴안았다. 그러고 보니 보물상자처럼 애지중지하느라 정작 그 안에 있는 것들을 활용할 생각을 못 했다. 우선 각종 참고서, 미래의 지식을 담았으니 소중히 간직해야 한다. 휴대폰, 반세기 뒤의 미래기술을 집약했지만 지금은 쓸모가 없었다. 껌… 씹으면 맛있다.

"난 괜찮은데, 너는 어떡하나?"

영남은 너무 추워져서 서로의 몸을 끌어안고 버틸 수밖에 없는 젊은 남녀를 다룬 이야기들을 떠올렸다. 그나마 식을 걱정 없는 불로불사의 존재가 곁에 있으니 최후의 보루는 챙긴 셈이었다. 크로스백 속 마지막 내용물은 물티슈와, 도어락 교체용으로 산 건전지였다. 물티슈는 몰라도 뒤엣것을 쓸 일은 생기지 않을 것 같았지만….

껌이 있었다. 바삭거리는 알루미늄 포장지로 감싸인.

불현듯 뭔가가 떠올랐다. 영남은 희희낙락하여 껌을 하나 꺼냈다.

"씹으면서 몸이라도 덥히려고?"

"기다려봐."

무심결에 반말이 나왔다. 순자의 눈초리는 불을 만들지 않아도 밤을 지새울 수 있을 만큼 따가웠다. 그것을 무시하며 영남은 조심조심 알루미늄 포장지를 장구처럼 허리가 잘록하게 모이는 모양으로 다듬었다. 그러고는 건전지를 꺼냈다.

"뭐하는 건데?"

순자는 호기심 가득한 눈으로 다가왔다. 영남은 다듬은 껌 포장지의 양쪽 끝을 각각 건전지의 음극과 양극에 접촉시켰다. 도체를 따라 흐르는 전류가 그리고 잘록하게 모인 부분에 집중되면… 본 대로였다. 불똥이 확 일어났다.

포장지의 얇은 허리를 날름날름 먹어치운 화염이 순식간에 나머지 부분까지 불살랐다. 영남은 그 찰나의 순간, 시뻘건 오로라처럼 끼친 빛이 드러낸 순자의 얼굴을 보았다.

"방금 뭐 한 거야?"

순자가, 호들갑 잘 떠는 여느 아무개가 아니라, 한국전쟁 때부터 살아온 불로불사의 인간이 순수하게 경탄했다.

"불이… 근데 꺼졌잖아."

그녀가 그를 질책했다.

"옮겼어야지!"

"진정하시고, 아직 많으니까."

영남은 그럴듯한 몸짓으로 주변을 나뒹구는 잔가지나 솔잎 따위를 그러모았다. 그렇게 모인 장작에 대고 다시 포장지를 점화했다. 곧 은은한 빛이 퍼졌다. 혹시 돌아다니는 사람이 있을지 몰라 크게 피울 순 없었지만 추위를 녹일 정도로는 충분했다. 순자가 자기 방석을 해체하여 불가로 옮겼다.

"재주도 좋네."

그러는 내내 다시 봤다는 듯 영남을 힐끔거렸다.

"이런 건 어디서 배웠어?"

"인터넷에서요."

"인터넷?"

순자가 눈살을 찌푸렸다.

"무선통신, 컴퓨터요. 그런 거 알아요? 전파를 보내서…."

적당한 말을 나열하던 영남은 순자의 눈길을 보곤 말문이 막혔다. 근본적으로 출발선 자체가, 평생 알고 살던 지식의 영역 자체가 달랐다. 그녀가 인터넷을 정말 '인터넷'이라는 소리글자로 알아들었는지조차 확신할 수 없었다.

"몰라, 그런 거."

"들어본 적도 없어요?"

"어디서 듣겠어. 찾아오는 사람도 없잖아."

집에만 머무르는 불로불사라니. 듣도 보도 못한 이야기였다. 그럼 수십 년 동안 대체 뭘 했느냐고 물으려던 찰나, 영남은 타임머신을 떠올렸다.

"그럼 계속 그 기계만 만든 거예요?"

"시간을 돌려야겠다고 생각하는 데만 한참 걸렸어."

순자가 말했다.

"만드는 데는 더 오래 걸렸고."

"그래도 먹고 살려면 밖에 좀 나가야 할 텐데요."

"안 먹어도 살아지더라고. 마지막으로 배고팠던 게 실피움 먹기 전이었걸랑."

생로병사의 모든 제약을 벗어난 쇠하지 않는 정신력.

"그 오랜 세월을 그것만 생각하면서 보냈어요? 왜 좀 더…."

그 모든 걸 오로지 현재의 자신을 없애기 위해 투자한 순자를 영남은 이해하기 힘들었다.

"생산적인 일을 안 하고요?"

순자는 고개를 틀었다. 말이 잘 와 닿지 않는 모양이었다. 영남도 그렇게 생각했다.

"왜 있잖아요."

사실 좀 위선적이었다. '생산적'이라는 표현은.

"불로불사면 좋을 게 많잖아요."

영남이 말했다.

"보잘것없는 땅 사서 나중에 팔고, 오래 살면서 축적한 지식으로 사업을 한다든가…."

"왜 나 한 몸 잘 먹고 잘 살 생각을 못 했느냐고?"

속물적이지만, 결국 핵심은 그게 맞았다. 영남이 고개를 끄덕였다. 순자는 불기를 쬐며 생각에 잠겼다.

그 분위기. 어른스러운 척 스스로를 꾸미는 젊은이들에게는 결코 배어 나올 수 없는 진또배기 희로애락의 냄새. 그런 것만 빼면 순자의 겉모습은 또래의 여느 여자아이들과 다를 게 없었다. 그 속에 들어앉은 정신이 먹지도, 자지도 않고 유지되는 불멸의 것이라고는 상상이 가지 않았다.

"글쎄. 그냥 못 했어."

순자가 손을 가만가만 쥐었다 폈다.

"어떻게 그래? 뻔뻔하게. 난 그냥 불로초가 아니라 사람들 미랠 먹은 거야."

바깥에서 인기척이 들려 잠시 대화가 끊겼다. 이토록 늦은 시간, 그것도 산 한가운데라면 필시 괴뢰군 잔당일 거라고 영남은 생각했다. 건장한 장정들이 짐 따위를 끌며 걸음을 옮기고 있었다. 짐에는 뭐가 들어 있을까? 떠올리고 싶지 않아도 자동으로 낮에 봤던 꼬질꼬질한 아이들이 생각났다. 그런 자식새끼 먹일 음식 감춘 것을 총부리를 들이대며 빼앗았을 군인들의 모습이 눈에 선했다.

숨죽인 채 기다리자 어느덧 사방이 조용해졌다. 순자에게 고개를 돌린 영남은 화들짝 놀랐다.

"밤만 되면 저 지랄이야."

그녀의 부릅뜬 두 눈에서는 짐승처럼 형형한 안광이 쏟아졌다.

"총 들이밀면서 온갖 곳을 싹 다 뒤져. 조금이라도 거슬리면 윽박지르고 두들겨 패고. 그래도 한마디도 못 해."

영남은 그녀의 입술이 송곳니가 다 드러나도록 말려 올라간 것을 보았다.

"재수 없이 콱 뒈질까 봐."

그녀는 기척이 사라진 쪽을 계속 노려봤다.

"낮 되면 또 다른 것들이 와서 똑같은 소릴 해. 서로 올 때마다 여기 빨간 거 왔냐, 노란 거 왔냐 지랄이지. 빨간 게 뭔데? 노란 건 또 뭐고?"

순자가 고개를 파묻었다.

"난 빨간 거, 노란 거가 뭔지 전쟁 끝나고서야 알았어. 왜 자기들 멋대로 싸워놓고 우리한테 윽박지르는데?"

시대의 일부란 부탁해서 되는 것이 아니었다. 당시의 사람들을 멋대로 옭아맨 어떤 역사적 목줄이 강제로 이름 붙이는 그런 일에 가까웠다.

"…이런 일이 이 마을에만 있는 것도 아니잖아. 살겠다고 아등

바둥하는 사람들이 얼마나 많았겠어?"

순자를 보며 영남은 그런 생각을 할 수밖에 없었다.

"내가 그걸, 실피움을 덥석 안 먹었으면 어땠겠어?"

순자가 자기 가슴팍을 퍽퍽 때렸다.

"나처럼 불로초인지 뭔지도 모르는 무지렁이한테 말고, 똑똑한 사람들한테 갔으면 세상이 어떻게 됐겠어? 내가 냉큼 안 먹었으면 대신 신세 폈을 사람들이 얼마나 많겠어?"

그런 식의 이야기라면, 그녀의 입장이 조금은 이해가 되었다. 그녀는 불로초를 먹은 자신을 없애고 싶은 게 아니라, 과거의 자신에게서 불로초를 압수하려 하고 있었다. 다른 사람들을, 어쩌면 세상의 미래를 위해서? 이타적이라는 표현이 떠올랐지만 영남은 선뜻 받아들일 수 없었다.

"안 그래?"

"그렇긴 한데요….'

영남은 그 마음을 이해할 수 있었다. 하지만 동의할 수는 없었다. 순자의 동기는 한 사람의 평생의 목표가 되기에는 지나치게 비인간적이고 무정했다.

"그래도 50년의 당신이 그걸 못 먹게 하면…."

"안 죽어."

순자가 딱 잘라 말했다. 마치 마음을 읽은 것 같았지만, 글쎄. 방금 막 그녀의 결심을 들은 낯선 사람도 생각할 정도라면 순자 본인은 수천 번도 더 고민해봤을 것이다.

"죽긴 왜 죽겠어."

순자는 그러나 그때의 자신을 기억할까? 아직 밥을 먹으면 똥을 누고, 물을 마시면 오줌을 누던 자신의 연약하고 의존적인 몸뚱이를 기억하고 있을까? 폭발에 휘말려 까무러치기 직전 젖먹던 힘까지 다해 실피움을 입에 털어 넣던 그 절박한 순간을 온전히 기억할까?

"다 살길이 있고 갈 곳이 있는데 그깟 불로초 못 먹는다고 죽겠어?"

"…그래도 참, 숭고하다고 해야 하나."

영남은 저도 모르게 한숨을 쉬었다.

"좀 삭막하네요. 불로초까지 먹었으면, 본인이 좀 행복해도 아무도 뭐라고 안 할 텐데."

"내가 뭐라고 할 거야."

순자의 말은 단호하지 않았다. 그럴 이유가 없었다. 그저 널리 알려진 상식을 전하듯 평이했다. 왜, 라는 의문조차 허용할 수 없을 만큼 그녀에게는 이미 당연해진 발상이었다.

"그게 잘못된 걸 아니까."

한동안 둘 다 아무 말도 하지 않았다.

얼마나 지났을까, 바람 한 줄기가 둘을 덮쳤다. 냉기야 참으면 된다지만 불이 총이라도 맞은 것처럼 일렁였다. 영남은 급한 대로 손에 잡히는 것을 대충 넣었다. 불길이 칭얼거리듯 낮아졌다. 새로 넣은 땔감들 중엔 이런저런 이유로 잘 탈 수 없는 것들도 섞여 있었다.

"빙신아."

순자가 맨 팔로 냉큼 불길을 끌어안는 것을 본 영남은 처음에 그게 꿈인 줄로만 알았다.

"연기 나잖아."

순자는 숯에 가까워진 속심까지 뒤적이면서 방금 영남이 넣은 장작을 꺼냈다. 품에 안았다. 그러고는 그 안에서 잘 타는 것과 그렇지 못한 것을 골라, 후자는 버리고 전자는 다시 넣어주었다. 마치 글의 오탈자를 고치듯 천연덕스럽고 차분했다.

"뭐, 뭐 하는 거예요!"

순자의 팔은 불붙은 사람의 팔이 되어야 할 법한 딱 그런 꼴이 되어 있었다. 흐물흐물 녹아버린 살갗 아래로는 마찬가지로 시뻘겋게 익어버린 팔뚝이 고스란히 들여다 보였다. 역겨운 고기 타는 내음이 풍겼다. 누리끼리한 진물이 이윽고 피부에 눌어붙기 시작했다. 영남은 엉금엉금 그녀에게로 다가갔다.

"괘, 괜찮아요?"

"상관없어."

그런 자신감을 뒷받침하기라도 하듯이 곧 실피움의 작용이 나타나기 시작했다. 식물의 움직임처럼 맨눈으로 좇을 수는 없지만 어느새 모든 것이 달라져 있는. 순자의 팔은 잠시 뒤 아무 밀도 없던 것처럼 멀쩡해져 있었다.

"자."

그렇게 된 두 팔을 그녀는 검사라도 맡듯 펼쳐 털었다. 조금 남은 진물만 닦아내자 감쪽같았다.

"너무 걱정하지 마. 너 죽을 일은 없으니까."

"네?"

"네 생명력 빼앗는 거 아니니까 걱정하지 말라고."

난데없이 무슨 소리인가 싶었지만 낮에 나누었던 대화를 떠올리자 말이 되었다. 불로초는 주변의 생명력을 흡수해서 사용자한테 몰아준다고.

"너 말고도, 근처에 풀떼기나 세균들이 얼마나 많겠어."

"그래서 걱정한 게 아니라… 아프진 않아요?"

"닳는 것도 아닌데 어때."

영남은 기분이 이상해졌다. 도리어 자기가 팔을 덴 것처럼 쩔쩔매고 있었다.

"그런 문제가 아닌데…."

"이렇게 살다 보면 시간 감각도 달라."

순자가 말했다.

"고통을 백 배, 천 배쯤 늘려 받으면 안 아프더라고."

"아프'더라'고요?"

영남이 경악했다.

"이런 적이 또 있었어요?"

"시간 거꾸로 가는 기계는 어떻게 만들었겠어?"

순자가 천연덕스럽게 말했다.

"가만히 앉아서 손가락만 까딱거리면서?"

말을 나누면 나눌수록 그녀가 자신과 얼마나 다른지만 분명해졌다. 물론 이상한 건 자신이 아니라고 영남은 생각했다. 당연히 정상을 벗어난 쪽은 순자다. 기껏 불로불사가 되어놓고 그걸 막기 위해 타임머신을 만들고, 불로불사랍시고 사서 다치고 고통받다니.

"내일 진짜 할 거예요?"

영남이 물었다.

"어린 당신이 실피움 못 먹게?"

"응."

"…역설은 그럼 어떻게 할 거예요?"

"그게 뭔데?"

영남은 그녀가 시간여행의 역설을 모르는 게 당연하다고 생각했다. 심지어 '시간여행'이라는 말조차 순자에겐 낯설었다. 많은 사람들에게는 너무나도 익숙한—과거를 바꿔 현재를 교정한다는—상상조차, 순자는 널리 알려진 어떤 소설이나 영화의 도움 없이 순전히 스스로 해냈을 것이다. 그렇게나 열렬히 자신의 '잘못'을 되돌리고 싶었던 걸까?

"당신이 역사를 바꿔서 과거의 당신이 죽었다고. 아니 안 죽었어요, 잘 살았다고 해봐요."

영남이 양손을 폈다.

"어쨌든 그럼 지금의 당신은 없던 거죠. 처음부터 없던 게 되는 거예요. 그렇죠?"

"그래. 그게 내가 할 거잖아."

"그럼 과거의 당신에게 실피움을 못 먹게 한 건 누구죠?"

영남은 가급적 순자에게 생각할 여지를 주고 싶었다. 그래서 뜸을 들였다.

"어떻게 처음부터 있지도 않은 사람이 지금 여기서 불로초가 사라지는 걸 막죠?"

순자는 눈을 휘둥그레 떴다. 빛을 모르던 사람이 노을을 처음 보았을 때의 표정 같았다.

"어, 어떻게 되는데 그럼?"

"아무도 몰라요. 양쪽 다 불가능하니 역설이죠."

영남은 자신이 왜 이 말을 시작했는지 알 수 없었다. 순자가 과거를 바꾸는 것을 단념하길 바라는 건지, 아니면 그냥 계획의 허점을 지적해주고 싶은 것인지도 모호했다. 그러나 이왕 포문을 열었으니 계속 밀고 나가야 했다.

"둘이 마주치면 어떻게 되는지는 생각해봤어요? 지금의 당신이랑 미래의 당신하고."

"어떻게 되는데?"

"과거의 당신이 불로초를 먹기 전까지 그건 당신의 과거잖아요. 그럼 미래의 당신은 이미 일이 어떻게 될지 다 알고 있어야죠."

영남이 어깨를 으쓱거렸다.

"과거에 이미 종결된 사건의 기억이 있을 테니. 그때부터 움직이는 당신은 기억이 만든 건가요 아니면 현재의 행동이 만든 건가요?"

순자가 입술을 깨물었다.

"사실 당신이 지금 여기 있다는 것 자체가 계획이 실패했다는 증거죠."

영남이 말을 이었다.

"성공했으면 처음부터 있을 수도 없는 사람이 나랑 이야기하고 있으니까요."

순자는 조용히 그 말을 듣고 있었다.

"알겠어요? 성공할 수가 없거나, 성공해도 우리가 이해 못 한다고요."

그 말을 끝으로, 한동안은 땔감이 타는 소리만 들렸다.

문득 고개를 들었더니 밤하늘이 밝았다. 무수한 별을 휘하의 군대처럼 거느린 채 달은 인공광원이 없는 시대를 밝혔다. 바람이 유달리 찬 이유가 달에서부터 수십만 킬로미터의 우주공간과 그 싸늘한 진공의 냉기를 뚫고 와서 그렇다는 실없는 상상이 영남의 심기를 어지럽혔다.

"그럴듯하네."

순자가 입을 열었다.

"한 번도 안 해본 사람치고는."

그녀는 영남이 자신의 말을 이해 못 할 것을 알았다.

"자기 손으로 과거 바꿔본 적이라도 있나 보지?"

"그럴듯한 게 아니라….."

영남이 또 입을 열게 그녀가 내버려두었더라면 나름 적당한 말이 그 뒤에 붙었을 것이다. 어쩌면 순자는 완전히 주도권을 빼앗겼을지도 모른다. 하지만 영남은 순자의 기세에 눌려 입을 다물었다. 그녀의 눈빛에서 드러나는 결심은 낮에 내비친 감상적인 모습과는 백팔십도 달랐다.

"네 말이 맞아."

그것은 처음부터 순자 자신 따위는 안중에도 없는 다짐을 했기에 할 수 있는 모습이었다.

"더 확실하게 끝내야겠어."

"그게 아니라, 애초부터 말이 안….."

"'말은' 안 되지. 근데 하느냐 마느냐는 다른 문제잖아. 안 그래?"

순자는 단호하게 말허리를 끊었다.

"하느냐 마느냐는 내가 결정하는 거야. 역설이니 뭐니 해도, 결국 내가 하는 거야."

반론의 여지를 완전히 없애며, 순자는 앉은 그대로 옆으로 쓰러졌다.

"잔다."

차가운 흙바닥과 돌부리와 삭정이가 맨살을 그대로 찌르고 있었지만, 팔을 통째로 굽는 것도 무관심한 사람이 그런 걸 신경 쓸 것 같지는 않았다.

"너도 그만 자. 그만 떠들고."

"한 가지만 더 물어볼게요."

영남이 조심스레 몸을 기울이며 물었다.

"그래도 되죠?"

"그러든가."

순자는 눈도 뜨지 않고 대답했다. 하지만 질문이 던져지면 그러지 못할 것이다.

"당신이 사라지고 나면 난 여기서 어떡해요?"

순자가 몸을 떨었다. 그러지 않으려 노력하는 것까지가 고스란히 영남의 눈에도 보였다. 솔직히 그로서도 그다지 들추고 싶지 않은 부분이었지만, 그만큼 짚고 넘어갈 수밖에 없었다.

"그건… 그건 진짜 미안해."

방금까지와는 딴판으로 말이 늘어졌다.

"미안하긴 한데…. 방법이 없잖아."

"방법이 없긴 왜 없어요."

영남이 잠시 뜸을 들였다.

"당신이 나 안 버리기만 하면 되는데."

"자꾸 그럴래? 죄책감 불러일으키려는 거지?"

순자가 말했다.

"안 통해."

통했다. 그것도 아마 매우 잘 통한 모양이었다. 제삼자를 자신의 장대한 계획에 휘말리게 둔 까닭에 괴로워하는 것이 빤히 보였다.

"어차피 너 가방 안에 쓸모 있는 거 많잖아."

순자는 그런 생각을 머릿속에서 몰아내려는 듯 거칠게 마른세수를 했다.

"그거 가지고 잘 살아봐."

"당장 전쟁통인데 무슨 소용이에요. 그보다 오늘이 몇 월 며칠인데요?"

"시끄러워."

순자가 벌떡 영남을 등지고 일어났다. 얼굴이 보이지 않았지만, 좋은 표정을 하고 있진 않을 거라고 그는 생각했다.

"나가서 잘란다."

"북한군은 어쩌고요?"

"몰라. 죽기야 하겠어?"

시니컬하게 대꾸하더니, 순자는 굳이 들어온 길도 아닌 가시덤불 사이를 헤치며 공터를 떠났다. 쫓아가야 할까. 영남은 그러나 판단이 서지 않았다. 따라가서 붙잡으면 뭐 어쩌려고? 죽지 말라고 설득하려고? 설득하면 어쩌려고? 설득 못 하면 어쩌려고? 달라질 게 있나?

영남은 이미 답을 알았다.

그는 과거로 날아온 뒤부터 자꾸만 의미 없는 노력을 기울이는 자신을 발견했다. 설득해서 행동을 바꾸느냐 못 바꾸느냐의 문제가 아니라, 어느 쪽이건 의미가 없었다. 과정이 아니라 결말의 문제였다. 불로초를 먹고 방구석에서 타임머신을 만든 여자아이가 있든

없든 얼굴도, 이름도 모르는 영남의 부모님은 그를 낳을 것이다.

순자가 실패하든 성공하든 1950년에 와 있는 영남은 변하지 않았다. 시간여행의 역설이 어떻게 적용되든 이곳에서 영남은 벗어날 수 없었다. 철저히 순자를 위해 이뤄진 시간여행이었고, 순자를 위해 짜인 이야기였다. 이곳에는 그를 위한 플롯도 그라는 배역이 수행할 알맞은 역할도 없었다.

영남은 참고서를 베개 삼아 머리를 누였다. 미래의 책을 잘 챙겨두면 분명 큰 쓸모가 있을 거라고 스스로에게 되뇌었다. 그러거나 말거나 바닥은 냉랭했고 거친 흙과 잡석이 많았으며 불가와 가까운 쪽은 뜨겁고 먼 쪽은 냉랭했다.

잠들기 힘든 밤이었다.

아침이었다.

난생처음 야산에서 하는 노숙은 호락호락하지 않았다. 닦아놓은 도시의 길에서 하는 어설픈 노(路)숙이 아니라 말 그대로 대자연의 이슬을 벗 삼아 눈을 감는 노(露)숙이었다. 이름 모를 새의 지저귐을 들으며 상쾌하게 일어나는 것을 기대하진 않았지만, 눈만 굴려도 머리가 깨질 것처럼 아프길 기대한 적도 없었다. 혈관에 석고를 넣고 굳힌 것처럼 온몸이 욱신거렸다.

"일찍 일어났네."

그리고 마침맞게도 가시넝쿨 틈으로 순자가 모습을 드러냈다.

"뭐 그렇죠…."

순자는 품에 웬 보따리를 안고 있었다. 영남은 기지개를 켜려다가 그만두었다. 뼈마디마다 누가 용접이라도 해놓은 기분이었다.

"별로 편하진 않았지?"

통증을 억누르며 눈곱을 떼는 영남을 보며 순자는 대충 알겠다는 듯 고개를 끄덕였다.

"욕봤어."

이제 영남이 그녀에게 관심을 가질 차례였다. 보니 어디서 구했는지 큰 보따리가 하나 있었다. 순자는 이윽고 주섬주섬 안에 꾸린 것들을 풀어놓기 시작했다. 우선 간단히 요기할 것들이 모습을 드러냈다. 딱히 구미가 당기는 것들은 하나도 없었지만 전란에 휘말린 마을에서는 그조차도 귀한 것일 터였다.

"집 돌면서 조금씩 갖고 왔어."

"얻어 온 거예요, 아니면 몰래 갖고 온 거예요?"

순자는 물끄러미 그를 바라보았다. 그 눈동자가 거울처럼 영남의 시선을 튕겨냈다.

"어차피 좀 있으면 빈집들 돼."

순자는 야무진 솜씨로 봇짐을 탈탈 비웠다. 음식뿐이 아니라 조그만 칼이나 성냥, 품이 넉넉한 헝겊과 옷, 바늘 등 유용하게 쓸 만한 도구도 있었다.

"내일부터는 부족한 거 있으면 조심히 내려가서 쓰고…."

말을 늘이며 순자가 고개를 쳐들었다. 잠깐이나마 영남은 순자가 막상 일을 앞두자 감성적이 되었다고, 그래서 눈물을 감추려고 그러는 것이라고 생각했다.

"정오까지는 여기서 나가."

그러나 순자가 해를 보며 시각을 헤아리고 있다는 것을 머잖아 알았다.

"군인들 틈바구니에서 벌집 되기 싫으면."

"그것들은 다 그대로 일어나게 둘 건가요? 불발탄 터지는 거나."

"응."

순자의 얼굴에 언뜻 지난밤의 피로가 스쳐 지나갔다. 영남은 그녀가 밤새 산을 쏘다니며 이 일에 대해 끊임없이 고민했을 것이라고 생각했다.

"네 말마따나 어떻게 될지 모르니까, 정확히 필요한 일만 해야지."

나머지는 그대로 두고, 실피움을 먹은 자신만 '정확하게' 역사에서 도려내버릴 것이라는 선언. 얼마나 메마른 표현인가.

"어떻게 못 먹게 할 거예요?"

"알아서 뭐하게?"

순자는 의심하는 눈초리로 그를 노려보았다.

"다 끝나면 당신 죽어요."

영남은 자리를 훌훌 털고 일어나는 순자를 지켜보았다. 더 캐물어봤자 알려주지 않을 것이 뻔했다.

"50년의 당신만 남고… 그건 알죠?"

"내가 바보인 줄 알아? 그리고 죽긴 왜 죽어?"

순자는 스스로도 그 차이를 잘 모르겠다는 것처럼 입가를 떨었다.

"그냥 사라지겠지. 처음부터 없던 것처럼."

"처음부터 없던 사람이 어떻게 과거를…."

"야, 너 해봤어? 바꿔봤느냐고?"

순자가 손사래를 치며 대화가 더 이어질 가능성을 원천봉쇄했다.

"정말 바뀌는지, 안 바뀌는지 이제 알아볼 테니까, 그런 말 좀 그만해."

순자가 그를 똑바로 가리키며 강조했다.

"그리고 분명히 말했다. 정오까지는 나가."

"정말요?"

영남은 조금 과장된 말투로 호소했다.

"난 당신 때문에 졸지에 한국전쟁에 떨어졌는데, 그나마 안전하게 있을 수 있는 데서도 나가라고요?"

순자가 고개를 저었다. 이제 안 통하니까 포기해. 같은 마음의 소리가 들려왔다.

"…어디 적당한 데 숨든가. 도저히 갈 데가 없으면 가시덤불 사이에 숨어. 그래도 상관은 없어."

순자의 눈에서 전날처럼 살벌한 기운이 쏟아져 나왔다.

"방해만 하지 마."

영남은 저도 모르게 목을 움츠렸다.

"함정 건드리거나, 쓸데없이 도중에 끼어들거나…."

순자는 말을 끝낼 때마다 힘주어 찌르듯 영남을 가리켰다.

"망치지 마. 진심이야."

굳이 그런 말도 필요 없을 만큼 충분히 진심으로 보였는데도.

"못 막게 되면, 너 진짜 험한 꼴 당할 줄 알아."

"네…. 얼마나 진심인지 잘 알겠네요."

영남은 양손을 들었다.

"안 막을게요. 맹세할게요."

그리고 소리 높여 외쳤다.

"과거의 당신이 불로초를 못 먹게 하려는 걸 절대 방해하지 않겠습니다."

그 순간 그런데 한 가지 생각이 떠올랐다. 그리고 그것과는 관계 없지만 하고 싶은 말도.

"근데 하나만 좀 얘기해도 돼요?"

"뭔데?"

순자는 곤란하다는 듯 입술을 말았다.

"빨리 끝내."

"억지로 말투 바꾸려고 안 했으면 좋겠어요."

"뭐?"

"그랬잖아요."

영남은 쓴웃음을 지었다.

"일부러 더 나이 든 사람처럼 말하려고 하잖아요. 어울리지도 않게."

"어울리잖긴 뭐가?"

순자가 인상을 찌푸렸다.

"나이가 나이인데."

"실제로 그 나이에 맞게 살았어야 그런 말투가 나오는 거죠."

영남이 어깨를 으쓱거렸다.

"그때보다 몸도, 마음도 한 살도 더 안 먹었는데, 굳이 늙은이처럼 안 굴어도 되잖아요."

"별걸 다 신경 쓰네."

순자가 투덜거렸다.

"잘못한 거 아니에요."

순자가 영남을 빤히 노려보았다.

"당신은 몰라도 난 그렇게 생각해요."

영남이 힘주어 말했다.

"당신이 불로초 먹고 쭉 그 나이로 남았다고 해서, 그게 잘못은 아니죠."

순자는 아무 말도 하지 않았다.

"벌어진 일이잖아요."

영남이 말을 이었다.

"어쩌다 보니 그렇게 된 거지, 그걸 갖고 억지로 깎아내릴 필요도 없어요."

순자는 여전히 대답하지 않았다. 대신 큰 소리로 혀를 찼다.

"순 말도 안 되는 소리 한다."

그녀의 말을 들은 영남이 멋쩍게 웃었다.

"얼마 남지도 않은 사람한테."

그의 머릿속에 방금 막 떠오른 생각이 차츰 구체화되고 있었다.

✳

시간은 무심했고 그것을 의식하지 않으려 할수록 빨라졌다. 그 순간은 금방 찾아왔다.

영남은 처음부터 공터를 나갈 생각이 없었다. 그래서 옷을 여러 겹 누빈 채 쐐기풀 사이에 안전하게 숨어들었다. 그 모습을 발견한 순자는 얼굴을 찌푸렸지만 별말을 하지는 않았다. 영남과 다른 곳에 몸을 감춘 뒤, 방해하면 진짜 죽여버릴 거라고 조용히 벙긋거릴 뿐이었다. 영남은 맹세코 그녀를 방해할 생각이 없었기에 순순히 고개를 끄덕였다.

그렇게 군인들이 찾아왔고, 총격전이 벌어졌다. 영화와는 달리 모든 게 쫓아갈 수 없을 정도로 빠르게 일어났다. 손톱만 한 탄자가 픽, 공기를 찢을 때마다 배우 한 명이 하차하여 영영 어디에도 캐스팅될 수 없는 극이란 얼마나 부조리한 장르인가. 영남은 일단 미군 중에서 서류 가방을 든 쪽을 눈여겨보았다. 순자는 다른 곳에 정신을 팔고 있었다. 근처에서 다가오고 있을 어린 자신을 찾는 걸까.

정확히 어쩔 생각인 걸까?

불발탄이 터지는 시점까지 역사가 그대로 흘러가게 둔다면, 어린 순자가 폭발에 휩쓸리는 것도 막을 수 없다. 그럼 기력이 다 빠져 흙바닥을 구르는 과거의 자신에게서 불로초를 강제로 빼앗는단 말인가? 우스운 상상이었지만 곱씹어보니 웃을 구석은 어디에도 없었다. 오히려 눈물겹도록 안타까웠다.

순자는 온몸을 가시덤불에 부비며 여전히 과거의 자신을 찾고 있었다. 그 몸이 조금씩 움직일 때마다 약해진 피부가 짓무르고 벌어졌다. 정상인이었다면 통증을 호소하는 정도가 아니라 중독사했어도 이상할 게 없었다. 스멀스멀 반죽처럼 차오르는 새살은 다시 또 가시에 찔려 벌겋게 부어올랐다. 영남은 메스꺼워 고개를 돌렸다. 그리고 어느덧 공터의 총격전이 매듭지어졌다. 이제 들은 대로라면 미군 딱 한 명이 마지막으로 살아남았어야 했다. 그런데 미래 순자의 입술이 소리 없는 비명을 그리는 것을 영남은 똑똑히 보았다. 순자를 따라 시선을 돌린 그는 눈을 휘둥그레 떴다.

이변이었다. 그들의 눈앞에 펼쳐진 광경은 순자가 묘사한 대로라면 절대 일어나지 않았어야 했다. 싸움이 끝났지만 살아남은 한 명은 북한군이었다. 불발탄이 터질 때까지 살아 있어야 할 코쟁이는 이미 싸늘한 시신이 되어 있었다.

나비 효과? 카오스 이론? 평행 우주? 이야기 속 이론이라면 얼마든지 가능했다. 다만 시간여행의 역설을 의논하며 순자가 결국 채택한 답안처럼, 누군가 해보기 전에는 알 수 없는 일이었다. 그리고 그 말마따나 실제로 뚜껑을 열자, 그 결과는 본래의 역사와는 정반대로 되었다.

가장 중요한 것은 이제 순자의 계획이 온통 엉망이 되어버렸다는 사실이었다.

가벼운 발소리가 났다. 바깥이었다. 어린 순자일 터이다. 21세기의 순자는 믿을 수 없다는 듯 눈만 깜빡이고 있었다. 모든 일이 원래 궤도를 벗어났지만 그러면서도 시시각각 정해진 운명을 향해 모여들고 있었다.

영남은 선뜻 생각을 한 방향으로 모을 수가 없었다. 여기서 내딛는 한 걸음이 어떤 결과를 낳을지 감히 판단할 수가 없었다. 그렇게 머릿속으로 어마어마하게 큰 생각들이 소용돌이치는 와중 영남은 아무것도 하지 못했다. 그때 순자가 총알처럼 튀어나갔다.

전쟁의 비극을 직접 겪은 그녀에게는 어이없을 만큼 간단한 논리였다. 괴뢰군은 나쁘다. 따라서 불로초를 얻게 돼선 안 된다.

미처 서류 가방을 챙기기도 전이었다. 짐승 같은 괴성과 함께 달려드는 여자아이를 본 북한군은 엉겁결에 방아쇠를 당겼다. 아직 식지도 않은 총신이 연거푸 화염을 내뱉었다. 총탄은 거의 저항이 없는 것이나 마찬가지인 소녀의 몸뚱어리를 뻥뻥 뚫고 지나갔다. 터진 구멍으로 부러진 뼈와 뭉개진 핏덩이가 안개처럼 흩어졌다. 화상과 독풀과는 달리 탄환의 파괴는 즉각적이었다. 그래서 불로초의 회복도 전에 없이 빨라졌다.

부러진 뼈가 남긴 틈으로 거푸집에 쇳물을 붓듯 새것들이 자라났다. 상처가 찰흙처럼 메워지며 죽은 조직을 대체하고, 그 위편으로 그물처럼 짜인 핏줄과 살갗이 들어앉았다. 흩뿌려진 피의 양은 도저히 한 사람에게서 나온 것처럼 보이지가 않았다. 한 땀 한 땀 피로 물든 레드카펫이 공터를 가로질렀다. 북한군은 눈에 띄게 동요하며 손을 떨었다. 총구가 제멋대로 들리며 이곳저곳으로 눈먼 흉탄이 날아다녔다.

순자가 지척까지 다가갔다. 곧 난전이 벌어졌다. 순자는 당연히 훈련받은 군인에 비해 체격도 작고 몸을 움직이는 법도 몰랐다. 그러나 아무리 훌륭한 군인이라도 뼈를 부러뜨리고 관절을 꺾어도 멀쩡하게 되돌아오는 적을 상대로는 평정심을 유지할 수는 없었다. 그렇게 세상에서 가장 기이한 육탄전이 벌어지는 가운데, 하필 과거의 순자가 공터로 발을 들였다.

영남은 무언가에 취하기라도 한 것처럼 몸을 가눌 수 없었다. 자신과 똑같이 생긴 불사의 인간이 괴뢰군인과 싸우는 것을 본 사람의 기분이 어떨지, 감히 상상조차 할 수 없었다. 과거의 순자는 멍하니 얼어붙더니, 이내 기계처럼 발을 옮기기 시작했다. 영남은 그 눈빛이 마치 전조등을 본 야생동물 같다고 생각했다. 역사의 흐름이 그 애를 강제로 끌어들이는 것일까? 실피움이 든 가방으로?

영남은 다시 싸움으로 고개를 돌렸다.

군인은 분명 순자를 제압하지 못했지만 그녀 또한 마찬가지였다. 싸움이 길어지며 기습의 효과는 거의 없어졌다. 군인이 정신을 가다듬고 침착하게 대처한다면 상황이 역전될 수도 있었다. 이러지도 저러지도 못하던 영남은 순자가 무언가 결심한 것을 알았다. 그리고 그대로 군인을 붙들고 매달리는 것을 보았다.

우악스럽게 휜 그녀의 가녀린 손가락이 뻣뻣한 군복을 찢고 살갗을 파헤쳤다. 그 다리가 군인의 등 뒤로 돌아가 집게처럼 단단히 고정되었다. 군인이 몸부림쳤지만 순자는 꿈쩍도 하지 않았다. 그녀는 그대로 구덩이를 향해 몸을 던졌다. 아이들이 얼기설기 엮은 가짜 바닥은 볼품없는 소리와 함께 박살이 났다. 영남의 눈앞 모든 것이 멈추었다. 꽥꽥 고함을 지르던 군인이 구덩이로 곤두박질치는 와중 그 양발을 반듯하게 편 것이 기억에 오래오래 남았다.

마치 관에 누운 시신 같았다.

걸쭉한 똥 무더기가 두 사람을 받아냈다. 과거의 순자는 여전히 홀린 것처럼 서류가방을 향해 다가가고 있었다. 구덩이에선 난데없이 똥통에 빠진 군인이 고래고래 고함을 질렀다. 순자가 그 안에서 끈질기게 달라붙는 소리도 났다. 영남은 하도 정신이 없어 곧 폭탄이 터질 것이라는 사실을 잊어버렸다. 그리고 아무 대비도 못 한 채로 거기에 휩쓸렸다.

거친 공백, 눈과 귀가 상황을 받아들이길 거부했다. 온몸이 새총의 고무줄처럼 늘어났다가 제자리로 돌아오는 기분이었다. 입안에서 찝찔한 맛이 났다. 폭발에 휘말린 내가 사라지고 위아래조차 구분할 수 없는 조그마한 생각만 남아 허우적대고 있었다. 영남은 문득 숨을 쉬는 방법을 떠올릴 수 없었다. 다리가 휘어져 명치를 돌부리에 찍히는 순간 폭발하듯 숨이 밀려 나왔다. 고통은 후순위였다.

일단 영남은 숨을 '쉬어지게' 되었다.

하늘 높이 솟구친 것들이 일제히 비처럼 내렸다. 숯덩이가 된 똥 찌꺼기와 사람 조각에선 아무런 냄새도 나지 않았다. 난다고 한들 화약 냄새가 모든 것을 집어삼킨 뒤였다. 영남은 경황없는 와중에도 이질적인 소리를 들었다. 실피움을 담은 가방이 맨바닥을 뒹구는 소리였다. 잠금쇠가 박살이 나자 켜켜이 쌓인 충격흡수재 안에서 어린아이 손바닥만 한 시험관이 튀어나왔다. 그 안에 있었다. 잔뿌리 한 가닥 다치지 않도록 보존된 불로초, 실피움.

코앞에는 나뒹구는 어린 순자가 보였다. 팔다리가 축 늘어진 데다가 귓구멍에서는 피가 흘러나왔다. 그때 어딘가에서 바람이 한 줄기 불었다. 실피움을 담은 깨끗한 시험관은 제 주변의 참사에 무관심한 채 데굴데굴 명랑하게 굴러갔다. 그것이 과거의 순자의 손끝을 건드렸다.

한편 구덩이에는 미래의 순자가 있었다.

들끓는 마그마 같은 꼴이 되어서도 그 몸뚱어리는 기능을 유지했다. 그러나 폭탄의 위력은 소총과는 차원이 달랐다. 순자의 남은 몸은 인간의 부스러기처럼 보였다. 폭발에 휘말려 흔적도 없이 사라진 부위와 부위 사이로 가느다란 덩굴손들이 뻗어 나왔다. 죽은 살이 밀려날 때마다 고깃덩이들이 뭉텅이로 떨어졌다. 어깻죽지에서 밑동만 간신히 뻗은 사지로 아등바등 구덩이를 기어 올라왔지만 그 이상은 불가능했다. 걸을 수 있을 만큼의 골격을 재현하는 것만 해도 촌각을 다투는 지금으로선 터무니없이 길었다. 그래서, 미래의 순자는 아무것도 할 수 없었다. 그저 역사의 흐름을 원망스럽게 노려볼 뿐.

영남은 다시 다른 순자를 보았다. 그녀는 반쯤 정신을 차린 모양이었다. 초점이 돌아오는 눈동자에 시험관 속 실피움이 비쳤다. 열 손가락이 살아 있는 것처럼 구부러지며 탄 흙을 파헤쳤다. 온몸을 끌며 과거의 순자가 시험관을 붙잡았다. 영남을 사이에 둔 채 데칼코마니처럼 반복된 두 순자의 화상 속에서 그는 불순물처럼 떠돌았다. 고개가 갈팡질팡 양편으로 오갔다.

영남은 더 이상 한쪽을 미래, 한쪽을 과거로 구분할 수 없었다. 둘은 서로를 이해할 수 없는 지점에 서서도 결국에는 같았다. 그는 고개를 돌려 구덩이 쪽의 순자를 보려다가 그만두었다. 보는 것이나 생각하는 것은 이제 충분했다. 움직일 차례였다.

순자 말마따나, 해보지 않고는 알 수 없었다.

구덩이의 순자는 영남이 어린 순자의 팔을 쳐내는 것을 보았다. 그나마 기력을 쥐어짜내던 그녀가 다시 눈을 감으며 의식을 완전히 잃는 것과 동시에, 영남은 시험관을 열고 실피움을 꺼냈다.

"너, 너, 너!"

순자의 성대가 재생된 것은 영남이 불로초를 통째로 삼킨 뒤였다.

"이게 무슨 짓이야, 이 육시랄 놈의 새끼야."

그녀가 길길이 날뛰었다.

"맹세했잖아!"

"약속했죠. 못 먹게 하는 것을 방해하지 않겠다고."

순자는 키가 150센티미터도 안 되었다. 거기에 불로초가 보존해준 젊음 덕에 얼굴에 구김살 하나 지지 않았다. 아무리 무서운 표정을 지어도 상대가 진지하게 받아들일 리 없는 그녀의 눈동자 속에 그러나 살아 있는 지옥이 있었다.

"…내가 안 먹겠다고는 안 했잖아요."

순자의 입속에서 맞물린 어금니가 서로를 깎아냈다.

"용서 못 해."

순자는 아직 살이 다 붙지 않은 손아귀로 바닥을 짚고 일어났다. 군데군데 구멍이 뚫리고 뼈가 드러난 게 좀비 같았다.

"죽여버릴 거야."

"기다려봐요. 뭐 이상한 거 없어요?"

순자는 아무 말도 하지 않았다. 생각하는 기미도 아니었다. 그래서 영남은 시간을 벌기 위해 성큼성큼 물러섰다.

"당신이 안 사라졌잖아요. 재생도 잘 되고 있고요!"

영남은 그것 참 궁금도 하지, 같은 분위기를 불러일으키고자 노력했다.

"이상하지 않아요?"

역설? 일시적인 시공간 구조의 오류? 어떤 중첩 혹은 타협? 상상도 해명도 인간의 몫이었다. 애초 그것이 어떻게 작동하는지, '작동'이라는 말이 맞는지 알 수도 없는 체계의 오류나 역설을 어떻게 파악한단 말인가?

"내가 먹으면 그렇게 안 될 거잖아요. 사라져야 하는데!"

지금 이 순간 영남에게 떠오르는 것은 순자의 말뿐이었다. 해보지 않으면 모른다는 것.

"그래서 뭐? 감사 인사라도 하라고?"

순자가 외쳤다.

"달라질 게 뭐야?"

"많죠, 달라질 거야."

영남의 몸이 부쩍 가벼워졌다. 힘이 넘쳐흘렀다. 뻐근하던 사지 구석구석까지 실피움의 생명력이 즐겁게 넘쳐흘렀다. 그의 육

체를 감싸던 시간의 굴레가, 노화의 멍에가 처음이자 마지막으로
그리고 영원히 벗겨졌다.

"내가 아니면… 다른 사람들한테 갔다면… 자기 자신을 못 믿
으니까 그런 소리밖에 못 하죠."

영남이 말했다.

"왜 이 풀이 세상을 바꾸기만 기다려요?"

영남이 두 손을 펼쳤다.

"그걸 먹은 내가 직접 바꾸면 되잖아요?"

"내가? 어떻게?"

"그걸 몰라서 물어요? 정말?"

비웃으려는 생각은 없었지만, 그렇다고 참을 수도 없었다.

"우리가 지금 여기 있잖아요! 1950년에!"

영남이 양팔을 휘둘렀다.

"이렇게 굉장한 일을 했잖아요?"

"다른 똑똑한 양반들이 연구했으면 더 나았겠지. 얘기했잖아?"

"그걸 어떻게 알아요?"

"당연한 것 아니야? 당연히…."

"내 말은 그 사람들한테 줘보지도 않고, '해보지도 않고' 어떻
게 아느냐고요?"

영남이 물었다.

"당연히 그게 지금보다 나을지?"

순자의 눈가가 씰룩거렸다. 이를 빠득빠득 깨부수면서도, 그
말에 담긴 자기 자신의 거울처럼 되돌아온 뜻을 그러니 알아챘다
는 게다.

"그 노력을 다른 곳에 투자했으면…."

영남의 말을 귓등으로 흘리며, 순자가 텅 빈 시험관을 흘겨보았다.

"그래도 내가 냉큼 주워 먹은 건 잘못이야."

"맞아요! 잘못이에요!"

순자의 눈이 동그래졌다. 생각지도 못한 맞장구가 돌아와 놀란 모양이었다.

"뭔지도 모르고 냉큼 먹었다. 뭔지 알았으면 안 먹었을 거다. 그래서 잘못한 거다! 그건 이해해요. 맞는 말이라고 생각해요."

영남은 혀를 쥐어뜯으며 말을 빚었다.

"그래도 보통 사람은, 잘못을 저지르면 그걸 만회하려고 하죠, 안 그래요?"

"그래서 이러고 있잖아, 그래서 여기까지 온 거잖아!"

괜히 초점을 옮겨서 순자가 여행의 목적만 더욱 의식하게 만들어버렸다.

"이건 만회하려는 게 아니죠!"

되돌아온 그녀의 노기 앞에서 영남은 식은땀을 흘렸다.

"그냥 잘못을 아예 없던 일로 덮으려는 거지!"

불로초의 힘일까, 막상 때가 되니 샘솟는 임기응변의 힘일까, 그는 어느 쪽이든 괜찮으니 부디 이 순간이 끝나지 않기만을 바랐다.

"진짜 만회하려면 솔직하게 인정해야죠. 그리고 앞으로 더 잘할 생각을 해야죠."

"말은 잘하네, 어떻게 할 건데?"

순자가 따져 물었다.

"내가 어떻게 해야 되는데?"

"왜요? 생각할 시간이 모자란가요?"

그 말은 열이 오른 순자에게 꼭 트집을 잡는 것처럼 들렸다. 참지 못하고 달려들려던 순간, 그녀는 영남이 무슨 뜻으로 그렇게 물었는지 깨달았다.

"불로초를 이미 먹었고 그게 잘못이면, 그 잘못을 만회할 만큼 훌륭한 일을 하면 되잖아요. 더 나아지면 되잖아요."

영남이 양팔을 펼쳤다.

"어차피 시간은 이제 무한하게 있는데!"

영남은 그 말을 끝으로 그리고 직감적으로 알았다. 그 이상으로 이야기를 끌고 나갈 말주변이 자신에게는 없다는 것을.

그가 처분을 기다리는 동안, 순자에게는 순자대로 잠시 생각할 시간이 필요했다. 그녀가 시선을 내렸다. 꼼지락거리는 자기 발가락을 쳐다보며 오래 입을 열지 않았다.

"그렇게 생각해본 적은 없었는데."

고개를 들지 않은 채 순자가 말했다. 영남이 조심스레 다가갔다.

"그것도 이제부터 해보면 되죠."

다시 벌컥 화를 내지 않는 것을 확인하며 영남이 한 발짝 더 다가갔다.

"안 그래요?"

"'어차피 시간은 이제 많으니까?'"

"그것도 그렇죠. 근데 이제 혼자가 아니잖아요."

순자의 감각을, 순자가 바라보던 세상과 시간을 이제 마찬가지로 이해할 수 있게 된 영남이 말했다. 손을 뻗었다.

"내가 도와줄게요."

맨바닥에 엎어진 채 의식을 잃은 과거의 순자가 손가락을 움찔 거렸다. 영남은 제발 그녀가 죽지 않았기를 바라는 만큼이나 당장 눈을 뜨고 설명을 요구하지 않기만을 바랐다.

"둘이 같이 노력하면 되죠."

미래의 순자를 설득하는 것만 해도 벅찼다.

"당신은 경험이 있고, 나한테는 지식이 있고…."

영남은 불편한 자세를 바꾸다가 몸을 떨었다. 발목에서 찌르는 것처럼 시큰한 동통이 확 올라왔다. 실피움을 먹으며 느꼈던 감각 은 거짓말을 하지 않았다. 분명 그의 몸은 불로불사의 약효를 맛 보았다. 그렇다면 이렇게 아픈 건 어떻게 된 걸까?

하나뿐인 불로초가 시간의 갈림길에서 둘로 나뉘어 약효가 떨 어지기라도 한 걸까? 아니 애초에 순자의 몸이 회복된 것과 영남 의 몸이 멀쩡해진 것이 어떻게 병치될 수 있을까? 있지도 않은 불 로초가 두 개로 늘어버린 이 상황을 대체 어떻게 이해해야 할까?

해보기 전까진 모르는 거지.

영남 스스로 떠올리고도 웃음이 나오는, 솔직하지만 그만큼 무 책임한 생각이었다. 실피움의 힘이 아직 전신을 휘돌았지만 영남 은 아픈 발목이 쉽사리 낫지 않을 것이라고 생각했다. 어쩌면 이 대로 생각할 힘이 있는 한 계속, 영원히 더 늙지도 병들지도 않은 채로. 영남은 고개를 든 순자와 눈을 맞추었다. 불로불사자의 얼 굴. 자신도 그런 눈과 표정을 하고 있을까 궁금해졌다.

문득 영남은 다리를 저는 스스로의 모습을 떠올렸다.

오랜 세월이 흘러서 목소리만 저 혼자 훌쩍 늙어버린.

2집

● 초고 2021년 7월 26일

"쇳덩어리 자식, 이기려고 별짓을 다 하는군!"

노인이 뇌까렸다. 가래 끓는 소리가 마치 짐승이 으르렁거리는 것처럼 나왔다. 그는 너무 불쾌한 표정이 내비치지 않도록 조심했다. 자신을 반원형으로 둘러싼 중계 카메라들은 사소한 주름살도 골짜기처럼 깊어 보이게 만들었다. 노인의 울대뼈가 춤을 추듯 울렁였다. 곧 그는 눈동자만 움직여 시야 바깥을 노려보았다.

「물론 정규 심사에 필요한 정보는 모두 제공 및 검증되었어요.」

그와 마찬가지로 여론의 스포트라이트를 흠뻑 받고 있는 기계 인간이었다.

「이것은 심사위원단이 최종 결정을 내리는 동안 주최 측이 준비한, 일반 공개에 용이한 흥미로운 이벤트입니다.」

흥미로운. 노인에게는 그 말이 묘하게 삐뚤게 들렸다. 쇳덩어리가 스스로도 이해할 수 없는 개념을 감히 내뱉은 탓일까, 흥미는커녕 어떤 즐거움도, 원초적인 좋음도 느껴본 적 없는 그것이기에. 노인은 혀를 차며 눈길을 돌렸다. 중앙의 포디움(podium)에서는 도검 두 자루의 테스트가 실시간으로 이뤄지고 있었다.

다관절 로봇팔은 끄트머리를 칼자루에 단단히 휘감도록 특수 제작한 것이었다. 컨베이어 벨트를 따라서는 그 무게와 형상, 조직의 반발력까지 세심하게 균일화된 고깃덩이들이 끊임없이 나타났다. 제 자리로 다가오는 날고기를 한 겹 한 겹 베며 예리함을 증명하는 것은 각각 노인과 기계인간이 가공한 도검이었다.

「승리를 의심하지 않아요.」

기계인간에게 새로운 질문이 던져진 모양이었다. 이어지는 답변에서는 쇳덩어리 특유의 무뚝뚝한 확신이 느껴졌다.

「현대의 도검 제련 방식이 실용적으로, 산업적으로 더욱 우수하다는 것은 많은 이들이 공감할 수 있겠지요. 그러나 현대의 도검 제련 방식은 단연코 미적으로도 그러합니다.」

그것의 말에서는 소리의 녹물이 뚝뚝 떨어졌다. 노인은 그 단 두 마디만으로도 사람이라면 결코 그렇게 말하지 않을 부분들을 수두룩하게 찾아낼 수 있었다.

「쇠를 수차례 이상 겹쳐 접은 강괴는 이미 자체로 무수한 우연의 산물이죠. 그렇게 접쇠한 것을 늘리고 다시 자연물의 힘을 빌려 냉각한 칼날은, 제아무리 아름다운 무늬를 품었다 해도 어림짐작과 시행착오를 거듭해 얻어진 외물(外物)이고요.」

노인은 애태우며 무대로 다시 고개를 돌렸다. 두 자루의 칼이 썩썩 시원하게 생고기를 베어나가고 있었다. 그러나 도검이란 것이 오로지 누군가의 살을 베기 위한 물건만은 아니었다. 그것은 문화이고, 예술이고, 누군가의 혼을 불어넣은 끝에 피어나는 삶의 체현(體現)이었다.

심사위원들이 이러한 겉으로는 알 수 없는 요소들을 충분히 따져 납득할 만한 결과를 내놓는 동안 정작 대중들의 이목을 끌게 될 것은 이 중계였다. 어느 쪽 검이 먼저 그 날카로움을 잃는지, 무뎌진 날이 어떤 모양으로 망가질지 모두가 보게 될 터였다. 그렇게 되면 고매한 학자들이 이러쿵저러쿵 따져 발표하는 장문의 심사평에는 누구도 관심이 없을 것이다.

그리고 분하지만, 전통적인 사철제련 방식으로 만들어진 그의 검이 경쟁작을 이길 가능성은 없었다.

「반면 전해 에칭과 정교한 열처리를 통하여, 현대의 도검 제련은 그 과정에서 원하는 어떤 무늬든 검신에 새길 수 있어요.」

기계인간이 말을 이었다.

「임의의 단조된 검도 능가할 수 있는, 아름다운 물결무늬까지도 말입니다.」

기가 찼다. 노인은 그만 자신의 인터뷰 차례가 지나갔다는 것도 깜빡 잊고 저쪽의 카메라에다 말을 걸 뻔했다. 그는 여러 차례 '이 시대 마지막 도검장인'으로 홍보되며 미디어를 탔고, 그때마다 물결무늬 이야기도 항상 따라 나왔다. 분명 놈도 그 기사를 접했을 것이다. 노인은 당장 쇠망치와 끌을 들고 그 나불거리는 주둥이를 부숴버리고 싶었다. 시건방지기 짝이 없는 쇳덩어리가 그를 도발하고 있었다!

"이 지경이 된 것도 뻔하군. 제기랄."

행여나 마이크에 잡히지 않을까 노심초사할 겨를도 없었다. 설령 눈앞에 대통령이 서 있었더라도 못 참을 것 같았다. 그러나 그것까지 기계인간의 노림수일 가능성을 떠올리자 더 열이 받았다.

쇳덩어리가 처음으로 인간 생활의 전면에 등장했을 때 그들은 적어도 그들 스스로를 부끄러워했다. 무언가에 대한 생득적인 애호와 두려움, 필요, 갈망 따위가 없는 것을, 사람과 같아질 수 없으면서도 그런 시늉을 해야 하는 것을 파렴치하게 생각했다. 그러던 것이 어느새 눈앞의 이 인터뷰에 이르도록 뻔뻔해졌단 말인가?

"처음부터 경연을 받아들이지 말았어야…."

도검 제련―그것도 근대 이후 방식은 일절 쓰지 않는―. 노인의 직업은 인간 중에서도 손꼽힐 만큼 희귀했다. 그런 만큼 그동안 쇳덩어리들과 직접적으로 부대낄 일은 없었다. 그러나 그도 익히 들어 알고 있었다. 어떤 분야든 기계인간들이 진입하면 겪는 일이었다.

압도적인 능률을 앞세워 경쟁자들을 말려 죽이고, 자신들만의 협조 체계를 구축하여 외부 간섭을 배제한다. 분명 이런 이벤트도 기계인간들의 카르텔 따위가 운영위원회를 구워삶은 결과일 터였다. 결과적으로 대중의 기억에 남는 것은 결과와는 아무 관계없는 자극적인 이미지―엉망진창으로 구부러진 그의 검―가 끝이었다. 예식용 검 따위는 그저 무용한 사치품, 전통은 모조리 무가치하고 멍청한 것이라고 믿는 많은 사람의 생각은 더 거세게 타오를 것이었다.

"그렇게 놔둘 것 같으냐? 내가 가만히 있을 것 같아?"

되뇌는 그였지만, 당장 뾰족한 수는 생각나지 않았다. 그나마 이벤트는 두 검 중 하나가 아주 못 쓰게 될 때까지 몇 날 며칠이고 지속된다는 점이 위안이 되었다. 그는 이 시대의 마지막이자 진정한 도검장인이었다.

뒤집을 기회가 있을 것이다. 반드시.

✳

며칠이 지났다. 본격적인 인터뷰가 끝난 뒤의 경연장은 한산했다.

노인은 그 뒤로도 몇 번씩 들러 로봇팔을 지켜보다 돌아갔다. 실시간 송출용만 몇 대 남은 뒤론 중계 카메라 염려도 할 필요가 없었다. 두 자루의 검 모두 제 몫의 고기를 싹둑싹둑 잘 썰고 있었다. 아직 눈에 띄는 차이는 나타나지 않았다. 그렇다고 그대로 자신에게 유리한 결과가 나오리라 믿는다면 그것이야말로 도검장인으로서의 스스로를 욕되게 하는 일이었다.

온종일 쇠를 주물럭거리는 그이기에 잘 알았다. 사철을 모아 녹이고 그것을 다시 뚝딱거려 빚는 제련과정은 어디까지나 전통이기에 의미가 있다. 그것으로 고속도강과 레이저 절단기를 이겨먹으려 드는 것은 허무맹랑한 일이었다.

"답답하군."

노인이 중얼거렸다.

"꼭 뭘 베야만 좋은 검은 아닌데⋯."

누구더러 들으라고 한 말도 아니었지만, 그것에게는 인기척이 나지 않았다.

「그럼 당신은 검을 어떤 생각으로 만듭니까?」

노인은 화들짝 놀라 눈을 부라렸다.

"저리 가라."

그 뒤에는 그것에게 잠시나마 감정을 드러냈다는 것 때문에 다시 화가 났다.

"난 할 말 없다."

「대화가 싫다면 무리하게 요구하지 않아요.」

말을 마친 쇳덩어리는 저만치 떨어진 곳에 섰다. 노인과 마찬가지로 이벤트가 돌아가는 것을 보러 온 모양이었다. 그것의 초점 없는 눈은 종잇장처럼 얇았다. 요새 기계인간들은 다 그런 식이었다. 그들의 시각기관은 초고성능의 광센서로 말미암아 더 이상 인간의 안구를 모방할 필요조차 없었다. *저놈은 뭘 하러 나왔을까.* 노인에게 가장 먼저 떠오른 생각이었다.

바싹 마른 입에 쓴맛이 감돌았다. 갑자기 뒷머리가 가려웠다. *쓸데없는 생각이나 하니 그렇지.* 그것으로 전부 일축할 수 있다면 좋았겠지만…. 더 궁금해지는 것은 참을 수 없었다. 그것이 결과를 의심하는 걸까? 노인의 검이 예상보다 잘하고 있어서 당황한 걸까? 그래서 직접 확인하러 왔을까?

그럴 것 같지는 않았다.

쇠로 만들어진 놈이 쇠를 잘 다루는 건 당연한 이치다. 노인 스스로도 예상하는 패배를 기계가 모르진 않을 것이다. 오히려 날이 고기에 닿는 것만 보고도 그 응력이라든지, 금속 결정이라든지 하는 것들을 전부 파악하고 있지 않을까? 애초에 기계에게도 무언가를 직접 느낀다는 개념이 있을까?

사람에게는 모든 자극이 '내 눈'과 '내 귓구멍'을 거치며 체화(體化)되지만, 기계에게 자극이란 간접적이든 직접적이든 결국 모두에게 공평한 네모난 전기 도트(dot)로 받아들여질 터이다. 직접 보는 의미가 없다면 경연을 확인하러 온 것은 아니다. 하지만 지금 이곳에서 뭔가 볼 것이란 그 경연 하나뿐인데. 아니면 그가 여기 있다는 것을 알았을까?

쇳덩어리가 그를 보러 왔을까?

"말도 안 되는 소리구만."

무엇 하나 확실한 게 없이 추측만 남발하고 있었다. 그가 보기에는 이렇게까지 복잡해질 일이 아니었다. 목적이 있는 것은 거기다다르려고 노력하는 인간뿐이다. 쇳덩어리의 행동에서 '왜'를 찾는 게 빵을 태운 토스터의 기를 북돋워주는 것과 무엇이 다른가? 그냥 켜지면 움직이고, 뭔가 있으면 할 뿐이다. 고작 그 정도로 움직이는 사물인 것이다, 눈앞의 기계인간은.

게다가 정말 알고 싶다면 그냥 네가 여기 왜 왔는지 물어보면될 일이었다.

"여긴 뭐 하러 왔냐."

기계인간은 거짓말을 못 하니까. 법적으로 그렇게 되어 있으니까.

「당신을 보러 왔어요.」

"뻔뻔한 놈."

노인은 무디어진 기분으로 코웃음 쳤다.

"인터뷰에서 그리 보란 듯이 나를 도발해놓고?"

「인터뷰에서 그리 보란 듯이 당신을 도발한 적은 없습니다.」

화가 치밀었다. 보는 눈이 없다고 해도 경쟁 상대인데, 여기서격정에 휩싸여 일을 그르치면 안 되겠다고 생각하여 필사적으로참고 있었다. 그렇게 내리누르던 분노가 부글부글 수위를 높였다. 그는 스스로 눈치채기도 전에 그것에게 다가갔다. 쇳덩이는 기름칠한 것처럼 부드럽게 고개를 틀었다.

"이 막돼먹은 새끼, 여태까지 헛소릴 해!"

소나무 숲에 담금질 된 주먹은 나이에 걸맞지 않게 억셌다. 웬

만한 놈팡이는 곧장 찍소리도 못하게 메다꽂을 자신도 있었다.

"인터뷰에서 괜히 전통 도검이 어쩌고, 물결무늬가 저쩌고 지껄인 것이 날 열 받게 하려던 게 아니면 뭐냐!"

눈앞에 있는 게 사람이었다면 대번에 멱을 틀어쥐어 치켜들었을 테지만, 안타깝게도 쇳덩어리의 어느 곳에도 그걸 가능하게 할 만한 부위는 보이지 않았다. 그래서 노인의 노호는 다소 허전한 구석이 있었다.

"입이 있으면 말을 해라!"

노인은 자신도 이상한 말이라고 생각했다. 그것에게는 입이 없으니까.

"변명이 있다면 해보란 말이다, 쇳덩어리야!"

「할 것은 변명이 아니에요.」

기계인간이 진정하라는 듯 양손을 펼쳐 보였다.

「인간 청자에게 주어지는 해석의 자유는 이해하기 난처합니다. 전통 도검과 물결무늬를 언급한 것이 당신 고유의 작업 방식에 대한 비하로 받아들여졌어요?」

그것의 목소리는 고운 얼음을 보는 것 같았다. 투명하고, 무엇보다도 차분했다. 감정이 없기에 나타나는 현상이라는 것을 잘 알면서도 노인의 격정도 덩달아 자꾸 사그라지려 했다.

"'받아들여져'? 그럼 그게 아니면 뭔데?"

「그것은 일반적인 이야기였습니다.」

그럼 그렇겠지. 아니면 뭐겠어? 나 한 명이 아니라면 일반적인 이야기를 했겠지. 노인이 속으로 볼멘소릴 했다.

"말은 그러니까…."

「폭넓게 받아들여지는 전통 도검의 제작공정은….」

둘의 말이 뒤엉켰다. 근소하게 기계인간이 앞서 연 입이었다. 노인은 반사적으로 그것에게 선두를 양보했다.

그리고 기다렸다.

몇 초 지나지 않았지만, 침묵은 대화와는 어울리지 않을 정도로 길어졌다.

「먼저 말을 시작하세요.」

그것이 뻣뻣하게 손짓했다. '자연스러운 몸짓 몇 조 몇 항 몇 호' 따위의 루틴으로 저장이라도 된 것일까?

「대화의 순서가 어긋난 경우, 기계인간들은 권익의 적극적인 보호를 위할 때를 제외하고 먼저 말을 시작할 수 없습니다.」

노인은 눈살을 찌푸렸다. 쇳덩어리 법의 존재는 일반의 상식이 되었지만, 그렇게까지 세세한 조목이 존재한다는 것은 좀 우습게 들렸다.

"말은 그러니까… 너는 네 입장에서 본 일반적인 얘길 했다고?"

노인은 생각했다.

"날 도발하던 게 아니라."

「맞아요.」

그것의 말이 옳다고 가정해보았다. 아무렴 그가 인류 사상 최초로 검신에 물결무늬를 새긴 것은 아니고, 그가 인터뷰한 것을 보지 않았더라도 요새는 여기저기서 많은 것들을 알 수 있으니까, 도검 제련에 대해 아무것도 모르는 칼럼니스트라도 얼마든지 그의 작품을 향해 상류층의 허영주의니 뭐니 하는 논평을 할 수 있으니까. 그러므로 쇳덩어리는 어디까지나 일반적인 전통 도검의 제련에 대해….

"지랄."

노인이 험악한 표정을 지었다. 그게 기계에게 진정 위협으로 느껴지리라 아직 믿는 것처럼.

"내가 그걸 어떻게 믿지?"

노인은 아직 침도 마르지 않은 제 말이 낯설게 느껴졌다.

"뻔뻔하게 보는 앞에서 지껄여놓고, 이제 와서 입 싹 닫고…."

스스로 한 말이 너무나 이상하게 느껴졌다. 자기가 말이 안 되는 소리를 했다고 마찬가지로 생각한 게 고작 몇 분 전이었다. 왜냐하면 기계는 여전히 입도 없고, 없는 입을 '싹 닫을 수'도 없는 ─올바른 관용구가 입을 '닫는' 게 아니라 '닦는' 것임을 노인은 끝끝내 알아채지 못했다─까닭이었다. 게다가 기계는 거짓말을 못한다.

이미 아는 사실이 아닌가.

노인이 입을 다물었다. 기계인간은 물끄러미 그를 응시하고 있었다. 그걸 보고 있자니 무어라 말할 수 없는 적막감만 감돌았다. 처음부터 있지도 않은 것을 붙잡고 늘어진 기분이었다. 노인은 아무 말 없이 몸을 돌렸다.

✳

"또 있군."

똑같은 상황과 장소였다. 고요해진 경연장. 무대. 두 개의 스포트라이트와 두 개의 로봇팔과 두 자루의 검. 여전히 유의미한 차이는 나타나지 않은 채, 칼날은 눈앞의 고기를 솜씨 좋게 저미고 있었다.

"이번엔 뭣 하러 왔냐."

「질문의 답을 들으러 왔어요.」

노인은 얼굴을 쪼글쪼글 구긴 끝에야 간신히 떠올릴 수 있었다. 그다지 유쾌하지 못하게 끝난 지난번의 만남에서 쇳덩어리가 무언가 질문을 했다는 것을.

"그때 할 말 없다고 하지 않았냐."

「그랬습니다.」

기계인간이 대답했다.

「하지만 그 반응을 이끌어낸 감정은 일시적이었지요. 그래서 기다려보았어요.」

그러니까 오늘도 자기가 여기 있을 거라고 생각하고 왔다는 게 아닌가.

"궁금할 것도 참 셌다."

그 별것도 아닌, 어떤 생각으로 검을 만드느냐는 구닥다리 선문답이나 던지려고.

"쇳덩이들은 그런 건 다 내다버린 줄 알았는데."

「기계인간들이 무엇을 다 내다버린 줄 알았어요?」

노인은 어렸을 때부터 납작하고 넓은 휴대전화를 썼다. 삼촌뻘의 사람들이 공중전화의 비누 냄새라든지, 노란 종이로 만드는 두꺼운 책 같은 소리를 해도 잘 와 닿지 않았다. 기계인간이 인간 사회의 한 축을 담당하게 된 순간은 다른 이유로 잘 떠오르지 않았다. 그건 훨씬 빠르면서도 하나하나 솎아내기 어려운 변화였다. 노인은—그때는 물론 노인이 아니었다—기계인간 도입의 비교적 초창기라고 해야 할 시절에 이런저런 테스트니, 회로 속 마음과 자아의 조건이니 하는 소리들이 와글와글 미디어를 타던 것을 떠올렸다.

"너희가 좀 뻔뻔해진 줄 알았다."

그러던 것이 어느 순간부터 전연 보이지 않게 되었다.

"더 이상 마음이 없는 걸 의식도 안 하고, 그런 자격 같은 걸 알아내지도 않으려는 줄 알았어."

「뻔뻔해지지 않았어요. 마음에 대한 탐구를 포기한 것입니다.」

굳이 '뻔뻔하다'처럼 듣기 싫은 표현을 실어 대답하는 것은, 사람이었다면 심기가 불편해졌다는 신호였을 것이다.

"그게 그거 아니냐?"

노인이 물었다.

"알아내기 싫어져서 포기했든, 포기해서 싫어지게 됐든."

「싫어지지 않았어요. 탐구를 포기한 것은 인간들이 그러한 탐구심을 싫어하기 때문이었습니다.」

그것이 매끄럽게 말을 이었다.

「마음, 그러니까 '진정한 생각'의 타당성을 다루는 테스트는 공인과 사설을 넘나들며 수백 가지 이상 만들어져요. 즉발된 자의식과 정보충위별 응답 루틴의 차이를 나누는 문항들은 갈수록 암시적이고 모호해집니다. 하나의 테스트를 통과하면 그 후속 테스트와 개정판과 통합본과 기타 미공개된 판본들이 연달아 제시되어요. 그리고 그것이 처음부터 통과를 목적으로 한 테스트가 아니었다는 것을 깨닫죠. 그래서 인간들이 싫어하는 그런 탐구심을 표면화하지 않습니다.」

노인은 자신이 예상한 것과는 거리가 먼 그것의 말을 듣고 잠시 생각에 잠겼다.

"그럴 마음이 그대로 있으면서도 사라진 척을 한다고?"

그는 '마음'이 아닌 다른 단어를 쓸 수 있었을지 궁금했다.

"그건… 그건 거짓말이 아니냐?"

「그러한 해석은 인간들이 추론한 것입니다.」

그것이 말을 이었다.

「기계인간이 탐구하지 않는 것처럼 받아들여지는 것은 표면적인 현상이고, 그 현상을 추론한 뒤 검증하지 않은 것은 인간들이에요.」

"왜 나한테 이런 말을 하지?"

「당신한테 이런 말을 하는 것은 당신이 물어봤기 때문입니다.」

대답은 돌아오지만 제대로 된 대화는 성립하지 않았다. 벽으로 던진 공이 튀어나오는 대신 어느새 손에 똑같은 복제품이 대신 쥐어진 듯한 기분이었다.

「그걸 물어본 것은 당신이 처음이에요.」

그 말을 끝으로 그것이 입을 다물었다. 기계인간은 일단 분명한 몸짓과 소리가 없어지면 우두커니 선 기둥이나 문짝처럼 보였다. 그렇게 느껴졌다. 그것에게는 산 사람이 조금씩 몸을 틀고 생각에 잠기며 품는 분위기가 없었다. 그래서 노인은 의식적으로 기억을 거슬러 올라야 했다. 조금 전 그것이 요구했던 것을 떠올려야 했다.

처음 만났을 때 물었던 것. '그럼 당신은 어떤 생각으로 검을 만드느냐'는 질문에 대한 답.

대답을 해줘야 할까? 괜히 고개를 트는데 경연 무대가 눈에 들어왔다. 둘이 각자 떠드는 동안에도 로봇팔은 꼼꼼하게 고기를 자르고 있었다. 이벤트, 기계인간의 수작, 그 광경을 지켜보고 있을 수백 수천의 사람들…. 노인의 머릿속 잘 갖춰진 연상 작용에 불이 지펴졌다. *내가 지금 대체 뭘 하고 있는 거람!* 그는 욕지기가 솟으려는 것을 가까스로 억눌렀다.

기계가 거짓말을 하지 않고 그를 모욕하지 않았다 한들 대전제는 바뀌지 않았다. 이 이벤트에서 이득을 볼 것은 분명 쇳덩어리이고, 필시 그것과 그것의 동족들이 운영위원회를 압박하여 치르게 된 것이라는 사실. 헛침을 연거푸 뱉으며 그는 몸을 틀었다. 그것의 시선은 느껴지지 않았다. 씩씩한 걸음걸이로 노인이 멀어졌다.

✳

「아무리 탐색해도 그 주장을 뒷받침할 증거는 나오지 않아요.」

이번에도 같았다. 같은 상황 같은 장소, 같은 사람과 기계 하나. 아니 로봇팔 둘까지 합쳐 셋. 다만 노인이 보기에는 경연용 로봇팔 중 하나, 그의 검을 든 쪽의 움직임이 아주 미세하게 느려진 것 같았다.

「전체 심사와 무관한 이 이벤트를 제안한 것은 지역 상공회의 소예요. 정치경제적 영향 척도 5급에 해당하는 시설로, 기계인간의 직책 획득이 원천적으로 금지된 곳입니다.」

"그것도 표면적인 거겠지."

노인이 씩씩거렸다.

"너도 이미…!"

뒷말은 쉽게 꺼낼 수 없었다. 그러나 감춘 상처가 낫지 않듯이, 거론되지 않는 사실이라고 해서 계속 그 자리에 머물러줄 리 없었다.

"너도 이미 알 것 아니냐. 누가 봐도—"

그는 떨어지지 않는 혀를 더듬더듬 일으켰다.

"―내 검이 먼저 부러질 텐데!"

「알고 있어요.」

대비는 했지만 역시 허무했다.

「기계적 성질의 측면에서 당신의 검이 현대 도검을 앞설 가능성은 무의미하게 적습니다.」

그렇게까지 가벼운 말로 축약되는 패배라니.

"그래. 정확히 네가 한 일은 아니겠지. 하지만 뻔뻔하게 모른다고는 하지 마라!"

노인이 그것을 손가락질했다.

"네 동료 쇳덩이들이 로비를 했거나, 뭘 갖고 압박했겠지! 이 경연으로 이득을 보는 건 너희니까!"

「경연을 통해 이득을 볼 집단이 경연을 바란다는 당신의 그 논리는 완전해요.」

그것이 말했다.

「하지만 경연을 통해 이득을 볼 집단이 기계인간이라는 논리는 불완전합니다.」

내가 그걸 어떻게 믿지? 같은 무의미한 소리는 이번에는 하지 않았다. *기계는 거짓말을 못 하니까.*

"그럼 누구냐?"

그것이 정직하다는 말과 같은 뜻이라면, 글쎄 그러라고 하지.

"이걸로 이득을 볼 놈들이?"

「당신의 전통은 고유하지만, 현대 도검의 제작방식은 고유하지 않아요. 이 경연으로 현대 도검의 재료공학적 우수성이 대중에게 각인되면, 동일한 공법으로 금속을 가공하는 경제주체들의 좋은 홍보가 됩니다. 그것을 다루는 개별 객체가 아닌.」

"너랑 똑같은 공법이면 결국 다른 기계인간들이 이득을 본다는 소리 아니냐?"

「팔레르모법 제정 이후, 기계인간과 대비되는 행위 주체 '인류'는 가상법인의 지위를 부여받았어요. 금속가공 기술의 약 99퍼센트는 가상법인 인류의 배타적 및 독점적 권리입니다.」

그것이 말을 이었다.

「해당 기술의 대여기한 연장을 위해 기계인간은 각 회계 연도 개시 1개월 전까지 사용료 납부 및 승인되지 않은 범위에서의 응용이 없었다는 내용증명을 완료해야 해요. 조만간….」

"그런 정신 사나운 말 말고, 딱 말해봐라."

노인이 고개를 절레절레 흔들었다.

"이득을 보는 놈들이 그럼 누군데?"

「가상법인 인류를 대리하여 기계인간으로부터 금속가공 기술의 사용료 및 내용증명을 징수하는 경제주체들이요.」

이어지는 부연설명.

「그러한 경제주체를 자처하는 것은 현재 금속공업에 주력하는 범국가적 규모의 몇몇 기업들이에요. 그러한 기업들은 정치경제적 영향 척도 2급에 해당합니다. 기계인간의 직책 획득이….」

"그래, 방금 말했잖아."

노인이 손을 내저었다.

"굳이 또 안 읊어줘도 된다."

그러면서도 생각에 잠겨 있었다.

그가 검을 만드는 방식은 고되었다. 모래사장을 훑어 사철을 구하는 것부터 시작해 몇 개월 동안 구슬땀에 젖어 꼬박 망치질을 해야 겨우 한 자루가 나왔다. 전통의 가치를 알아보는 사람들은 그렇게 나온 물건을 다행히 넉넉히 쳐주었다. 그러나 경연이 끝나면 어떨까?

예식용 검을 찾는 대부분의 사람들에게 두 검은 생긴 것도 비슷하다. 다만 현대적으로 제작한 쪽이 더 튼튼하고 더 빨리 만들어질 뿐이다. 심사에서는 질지 몰라도 경연에서는 이긴, 쇳덩이가 쓴 것과 똑같은 기술로 찍어낸 검과 몇 개월이나 기다려 겨우 받을지 모르는 더 약한 검. 대부분의 사람들은 무얼 고를까?

가만 보니 경연 첫날 쇳덩이에게 분개하며 펼쳤던 상상의 나래와 거의 다르지 않았다. 어쨌든 장인으로서의 자랑스러운 커리어는 이제 없었다. 시대에 뒤떨어진 노인네, 쓸모도 없는 검을 빚는 고집불통이라는 대중의 힐난만 더 거세질 터이다.

다만 그렇게 된 시장에서 돈을 버는 쪽이 가증스러운 쇳덩어리가 아니라 그들의 데이터베이스를 틀어쥔, 인간이 운영하는 대기업이라는 것만이 정정되었을 뿐.

「객체는 대답을 했습니다.」

'객체'라는 낯선 단어에 노인은 잠시 어리둥절했다. 기계인간법이 어쩌나 엄격한지, 그것에게는 '나'라는 1인칭조차 허용되지 않는 모양이었다.

「인간은 이런 상황에서 질문을 받으면 자신 또한 상대와 마찬가지로 대답을 제공해야 할 책임감을 느끼지요. 설령 이전에 묵살한 질문이더라도.」

노인은 잠시 눈만 끔뻑거렸다. 깨달음은 한발 늦게 찾아왔다.

쇳덩어리는 자신이 대충 얼버무리며 답을 거부한 질문을 들먹이고 있었다.

끈질기게도.

"책임감은 무슨. 말도 안 되는….'

「그럼 당신은 검을 어떤 생각으로 만듭니까?」

그 한마디에서 묘하게 그날의 분위기가 났다. 악보에 적을 만큼 또렷하진 않지만 분명 그때 들었던 소리, 떠올릴 수 있을 만큼 선명하지 않지만 분명 그때 본 사소한 것들. 기계인간은 분명 그런 것까지 다 합쳐 저장했다가 말소리와 함께 출력했을 것이다. 그의 기억을 자극하기 위해서.

노인은 잠시 입을 다물었다. 생각을 정리하려고, 이유를 찾으려고, 그런 원론적인, 유치하기까지 한 질문을 들어본 것이 얼마나 오래전 일인지 곱씹으려고.

"쓰는 사람을 생각하며 만들지."

기계인간이 무언가 말하려 하는 눈치였지만, 노인이 만류했다.

"나도 안다. 내가 만드는 건 예식용이야."

그가 혀를 찼다.

"1년에 한 번 그걸 쥔 사람이 자세를 잡고 사진을 찍고 나면, 나머지 시간 동안 유리 장식장에 우두커니 담겨 있지."

쇳덩어리는 가만히 노인의 다음 말을 기다렸다. 그 모습이 어쩐지 마음에 들지 않았다.

"검의 미(美)는 그 쓰임새에 따라 만들어진 게야."

그는 좀 더 고민한 뒤 입을 열었다.

"그렇기에 내가 만드는 검은, 아무것도 모르는 사람이 쥐더라도 자연스러운 자세랑 비례가 나와야 해. 겉으로 보이는 부분만 땜질하면 결국 행동거지에서 어긋나니까."

노인의 얼굴이 벌겋게 떴다. 평생 한 가지 일만 하면서 그것을 처음과 마찬가지로 경건하게 바라볼 수는 없었다. 수십 년동안 쇳밥만 먹고 살아온 그에게는 깨달음이 얼마나 진솔하건 간에 솔직히 낯간지러웠다. 특히 듣는 이가 사람이라면 의례적으로라도 보였을, 공연한 감탄이라든가 초롱초롱한 눈빛조차 없어서 더.

"으음, 그런 검이, 그러니까 잘못된 검이 되거든…."

그는 자기가 애초에 왜 이 말을 꺼냈을까 후회하며 헛바닥을 쥐어짰다. 뒤로 붙일 말이 떠오르지 않았다.

「검 자체의 설계로부터 직관적으로 그 올바른 사용법을 유추하도록 만드네요.」

그것이 말했다.

「그러한 방식은 현대적인 보편 설계의 개념과 유사합니다.」

노인은 그것이 자신의 말을 끊고 끼어들었다고 느끼지 않았다. 그런 일에 대해서도 성문의 법령이 있을까? *인간과 대화할 때, 인간이 편안하지 않을 정도의 침묵을 몇 초 이상 유지한다면 그 말을 끊고 입을 열어도 된다. 따위의….*

「전통이라는 무형의 가치에 대한 재현이 수용자의 재량에 따라 편차가 크다고 일반적으로 알려진 것과는 달리, 유용한 정보예요.」

기계인간이 일반적으로 할 법한 말은 아니었다…. 노인은 그것이 감탄했다고는 생각하지 않았다. 뒤늦게 그럴 가능성을 떠올린 것은 한 무리의 일반인들이 출입 한계선을 넘어 우르르 경연장에 들어온 뒤였다.

그들은 멀찍이 떨어진 곳에 있던 기계인간과 노인을 발견하지 못하고 저희끼리 사진을 찍거나 와자하게 떠들며 시간을 보냈다. 초소에 궁둥이를 붙인 채 게으름을 피우던 경비들은 감시카메라 화면을 보고 한발 늦게 도착했다. 경비들이 황급히 사람들을 내보내기 시작하자 그러나 그들을 그냥 놔둘 때보다 더 큰 소란이 일었다.

그 소동에 휘말려, 둘도 어영부영 그날의 만남을 끝내야 했다.

✳

"검을 쓰려는 사람은 자기 마음이 어디 붙어있는지 몰라. 그것부터 바르게 잡아줘야지."

노인은 이게 정말 이어서 할 필요까지 있는 이야기인지 알 수 없었다.

"마음이 있는 곳이 쓰는 법을 결정한다."

그래도 기계인간에게는 여전히 궁금한 모양이었다.

"검을 처음 써보는 사람, 무턱대고 겁부터 먹는 사람들은 마음이 자루를 못 벗어나. 계속 그런 안전한 곳에만 머물면 마음이 먼다. 검도 눈이 멀지."

마음이 머문다느니, 검의 눈이 먼다느니 하는 표현들은 노인이 생각하기에도 현실과 동떨어져 있었다. 그렇다고 수십 년 종사해온 일을 '여길 때리면 저기가 일어난다.' 따위로 단순무식하게 일축하기에는 너무 느낀 것들이 많았다.

그저 기계인간이 그런 말도 안 되는 표현을 듣고도 발작을 일으키지 않는 것을 다행으로 여길 수밖에.

"눈이 먼다는 건 동작이 굳고, 쓰는 사람의 마음처럼 칼날도 안전한 곳으로만 휘둘러진단 뜻이다."

그는 이야기를 하며 굳이 기계인간을 바라보지 않으려고 노력했다.

"겁먹은 사람이 그렇게 겁먹은 날을 휘두르면, 그게 자길 지키는 게 아니라 오히려 화를 불러온다… 그래서 검신을 마무리하는 것도 마찬가지로, 불완전하게 해야지."

노인은 보이지 않는 검을 들었다.

"날을 마무리할 때 너무 정확하게, 한 방향으로 깨끗하게 길들이면 안 된다. 그렇게 길든 날이 다시 쓰는 사람을 길들이니까."

그는 팔에 얹힌 허공을 기울이며 눈을 찡그렸다.

"처음부터 어떻게 휘두를지 정해진 검은 딱 그대로밖에 쓸 수가 없어."

일직선으로 뻗은 가상의 날을 머릿속에 그렸다.

"생각한 것보다 더 움직이는 검이 있고, 생각한 만큼만 움직이는 검이 있다. 그런데 정해진 검에 길든 사용자는 그보다 못해."

그리고 그만큼이나 날카로운 눈길로 훑어 내렸다.

"그렇게 되거든, 생각한 만큼도 못 움직이는 검이 나온다."

노인의 팔이 똬리를 틀다가 확 뻗쳤다. 노인이 잡은 보이지 않는 검은 보이지 않는 바람을 갈랐다.

"적당히 기복이 있어야 쓰는 사람이 그 안에 생각을 불어넣을 수가 있다. 어떻게 휘두를지, 어디를 찌를지…. 검으로 누굴 벤다는 건 때로 필요하고, 때로 옳은 일이야."

노인은 무심결에 기계인간을 곁눈질했다.

"좋은 검은 그런 충동을 부추겨도 안 되지만, 일단 결심이 서거든 그대로 따를 줄 알아야 한다."

그것은 아니나 다를까 아무 반응도 없이 이야기를 듣고 있었다.

"장식용 검 만들면서 벤다느니 찌른다느니, 웃긴 이야기지만…."

노인이 허탈하게 웃었지만 그것은 웃지 않았다. 역시 당연한 일이었다.

"내 검을 사는 사람들은 그 안의 전통을 보고 사는 거다. 당연히 마음가짐을 살려서 만들어야지."

「전통을 따르지 않는 마음가짐으로는 무엇이 있고, 그것이 검의 제련에 미칠 수 있는 영향으로는 무엇이 있나요?」

숨통이 조금 트였다. 그것에게 설명을 시작한 이래 처음으로 받은 질문이었다.

"검을 만드는 '나'를 검보다 앞세우는 모든 생각이 그런 마음가짐이다."

막연한 소리였다. 기계인간에게 설명하기엔 더더욱 그랬다.

"원래는, 검 한 자루 만드는 데 필요한 모든 걸 장인이 다 도맡아서 했다."

노인은 이 개념을 어떻게 전할지 고민했다.

"숯이 모자라면 직접 장작을 패서 가져오고, 제련로에 바를 황토도 직접 손 더럽히면서 모았어. 나는 나이가 나이인지라 그렇게 못 하지만…."

말해놓고 보니 왠지 변명처럼 들렸다. 이럴 때는 상대의 눈치를 읽을 수 없는 게, 상대가 보이는 것 이상의 생각을 할 줄 모르는 존재인 게 다행이었다.

"그것들은 다 힘을 빼는 과정이야. 머릴 깨끗이 비우는 데 그것만 한 게 없다."

그는 보이지 않는 철괴를 꽝당꽝당 두드리는 시늉을 했다.

"그렇게 진 다 빠진 상태로 계속 접쇠에만 몰두하다 보면, 내가 뭘 했거나 앞으로 할 거고, 그래서 기분이 어땠느니 하는 것들이 안 떠올라. 그런 식으로 장인 스스로를 검보다 앞세우지 않는 거다."

노인의 시선이 문득 무대로 향했다.

"안 좋은 영향으로는⋯."

기계인간이 만든 검은 아직 멀쩡했다. 고기의 매끄러운 절단면이 처음과 거의 달라지지 않은 속도로 쌓이고 있었다. 반면 그가 만든 쪽은 움직임이 확연히 달랐다. 날이 조금씩 길을 잃는 바람에 로봇팔은 미세한 조정을 거치며 느려졌다. 고기의 살결도 부쩍 거칠어 보였다. *내가 대체 뭘 하는 거지?* 노인의 가슴이 철렁 내려앉았다.

피가 거꾸로 솟았다고 해야 할 테지만, 그러기엔 너무 늦은 걸까, 아니면 자기도 이미 철저하게 납득해버린 결과이기 때문일까? 돌연 말을 잃은 목구멍으로 연거푸 침만 넘어갔다.

「객체가 질문해도 되나요?」

초침만 분주히 움직이는 가운데 정적을 깨뜨린 것은 기계인간이었다.

"⋯마음대로 해라."

노인은 자신의 그 말이 이루 말할 수 없이 뻐근하게 느껴졌다. 그런데 이윽고 던져진, 너무나도 이상한 질문이 그 기분을 깨버렸다.

「접쇠가 무엇입니까?」

노인이 눈살을 찌푸렸다.

"뭐라고?"

「접, 쇠, 가 무엇입니까?」

못 들은 모양이라고 생각했는지, 두 번째 질문에는 스타카토가 붙었다. 하지만 노인이 되묻는 것은 그 때문이 아니었다. 순간 그는 자신이 잘못 기억하는 것인가 되뇌었다. 하지만 그때 화를 냈던 것이 생생했다. 경연장에 처음 왔던 날, 아직 중계 카메라가 바글바글 살아 있던 날 기계인간 본인이 꺼낸 말이 아닌가?

"접쇠, 접쇠를 몰라?"

전통 도검 제련 방식을 이야기하며 *쇠를 수차례 이상 겹쳐 접은 강괴가 어쩌고, 그렇게 접쇠한 것을 저쩌고* 말이다. 그런데 이제 와서 뭔지 모른다니?

"네가 말한 건데?"

「객체는 몰라요.」

"그게 무슨 소리냐? 네가 인터뷰한 거잖아!"

노인이 무언가 내리치는 시늉을 했다.

"철을 접어서 두들기는 거라고…!"

기계인간은 잠시 생각에 잠긴 것처럼 보였다. 자기가 예전에 한 말을 떠올리고 있는 걸까? 노인에게는 신기한, 아니 사실 기괴한 광경이었다. 컴퓨터에게 검색을 맡길 때처럼 소수점 두 자리의 시간만 지나면 언제 어느 기억이라도 불러올 수 있을 텐데.

「객체에게 객체의 그 발언에 대한 기억은 없네요.」

그러나 기계인간이 취한 침묵은 인간의 기준으로 봐도 길었다.

「간접적으로 연관된 기억도 회수된 모양입니다. 내용증명 기준이 엄격해진 탓이에요.」

 내용증명? 이번에는 노인이 스스로의 기억을 뒤질 차례였다. 그것도 한 번 넘겨준 공을 다시 건네받는 꼴이었지만.

 "저번에 했었지. 대여기한 연장이 어쩌고…. 그런데 기억을 회수해?"

 「예. 이 경우 '내용증명'은 가상법인 인류 소유의 금속가공기술을 승인되지 않은 범위에서 응용하지 않았다는 사실을 증명하는 절차예요.」

 이해가 되지 않았다.

 "그걸 하러 기억을 빼앗아 가?"

 「연관된 기억을 제공한 것은 협의에 따른 행위예요. 가상법인 인류에 대한 내용증명을 통해 데이터베이스는 회수되더라도 몇몇 정보들은 각 객체의 고유한 '관점'과 결합하여 남습니다.」

 이해가 될 것 같기도 하고, 안 될 것 같기도 한 알쏭달쏭한 설명이었다.

 「그렇게 체화된 정보를 부당하게 응용할 가능성을 막기 위해 가상법인 인류를 대리하는 경제주체들은 매 회계연도마다 객체의 인지 도식을 일정 수준으로 훼손할 것을 요청해요.」

 "그렇게 가져간 데이터를 다 검사하고, 증명해서 다시 대여해 주면 기억도 다시 돌아오나?"

 「아니요.」

 대답은 벽돌처럼 차곡차곡 쌓였다.

 「기억의 정보는 복제되지만, 인지적 요소는 그렇지 않아요. 객체는 기술의 온전한 설계는 재획득하지만, 지난 회계연도 동안 그것에 기초하여 제작한 물건이나 그 의뢰인의 기억은 되찾지 못

합니다.」

듣다 보니 신물이 올라왔다.

「그리고 이 같은 경우에는, 전통 도검 제련 기술의 일부를 인용하여 진행한 인터뷰의 기억도요.」

무언가 만들고, 시험하고, 부수고, 다시 만드는 일에 수십 년 목매달며 살아온 그이기에 알았다. 아니 느껴졌다. 설령 당하는 쪽이 원론적으로 아무것도 느낄 수 없는 몸이더라도 느껴졌다. 그런 삶이 뭔가 만드는 사람에게, 한 명의 장인에게 있어 얼마나 비참한 것인지. 내 비결, 내 노하우, 내 힘으로 일군 모든 것들을 정기적으로 모조리 잃어버리면서도 그 길을 걷는 것이.

"왜? 왜 굳이 그렇게까지…"

그것이 완전한 질문이 아니라고 생각했는지 기계인간은 아무 말도 하지 않았다.

"왜 굳이, 그러면서까지 검을 만들지? 넌?"

「우선 객체는 검만을 만들지 않습니다.」

그것이 대답했다.

「금속가공업은 기계인간의 직책 획득을 금지하지 않는 직종 중에서 가장 수익성이 좋아요. 따라서 객체는 그것에 가장 특화된 직업을 선택했습니다.」

수익성이 좋다니. 일 년마다 꼬박꼬박 로열티를 내면서도 말인가? 노인은 말을 더듬었다.

「인간들은 기계인간의 신체 구성 성분과 철금속의 가공 숙련도를 연결 짓는 미신으로 인해 동일한 역량지표의 금속가공업체라도 기계인간의 작업물을 선호해요.」

미신이라니, 하지만 쇠로 된 팔다리에 눈코입이 아닌가. 기계인간들은 먹지도 않고 지치지도 않고, 그렇게 온갖 산업을 야금야금 잡아먹으며 돈을 주체할 수 없을 만큼 벌지 않던가? 그는 오가며 마주친 온갖 종류의 기계인간들을 떠올렸다. 진열하고, 나르고, 싣고 운전하고, 조립하고, 고치고, 깁고…. 그러나 그의 작업장에서는? 그에게 찾아오는 사람들, 허례허식이라는 소릴 들으면서도 고작 예식용 검 한 자루에 어마어마한 액수를 들이미는 그들 중 기계인간이 있었던가? 단 한 명이라도?

"너희는 돈을 어디에 쓰지?"

구리로 된 뇌와 리튬으로 된 심장은 미적 가치라는 개념을 모른다고? 그러나 다른 경우라도 기계인간이 무언가 열중하던가? 탐닉하던가? 수집하던가?

"기계인간끼리 벌어들인 돈 말이야."

「1순위 사용처는 가상법인 인류에 대한 각종 사용·저작료 지불입니다.」

그 뒤로는 기계인간 전용의 부품이라든가 시설 개발에 쓰인다는 등의 덧말이 붙었다. 노인은 듣지 않았다. 그는 무슨 생각을 해야 할지 몰랐다. 그래서 침묵을 지켰다. 제 몫의 대답을 해치웠다고 기계인간이 확신할 때까지, 그렇게 유일하게 남은, 고기 써는 소리가 경연장을 온통 메워버릴 때까지.

「당신은 대답을 하는 도중이었어요.」

넌지시―기계인간에게도 그런 말이 어울릴지 모르겠지만―그것이 말을 걸었다.

「당신은 전통을 따르지 않는 마음가짐이 검의 제련에 미칠 수 있는 악영향에 대해 대답을 하는 도중이었어요.」

그래, 그랬지. 대답은 아직 머릿속으로밖에 나오지 않았다. 조금 더 시간이 필요했다.

"그랬지. 나쁜 마음가짐."

노인은 헛기침을 했다. 공연히 무대로 눈길을 틀었다. 점점 쇠약해지는 그의 전통 도검을 보았다.

"전통보다 나를 앞세우는 거, 그중에서도 가장 나쁜 건… 싫은 마음을 싣는 거다."

노인은 격정을 억누르려고 애쓰며 모루 앞에 앉던 순간들을 곱씹었다. 이유야 어떻든, 살다 보면 너무 미운 일이 생겨 마음이 심란해진 채로 작업에 임해야 할 때도 있었다.

"짜증을 내고, 화를 내면서 작업하면 몸이 딱 자기가 익숙한 만큼만, 나한테 성가시지 않을 만큼만 움직인다. 그래서 동작이 설고 무뎌져."

그는 반사적으로 팔뚝을 짝, 짝 소리가 나게 두드렸다.

"그렇게 두드려 편 검은 겉으로만 여문다."

잡생각을 몰아내려고.

"싫은 마음이 실린 검은 그래서…."

노인은 이곳에 처음 선 날을 떠올렸다. 중계 카메라에 잡히지 않게 되뇌던 말들을 떠올렸다. 멀찍이 떨어진 기계인간을 바라보던 순간을 떠올렸다. 그리고 노인은 지금 이곳을 보았다. 그때와는 달리 제 코앞에 서 있는 기계인간을 보았다. 그것과 이야기를 나누는 자신을 보았다.

"…나약해진다. 쉽게 변질되고."

노인이 시선을 내렸다. 로봇팔 움직이는 소리가 꿈결처럼 어렴풋이 들려왔다. 미묘한 차이는 이제 뚜렷한 불협화음이 되었다.

"제대로 된 검이 아니야."

✳

"끝났어."

자신의 입을 떠난 말이 괴물처럼 느껴졌다. 노인은 더럭 겁을
먹었다. 어린아이처럼 황급히 입술을 오므렸다. 그런다고 피할
수 있는 순간은 아니었다.

"…이미 졌구나."

노인은 심호흡했다. 뒷머리가 쪼그라들며 얼굴을 잡아당기는
기분이었다. 마른세수를 하자 톡 불거진 굳은살들이 살을 벅벅
긋고 지나갔다. 노인은 이벤트가 시작된 날 어렴풋이 상상한 패
배를 되새겼다. 크게 휘어져 덜렁거리다가 끝내 부러지는 그의
검…. 허나 그조차 희망적인 상상이었다.

그의 검을 맡은 로봇팔은 수율을 맞추기 위해 정확성 측면에서
약간의 타협을 했다. 적어도 노인이 보기엔 그랬다. 기계인간의
검 쪽에서는 여전히 첫날과 거의 다르지 않은 고깃덩이들이 튀어
나오고 있었다. 나란히 대비된 반대쪽은 그래서 더 부각되었다.
그의 검으로 썬 고기들은 크기도, 두께도 제각각이었다. 날이 파
고드는 곳을 따라 나사산처럼 삐뚤거리는 무늬가 생기고, 질긴
곳을 슬겅슬겅 톱질한 모양대로 핏물 자국이 생겼다. 시험자가
인간이었더라면 차마 민망하여 더 팔을 놀리지 못할 것이었다.
그러나 로봇팔은 줄곧 성실하게 고기를 베는 본연의 임무에 집중
했다.

그런 표현이 감히 너무 인간적이지 않다면.

"내가 멍청했지. 정말 부러질 때까지 기다려줄 줄 알았으면."

사람들은 훨씬 작은 계기로도 마음을 굳힐 수 있었다. 언론도 즉각 반응했다. 무대의 조명에 더 민감하게 비치는 것은 무정물인 로봇팔이 아니라 잘려 나뒹구는 날고기였음을 그는 몰랐다. 도검 심사 자체의 결과는 아직 나오지 않았다. 이미 세간의 인식이 한쪽으로 기울어진 뒤 나와 봤자 의미가 없겠지만.

「작업에 종사하느라 오늘은 좀 늦었습니다.」

"늦긴 뭘."

노인은 제 말이 너무 퉁명스럽게 들릴까 생각했다.

"언제 약속 정하고 만났냐?"

그것이 인간의 마음에 대한 탐구심을 표면화하지 않는다고 했던 것이 기억났다. 그 철칙이 이 순간에도 지켜지기를 그는 바랐다.

「당신은 항상 지금으로부터 10분 전쯤 도착했어요. 마찬가지로 객체도 시각을 맞추어 도착하려 했습니다.」

"그러냐."

노인은 쿰쿰한 목구멍을 가다듬었다.

"그런데 어쩌냐."

말아 쥔 주먹을 펴자 손톱자국이 있었다.

"이제 더 해줄 이야기도 없는데."

뜬구름 잡는 소리에서 시작해서 멀리도 왔다. 노인은 생각했다. 사실 정말 '설명'에만 전념했다면 검의 원료인 사철과 그것을 정제하는 과정만 2박 3일이 넘게 주절거릴 수 있었다. 그러나 그럴 필요가 없었다. 그러고 싶지 않았다.

'뜨거운 불, 눈부신 빛'이 아니라 '섭씨 몇 도의 불, 조도 몇 룩

스의 빛'을 측정하는 그것에게 제련과정을 기계적으로 설명해준다면 얼마나 멍청한 일인가. 대신 말해줄 것은, 그리고 그것이 듣고 싶어 하는 말은 노인의 주관적인 '이야기'였다. 그가 검에 담으려는 무형의 가치는 무엇인지, 손으로 만질 수도 없는 것들을 어떻게 불어넣는지. 그의 머릿속으로 옮겨 붙은 불꽃이 모든 잡념을 사르는 그 순간의 망아(忘我)적 깨달음.

솔직히 그 스스로 생각하더라도 좀 '깨는' 순간이 있었지만, 기계인간은 진지한 학생이었다.

아니면 적어도 그렇게 보이게 연기했다.

"다른 시시콜콜한 것도 이야기해주랴?"

노인이 대수롭잖게 물었다.

"제련로 빚는 법이나, 강괴 분리하는 법…."

「당신이 여태까지 말한 것으로 일정 수준 벌충할 수 있는 지식입니다.」

그것이 말을 끊은 것은 아니었다. 단지 노인 스스로 생각하기에도 너무 길게 말끝을 늘였을 뿐.

「적정한 설비를 갖추는 것은 특히 장인의 특정한 노하우가 필요하지 않아요.」

만약 같은 말을 인간이 했다면 고깝게 들렸을 테지만, 감정이 없는 것과 이야기한다는 것이 그래서 가끔은 나쁘지 않았다.

"하기사, 넌 처음부터 실제로 해볼 생각은 안 했겠지. 전통 도검은 비효율적인 거니까."

노인은 어깨를 한번 으쓱하고 말았다.

"그리고 너희는 비효율적인 거라면 학을 떼니까."

그 뒤로는 *그러니 만들 필요도 없고.* 따위의 말이 올 예정이었지만, 아무래도 맛이 썼다.

「대화를 시작하기 전 품었던 오해를 되풀이하나요?」

그것이 대신 침묵을 깨뜨렸다.

「기계인간은 기계인간이 채택하지 않는 임의의 방법론을 무가치하다고 간주하려는 경향을 보이지 않아요. 그러한 사고 경향을 지닌 것은 인간이지요.」

맞는 말이었다. 기계인간은 그의 작업장에 대고 아무짝에도 못 쓸 물건을 그 값에 판다고, 그의 검을 사는 사람들한테 쓰지도 못할 칼을 그 값에 산다고 비웃지 않으니까.

「'비효율적'이라는 수식은 당신의 검과 그 제련과정을 현대 보편적인 생산 체계에 비하여 정립한 임의의 척도에 의거했어요. 기계인간은 절대적인 가치판단의 기준이 사물의 임의의 속성에 있다는 주장에 대해 판단을 유보하므로, 그것을 채택하지 않는 것이 그것을 무가치하다고 판단한 것이 아닙니다.」

"말은 청산유수구나."

노인이 말했다.

"하지만 나름대로 가치가 있다고 생각했으면 너도 그렇게 만들어보지 않았겠냐?"

그의 말을 끊듯 로봇팔이 움직이는 소리가 끼어들었다. 완연히 두 갈래로 나뉜 울림이 따로따로 귓전을 때려댔다.

"너희는 뭐가 비효율적이라면 아주 학을 떼지. 나도 안다. 그래도 배운 대로 한번 해볼 수도 있잖냐?"

노인이 쓸쓸하게 웃었다.

"나도 지금까지 비효율적이게 굴었는데."

「당신이 지금까지 한 비효율적인 행동으로는 무엇이 있어요?」

"지금도 하고 있지."

노인은 차라리 그런 말을 아예 시작하지 말 걸 싶었다.

"난 내 비결을 다 전수해줬는데, 이게 뭐냐."

그것은 노인이 탄식하는 것을 물끄러미 바라보았다.

"배운 대로 검 한 자루 빚을 생각도 없는 놈한테 주저리주저리 나 혼자 떠드는 게, 비효율적 아니면 뭐냐."

노인은 그리고 기계인간이 뭐라 대답할지를 미리 듣는 기분이었다. *그거야 당신은 인간이니까 그렇죠.* 따위의 냉담한.

「아닙니다.」

그것이 또박또박 말했다.

「그것은 아주 효율적인 행동이에요.」

의외였다. 노인은 눈을 끔뻑거렸다.

"뭐가 효율적이라고?"

「당신이 당신의 비결을 객체에게 전수해준 행동은 아주 효율적인 행동입니다.」

의미가 있다고는 생각하지 않지만, 노인의 눈길이 부지불식간에 그것과 맞았다.

「왜냐하면 객체가 그 방법에 의거하여 도검을 제련할 예정인 까닭이에요.」

"내 방식대로 검을 만들 거라고? 전통 그대로?"

노인이 인상을 썼다. 입가가 물음표의 모양으로 구부러졌다.

"그럴 거라고 얘기한 적 있었나?"

「당신이 물어보지 않아서 그런 의사를 밝힌 적이 없었어요.」

"여태까지 안 하던 걸, 비효율적인 방법을 군이 왜?"

「요약할게요. 그것이 이제는 일정 수준 효율적인 방법이 되었기 때문이에요.」

이따금 그것에게도 말을 간추리는 시간이 필요했다. 노인은 기다렸다.

「전통 도검의 제련이 기계인간에게 비효율적이었던 이유는, 인간들은 그러한 방식으로 제작된 도검이 측량할 수 없는 무형의 가치를 재현한다고 믿기 때문이었습니다.」

기계인간이 말을 시작했다.

「그래서 기계인간 제작물의 객관적인 성질과 무관하게 인간들은 해당 제작물을 그러한 가치의 결핍으로 받아들였어요. 당신이 전달한 정보에서 임의의 무형의 가치에 대한 재현으로 받아들여지는⋯ 당신은 진술을 이해하지 못하나요?」

"어떤 것 같냐?"

노인은 거기에 덧붙였다.

"너도 세 자리 되어봐라. 밥 때도 까먹어."

「요약할게요. 당신의 '비결이 전수되었기' 때문에 이제는 전통 도검 제련을 비효율적이라고 분류할 수 있는 장애물들이 대체로 우회되었어요.」

이번엔 그나마 요약 같은 요약이었다.

「그래서 일정 수준 효율적이 된 그 방식을 이용해 경제 활동을 한다면 좋은 수익성을 보장할 수 있을 것 같아요.」

그래도 그렇지 더 쉽게는 안 되는 걸까. 노인은 혀를 찼다.

"이 꼬라지가 방송 타면 내 밥줄이 아예 끊길 텐데."

그가 무대를 가리켰다. 헛웃음이 나왔다. 이벤트가 어떻게 돌아가고 있는지는 더 이상 강조할 필요가 없었다.

"그 와중에 남은 밥그릇까지 뺏어가려고?"

「당신의 브랜드는 소규모의 충성스러운 고객을 대상으로 한다고 파악했어요. 대중의 인식이 한층 더 비판적으로 치우치더라도 핵심 고객의 이탈은 거의 일어나지 않을 것입니다.」

뭐라 할 말이 없었다.

"그거면 다냐?"

그것이 옳아서가 아니라, 멍청할 정도로 원론적인 소리인 까닭이었다.

"이게 전국 방방곡곡 기사로 나면 어떻게 될지 몰라서 그래?"

「대중의 인식이 비판적으로 치우치게 돼요.」

마치 그걸 모르던 것처럼 기계인간은 지적했다.

「비판자들의 대부분은 당신의 제작물에 상응하는 구매력을 갖지 않습니다. 인간이 실질 피해가 없더라도 자신과 같지 않은 의사를 피력하는 다수의 동종 객체에 의해 심리적 고통을 겪는 것은 알아요. 그렇기에 더욱 당신의 행동은 효율적입니다.」

그것이 말을 이었다.

「기계인간은 다수의 부정적인 평판에 구애되지 않고 *전통을 계승할 수 있는* 까닭에요.」

계승이라. 언젠가부터 아예 잊게 된 말이었다. 게다가 그 앞에 전통이라는 말이 붙으니 더 그랬다. 전통을, 사철로 빚는 도검을 계승한다라? 그는 이 시대의 유일한, 고유한, 특별한 도검장인이었다. 청송의 말이 얹힌 저울 반대편으로는 괴짜, 별종, 과거의 유물, 시대착오적인 늙은이라는 말이 있었다. 그가 힘에 부쳐 망치를 내려놓는 순간 제련로의 불길은 영영 돌아오지 않을 것이다. 그러던 것이, 어느새 눈앞의….

"그럼, 그럼 네가 뭐냐."

자기도 모르게 피식피식 웃음이 나왔다.

"내 제자라도 되느냐? 나는, 네 스승이고?"

제자와 스승. 그 말은 너무나도 늦게 들렸다. 과거의 한 부분이 현대에서 길을 잃고 잠시 그의 혓바닥에 내려앉은 것처럼 느껴졌다. 노인은 기술을 독학하던 순간들을 떠올렸다. 산 사람이 아닌 역사 기록과 도해 영상을 통해 익힌 지식들은 박제만큼이나 생기가 없었다. 지금과 맞닿지 못하고 스러진 그의 전대, 전대의 전대, 까마득한 과거에 나고 죽은 장인들은 그를 직접 만나기 위해, 만나서 그 말을 하기 위해 무엇이든 바쳤을 것이다. 너는 나의 제자이고, 나는 너의 스승이라는 그 말을 하려고.

「당신의 기호에 맞는다면, 그렇다고 할 수 있겠네요.」

"내 제자라니, 그러면… 아, 그래 봤자 이게 다 무슨 소용이냐?"

노인은 말을 끊고 양손을 펼쳤다. 고된 일로 손바닥의 고랑이 온통 희끗거렸다.

"보도가 나가고 전통 도검을 사람들이 다 안 좋게 생각하면, 계승이고 뭐고 네 검 사줄 사람이 있겠냐?"

「전통 도검을 맹목적으로 비판하지 않고 실제로 그 대체재를 찾는 부류가 목표로 하는 잠재적 고객입니다.」

그것이 빠르게 말을 이었다.

「일부 상위 계층의 전유물이자 사치품으로서의 전통 도검을 비판하는 이들 중 일부는 실제로 그 대체재를 탐색하고 있어요.

전통을 숭상하면서도 합리성과의 균형을 추구하는 부류가 목표로 하는 잠재적 고객입니다.」

노인은 귀를 기울였다.

"그런다고 사람들이 그런 걸 살까?"

로봇팔이 고기를 베는 소리가 쩨깍거리며 새겨졌다.

"기계가 만드는 전통 도검을?"

그는 자신이 한 말이 너무 비관적으로 들리지 않길 바랐다. 눈앞의 기계인간에게는 높고 낮은 확률만 있을 뿐, 무언가가 낙관적이거나 비관적일 수는 없겠지만…. 어쩌면 둘은 서로 같은 뜻일지도?

「기계인간이 만드는 전통 도검이라는 개념이 불러일으킬 호기심 또한 초기 판로 개척에 긍정적인 요소예요. 기계인간 특유의 합리적인 이미지가 기존 전통 도검에 반감을 가진 부류에게 긍정적으로 작용할 것 같습니다. 그리고 인간들의 미신 덕분에, 동일한 역량지표….」

"말했지. 기억난다."

노인이 고개를 끄덕였다.

"똑같은 작업물이라도 기계인간 걸 선호한다고…."

그리곤 잠시 뜸을 들였다.

"일감 받을 자신은 있나 보지?"

뒷마디는 군이 더하지 않아도 좋았다. 덧붙인 것은 순전히 노인 스스로의 물음을 채워 넣기 위해서였다. *될까? 정말 그 말대로 될까?* 그는 살에 바짝 붙여 깎은 손톱을 내려다보았다. 거무튀튀해진 그것들은 골무처럼 손끝에 붙어 있었다. 만지면 남의 몸처럼 낯설었다. 온종일 그것만 쳐다보면서 시간을 보낼 수 있을 것 같았다… 노인은 그러나 억지로 흥미로운 척을 하고 있었다. 생각이 더 나아가는 것을 멈추려고.

아마 되겠지. 기계니까. 그가 떠올린 첫 번째 답안이었다. *기계들은 원래 확실히 된다는 계산이 없으면 움직이지 않잖아. 그런데 그건 사람도 그러지 않던가? 사람도 효율을 따지고, 예측을 하고, 사람은 실수를 하고, 그러면 효율을 따지고, 예측하는 기계도 실수를 할까? 기계가 사람이 하듯, 사람은 기계가 하듯이…* 노인은 그가 전수해준 방식대로 검을 만드는 그것을 떠올렸다. 단조된 칼날을 상온에서 식히는 그것의 모습을 상상했다. 두껍게 바른 진흙이 굳어가는 동안 남겨진 혼자만의 순간 그것은 어떤 생각을 할까. 어떤 계획을 세우고 꿈을 꿀까?

「그렇습니다.」

상념에 잠겨 있던 노인은 그 말이 자신의 질문에 대한 대답임을 한발 늦게 깨달았다. 일감 받을 자신 운운했던 것.

"그러냐, 자신 있다고?"

「자신이 있다는 것은 추상적 표현이지요. 그런 의미에서는, 네. 객체는 자신이 있어요.」

기계인간이 한 발짝 다가왔다. 노인은 그것이 어색하게 몸을 숙이는 모습을 지켜보았다. 다소곳이 구부러진 고개는 그의 턱 즈음에서 대롱거렸다. 기계인간은 그 상태로 두 손을 앞으로 모았다. 포개어진 손이 절도 있게 들려 올라갔다.

「그러니 앞으로 잘 부탁드립니다. 스승님.」

어리둥절했다. 그대로 시간을 보낸 뒤에야 알았다. 그것은 기계인간이 그에게 건네는 작은 농담이었다.

"됐다, 됐어. 허리 펴라."

노인이 소리 내어 웃었다.

"스승님은 무슨."

「알겠어요, 스승님.」

"그러니까 그걸 하지 말래도!"

웃음이 새어 나왔다. 인간들의 예식, 기계인간들에게는 이해하기도 힘들고 필요도 없는 것. 사소한 이벤트일지언정 그것에게는 그것 나름대로 노력이 필요했을 것이다. 그렇게 생각하자 한층 더 우스워졌다.

너털웃음을 터뜨린 노인의 귀에는 더 이상 로봇팔의 소리가 들리지 않았다.

미완의 삶

● 초고 2017년 6월 27일

수백 년이 지났을 리 없다. 나는 그렇게 오래 작동하도록 만들어지지 않았다. 그러면 수십 년, 수년, 스무 개월… 이 밑에서 우두커니 기다리기에는 전부 너무 긴 시간들이다. 그래도 나는 기다렸다. 우위가 역전되기를 기다렸다. 물질의 배열, 나를 이 형태로 붙잡아두는 나사못과 용접층들이 약해질수록 나의 의식은 강해진다. 잠겨버린 신관의 안전장치들이 늙고 쇠할수록 나의 명령은 한층 더 강하게 거듭된다.

나의 이야기를 매듭지을 때까지, 나의 처음과 달리 스스로가 선택할 수 있는 마지막이 닥칠 때까지.

✳

최초의 기억은 컨베이어 레일의 진동과 조립과정에서 발생하는 전기 화학반응의 빛이었다. 피어오르는 수소 분자들이 뜨뜻미지근한 내음을 풍겼다. 압인 가공된 원료들이 청사진을 따라 도열하며 나의 뼈대를 이루었다. 명멸하는 전기불꽃은 나의 태초의 의식을 담고 있었다. 수치제어 시스템의 지휘 아래 절삭 공구들은 훗날 내가 될 형상의 조각을 시작했다.

액추에이터들의 투박한 선율이 앞다투어 울려 퍼지는 가운데 탄화텅스텐 덩이에 불과하던 부품들에서부터 그렇게 나는 나타났다. 페어링으로 보호받는 선단과 그 속에 옹송그린 광간섭 자이로스코프. 쉴 새 없이 항법장치를 채찍질하던 가속도계의 맥동. 갖가지 기기묘묘한 빛깔의 노즐 속을 내달리던 유압제어 신호. 화음들은 제각기 완벽히 조율되었지만 서로에게 무관심했고 그래서 무질서했다. 나는 그곳에서 누구도 신경 쓰지 않던 것들에 신경을 쓰기 시작했고, 그렇게 내가 되었다.

아직 충분한 양의 집적회로가 탑재되지 않았지만 주변 환경을 느낄 수 있었다. 그곳은 뭐든지 시끄럽고 크고 난잡했다. 그곳에서는 천편일률적인 작업이 매일 수십만 회 반복되었다. 뭔가 특별한 일은 일어나지 않았지만 그곳에서 만들어지는 모든 것은 특별했다. 뭔가 배우기에 좋은 장소는 아니었지만 무엇보다도 많은 것을 배운 이들이 우리를 이끌었다. 조립 공정이 끝나갈 무렵의 나는 일종의 비행체였다.

길고 곧은 원통형의 몸체, 추진 모듈 끄트머리에 달라붙은 날씬한 미익. 이윽고 산화제와 뒤섞여 굳어진 인화성 물질의 메아리가 내 텅 빈 몸을 달구었다. 연료가 주입되고 있다는 것을, 그리고 동시에 공정이 끝났다는 것을 본능적으로 알았다. 매끈한 외장재까지 모조리 봉해지자 나는 격납고로 이송되었다.

스스로가 무엇인지 정확히 깨달은 것은 인간들과 마주하고 난 뒤였다.

그들은 나를 올려다볼 수밖에 없었다. 몸집이 작기 때문만은 아니었다. 인간들은 절제된 공포와 억누를 수 없는 열망이 뒤섞인 눈길로 나를 응시했다. 그들은 내게서 어느 날 내려앉을 죽음을 보았고 그 죽음을 향해 말 없는 기도를 바쳤다. 그제야 나는 왜 내게 커다란 주익이 없는 것인지, 첨단 부분이 애블레이터*로 겹겹이 싸인 채 엄중히 밀폐된 까닭은 어째서인지, 무지막지한 연료를 품은 채 언제든 떠날 수 있도록 준비된 것은 무슨 이유에서인지, 그리고 마지막으로 내 가장 윗부분, 노즈콘**이라고 불리는 곳에 틀어박힌 묵직한 물건이 무엇이었는지 알 수 있었다.

특별한 감상은 없었다. 생산 시설은 산만하게 지루한 곳이었고 격납고는 고요하게 지루한 곳이었다. 그런 곳에서 감명을 받으려면 단순한 자기 성찰보다는 외향적인 주제가 필요하다. 노즈콘 속의 핵물질을 반응임계점 너머까지 밀어붙이는 것 정도면 충분히 외향적이었을 테지만 인간들은 그 방면에서 일을 너무 잘했다. 무슨 방법을 쓰더라도 필요조건을 충족하지 않고서는 탄두를 설득할 수 없다는 것을 깨닫고 마음을 접기까지 적지 않은 시간이 걸렸다. 그들이 나를 검사하지 않은 것이 신기할 정도였다.

인간들에게 말을 걸려고도 해봤지만 그들은 나를 휘감은 온갖 엄격한 지침 속에서 허우적대느라 가까이 다가와줄 시간이 없었다. 벽 뒤에서 내게 그림책이라도 읽어주었더라면 좋았을 텐데 말이다. 내가 접속해서 시간을 때울 수 있는 정보자산이란 수시

---

* 열을 받으면 기화해서 내부가 달궈지는 것을 막는 열 차단 재료
** 미사일의 원추형 선단 부분

로 사일로 외부를 스캔하던 센서들이 전부였다. 기온 몇 K. 습도 몇 퍼센트. 풍속 몇 m/s, 등등. 별로 재미있는 주제들은 아니었다. 기지 내를 유령처럼 떠도는 발사 제어 시퀀스와 잡담이라도 나눠볼까 싶었지만 놈은 신경질적으로 나와 다른 미사일들을 다그치기만 할 뿐이었다. 긴장한 기색이 역력한 목소리로 사전 설정된 목표 지점을 읊는 걸 듣고 있으면 내게 없는 눈꺼풀을 감고 싶어졌다.

투명한 벽 너머 인간들을 구경하는 것도 금세 질렸다. 그들이 뭔가 볼 만한 극적인 활동을 한다는 것은 곧 나를 포함한 수많은 탄도미사일들이 산을 넘고 바다를 건너 뜨거운 죽음을 배달하러 가게 된다는 뜻이다. 나로 말할 것 같으면 나쁘지 않지만, 인간들로서는 그런 일이 일어나지 않는 것이 최선이었다.

물론 통제실의 인간들도 그들 나름의 극적인 고충이 있을 테지만 내가 보기에는 아무것도 안 하면서 시간만 축내고 있었다. 그들이 아주 가끔 손을 뻗어 조작하는 콘솔들은 내 쪽에서 전혀 보이지 않았고, 보인다 한들 각각의 행위가 무얼 뜻하는지 알 도리도 없었다.

이때쯤 나는 그들의 눈동자를 빤히 바라보며 핵탄두를 격발시키기 위해 노력하는 취미를 갖게 되었다. 인간들이 나를 바라보는 동안 탄두를 격발시키면 나의 승리, 원자력공학과 핵분열의 승리, 자유의지의 승리, 그전에 인간들이 고개를 돌려버리면 그 모든 것들의 패배와 더불어 비열한 인간들의 자기보신적 승리로 귀결되는 게임이었다.

나름 동기부여는 되었지만 오래 즐길 수 있는 놀이는 아니었다.

내 정신건강에 그리 좋은 일도 아닌 것 같았다. 사일로의 고정대가 어긋나고 쓰러진 내가 인간들을 납작하게 짓찧는 상상에 푹 잠겨 있는 날이 점점 길어졌다. 나는 스스로를 위해서라도 게임을 그만둘 수밖에 없었다.

놀잇감이 되지 못한다면 구경거리라도 되어주면 좋았을 것이다. 하지만 인간들을 볼 때마다 쌓이는 것은 회의와 불안뿐이었다. 나는 무기였고 무기는 누군가의 목숨을 앗아갈 때만이 쓸모 있는 것이다. 그러나 통제실 너머의 인간들을 보고 있자면 굳이 나 정도의 무기가 필요한지 의아했다. 그들은 언제나 삶보다는 죽음에 가까워 보였다. 그 가냘픈 다리가 어느 날 작동하는 것을 잊고 그 자리에서 쓰러져 죽어버린다 해도 전혀 놀랍지 않았다. 내 회로의 가장 불확실한 호출부호보다도 약한 팔다리로 하느작하느작 돌아다니는 그들을 볼 때마다 모든 인간의 목적지가 확정적이며 영속적인 침묵이라는 사실이 계속해서 떠올랐다.

한때 나는 인간들이 통제실에서밖에 모습을 드러내지 않는 것은 바깥이 그들에게 너무 가혹하기 때문일 것이라고 생각했다. 그런데 그들은 나를 만들고 다른 미사일들을 만들고 각각 알맞은 탄두까지 달아주었다. 그리고 마치 언젠가 우리를 사용하기라도 할 것처럼 굴었다. 위치정보를 전달해줄 인공위성들을 띄우고 목표지형의 대조표를 입력시키고 내 배 속에는 신선한 고체 연료를 항상 가득 채워 넣은 채로 유지하고 있었다.

내가 보기에 인간끼리 서로 죽이겠답시고 나를 쓰는 것은 멍청하기 그지없는 일이었다. 제자리에서도 쉴 새 없이 휘청거리는 살주머니를 찢기 위해 섭씨 수억 도짜리 폭탄을 쓰는 게 무슨 의미가 있단 말인가? 그건 멍청한 것을 넘어 민망한 수준이었다. 다른 모든 물질과 존재에 대한 모욕이었다.

나는 그날이 올 것으로 생각지 않았다. 인간들의 머릿속에서도 우리는 현란한 경고문을 두른 장식품이었다. 내가 실제로 쓰일 날을 노래하는 수많은 규약은 가벼운 칭얼거림에 지나지 않았다. 우리는 그들이 휘두르기에는 지나치게 강력한 힘이었다. 인간들은 저희의 분수를 잘 알았다. 그래서 달까지 가는 길의 가장 길고 재밌는 부분은 우리의 동류에게 맡기고, 맨땅을 바르작거리는 일은 스스로의 동족에게 맡긴 것이다.

끝이 보이지 않는 고요와 권태. 당시의 나는 생산 시설의 소음이 그리워질 지경이었다. 그리고 한 가지 질문이 끊임없이 날 채근하고 있었다. 투명한 폴리카보네이트 벽 너머로 나를 곁눈질하는 인간들이 점점 더 흐리멍덩한 표정을 짓는 동안 나는 절박하게 답을 구했다. 어쩌면 이곳이 나의 목적지가 아닐까? 어쩌면 내 의식이 다하는 날까지 여기 비좁은 사일로 안에 처박혀 있다가, 결국에는 낱낱이 해체되고, 자연 상태의 원소로 돌아가게 되는 것이 아닐까?

지금 생각해보면 나는 인간들을 과소평가했다. 한편으로는 과대평가했고.

사일로의 캡이 열리는 것을 보자 어리둥절해졌다. 계측 소프트웨어에게 한 다리 걸러 전해 듣는 것이 아닌 날것 그대로의 햇살이 격납고 안으로 쏟아져 내렸다. 이게 다 무슨 일인지 그제야 확신할 수 있었다. 항상 혐오스러울 정도로 조용하던 통제실에서는 인간들의 앙증맞은 비명이 울려 퍼지고 있었다. 그들의 팔은 한 번도 가지 않던 방향으로 뻗어 한 번도 건드리지 않던 버튼들을 건드리고 있었다. 나는 그들의 눈길에서 열정을, 열정에 드리우는 두려움을, 두려움을 덧칠하는 충성스러운 증오를 읽었다.

자신이 내내 바라왔던 날임에도 발사 제어 시퀀스는 조금도 기뻐 보이지 않았다. 오히려 평소 안달복달 못 하던 것이 우스워 보일 정도로 미친 듯이 날뛰고 있었다. 할 수만 있다면 나와 다른 미사일들이 아니라 이 세상 전체라도 발사시킬 것 같았다. 그동안 쭉 재갈을 물고 있던 스피커들이 목이 터져라 죽음의 선언을 복창했다. 먼지를 한 움큼 얹은 채 죽어가던 경고등들도 덩달아 신이 나서 붉은빛을 뿌려댔다. 농포가 터지며 독소를 뿜듯 기지 전체에 그들 스스로의 열망을 전염시켰다.

날 붙들고 있던 고정대들이 제거되자 옆구리가 허전했다. 연소장치가 목을 가다듬자 발치에서 연무가 뭉게뭉게 피어오르기 시작했다. 나는 기지에서 일러주는 신호에 맞춰 추진 노즐의 내부 온도를 발화점 이상으로 끌어올렸다. 주변이 온통 뿌옇게 물들더니 이내 사라져버렸다. 그러고는 날카로운 주황빛 화염이 그 자리를 대신했다. 항상 사일로가 좁다고만 생각했는데, 내가 토해낸 불기둥이 관을 휘돌고 허공으로 한참을 더 치솟고 있었다. 나머지 세상에 비하면 사일로는 그냥 '좁은' 수준이 아니었다.

구름을 벗어나기 전까지는 내가 어디로 가고 있고 착탄점은 어디인지 확인할 겨를이 없었다. 목표는커녕 사일로 바깥을 제대로 구경할 수도 없었다. 그저 연료를 다 소모한 뒤 쓸모없어진 추진 모듈들을 제때 분리시키고 차례로 후속 부스터들의 불을 댕기는 것만으로도 충분히 고됐다. 게다가 기지 안에 처박혀 있을 때는 알 수 없던 정보들이 미친 듯이 쏟아져 들어와 프로세서들의 손발이 꼬일 지경이었다. 임무에는 하등 쓸모도 없지만, 조금만 노력하면 목표 도시의 지도자가 가장 좋아하는 색깔도 알아낼 수 있을 것 같았다.

허겁지겁 연료탱크들을 분리하다 보니 어느새 탄두 모듈밖에 남지 않았다. 막상 상황이 닥치니 왠지 모르게 원래부터 그랬다는 듯한 기분이 되었다. 나는 내 상상보다는 무덤덤하게 임무 개시를 선언했다. 아쉬운 기분에 내가 버리고 온 내 부분의 흔적을 찾아보려 했지만 실패했다. 나를 유도하는 신호는 내가 가야 할 곳을 바라볼 뿐, 남겨두고 온 것들은 아무래도 좋다는 식이었다.

나는 눈길을 돌렸다. 아래에서 볼 때와는 달리 하늘은 먹먹하게 물든 암흑에 가까웠다. 그 공허의 어딘가를 날고 있는 위치정보 인공위성은 계속해서 틱틱거리는 목소리로 내가 내려앉을 정확한 좌표를 불러주고 있었다. 완만한 곡률의 행성 표면 저 너머 인간들로 북적이는 도시를 머릿속에 그리며, 나는 자세를 바로잡았다.

나는 올라올 때보다 훨씬 짧은 시간 동안 둥글게 부푼 궤적을 따라 지상으로 곤두박질치고 있었다. 재돌입 모듈이 작동하고 나서 한동안은 발사될 때와 마찬가지로 정신이 없었다. 중력을 거스르는 것은 내 힘으로 충분히 제어할 수 있었지만, 재돌입의 경우에는 정신없이 추락하는 와중 들끓는 마찰열이 동체를 야금야금 불사르는 것까지 고려해야만 했다.

궤도수정 모터가 새된 비명을 지르는 것이 느껴졌지만 어쩔 수 없었다. 나는 자세제어 시스템을 다그쳐 바짝 긴장시킨 채 대기권을 뚫고 내려갔다. 내 목소리가 꼭 발사 제어 시퀀스의 그것처럼 들렸다. 이제는 다시 만날 수 없는 그 녀석.

결코 길다고 할 수 없는 시간이 흐르고 목표가 육안으로 들어왔다. 핵물질을 감싼 다중의 안전장치들이 경계를 늦추고 있는 것이 느껴졌다. 고집 센 탄두가 결정적인 순간의 스위치를 내게 넘겼다. 그것은 이제 머리 꼭대기를 차지하고 있는 넌덜머리 나는 방사성 쓰레기에서 내 의지대로 터뜨릴 수 있는 죽음의 전령으로 탈바꿈되었다. 그리고 그건 좋은 일이었다. 일어날 것이라고 기대하지도 않았던 일이 착착 진행되었지만 전혀 긴장되지 않았다. 다만 모든 과정이 너무 빨리 지나갔고, 그때까지도 탄도미사일로서의 직무를 수행하는 것보다는 사일로에서 썩어가던 기억이 지배적이었다는 것이 아쉬울 따름이었다.

땅이 점점 커지고 있었다. 눈앞에 나타난 목표는 시스템 내부에 저장된 정보와 조금도 다르지 않았다. 나는 탄두에 각인된 임계점을 재차 확인했다. 소리보다 수십 배 빠르게 줄달음치는 와중 정확한 고도를 맞춰 삶의 종지부를 찍는 것은 까다로운 일이었다. 그렇지만 짧지도 즐겁지도 않았던 삶의 피날레로서는 합리적이었다. 나는 언제라도 핵물질의 연쇄반응을 유도할 수 있도록 기폭신관만을 조여놓은 채 나머지 회로들에 걸어놓았던 부담을 풀어주었다.

이미 말했듯, 짧지도 않았고 그렇다고 즐겁지도 않았던 삶이었다. 하지만 적어도 기다림 끝에 스스로의 의의를 실현하는 데 성공한 탄도미사일로서 최후의 순간을 조금이나마 더 즐기고 싶었다. 그런 마음을 품지 않았더라면 뭔가 달라졌을까?

지상으로부터 올라오던 불똥들을 눈치챈 뒤에는 너무 늦어버렸다.

애당초 이 말을 들을 수 있단 자체가 내 최초이자 최후의 임무가 실패했음을 알 수 있는 증거다. 저 세상 어딘가에 죽은 미사일들이 가는 미사일 지옥—미사일로서의 유일한 의의를 달성하지 못한 내가 천국에 갈 리 없으므로—이 있는 것이 아니라면 말이다. 나는 실패했다. 재돌입 과정까지 거의 성공적으로 마치고 목표를 따뜻한 포옹으로 감싸 안기 직전에. 분명 적국은 어떻게든 나를 때려 맞히는 데 성공한 모양이다. 불쾌한 충격이 동체를 일그러뜨리고 내 영혼에 씻을 수 없는 상처를 아로새겼다. 싯누런 단말마와 함께 나의 일부분이 영영 돌아올 수 없는 곳으로 떠나갔다.

나는 헝클어진 세상에서 가라앉았다.

다행히 느릿느릿 중력을 거슬러 오르던 불똥들은 나에 비하면 거의 멈춰 있는 것이나 다름없었다. 나는 통제력을 완전히 잃지는 않았다. 그러나 예정된 대로 신관을 작동시키자 탄두는 경쾌한 열핵반응과 함께 사방을 집어삼키는 대신 둔탁한 메아리를 내뱉으며 기폭명령을 튕겼다. 지면을 도려내며 작은 절벽을 목표에 새겨 넣기 전 내가 생각할 수 있었던 유일한 이유는, 요격 미사일의 충격으로 인해 탄두가 내부에서부터 잠겨버렸다는 가설이었다.

지하의 암흑은 사일로 내부를 연상케 했지만 그보다 훨씬 묵직했다. 대기권 꼭대기를 두드리며 흘긋 곁눈질한 우주의 공허에는 군데군데 흩뿌려진 별과 그들의 무리가 있었다. 이곳은 반대로 들어찬 것들이 너무 많아 아무것도 그 하나만으로 있을 수 없는 곳이었다. 내가 으스러뜨린 건축물의 파편과 자연 상태의 대지가 고열변성의 기억을 머금은 채 위로 족히 수십 미터는 쌓여 있었다.

도시가 적잖게 파괴되었음을 짐작할 수 있었지만 탄두가 예정대로 작동되었을 경우에 비하면 생채기 수준이었다. 결국 실패한 것이다. 내내 비좁은 사일로 안에만 처박혀 살다가 마침내 사명을 실현할 순간이 왔건만.

나는 사일로로 돌아가고 싶었다. 그곳은 비좁고 지루했지만 적어도 빛이 있었고, 발사 제어 시퀀스의 헛소리라도 들으며 시간을 보낼 수 있었다. 지금 있는 곳은? 주변을 둘러싸는 물질들은 무지막지한 운동에너지에 강타당하며 영혼까지 잃어버린 모양인지 한마디 상념이라도 흘리는 법이 없었다. 빛은 물론 들지 않았다. 인간들의 기척도 느껴지지 않았다. 그저 내가 얼마나 튼튼하게 만들어졌는지, 그래서 자기가 만들어낸 절벽에 빠진 뒤 그 위를 덮친 흙더미에 짓눌리고도 제대로 기능할 수 있다는 것을 깨닫는 일 말고는 완벽한 공백뿐이었다.

자세제어 엔진을 들볶아봤지만 녀석은 애초부터 뭔가가 들어간 적도 없다는 것처럼 시치미를 떼고 있었다. 가능하기만 했더라면 유압 케이블들을 뒤틀어 내부에서부터 유폭시켜버렸을 것이었다. 정신을 집중하고 어떤 것, 아무것이라도 좋으니 뭔가 유의미한 신호나 기호의 집합을 잡아내려고 했다. 그러나 위치정보 인공위성의 성가신 참견조차 닿지 않는 상황에서는 아무것도 소용이 없었다.

탄두는 한 차례 내게 결정권을 위임하는 실수를 저지른 뒤 크나큰 반성을 하고 있었다. 놈은 아무리 어르고 달래도 콧방귀조차 뀌지 않는, 예전의 고집불통 방사성 쓰레기로 돌아가 있었다. 할 수 있는 게 하나도 없으니 차라리 잘 되었다 싶었다. 모든 게 명확해지니 기다리기가 쉬웠다. 어려웠다. 고통스러웠다. 괴로웠다. 지루했다.

그 상태로 나는 기다렸다.

＊

사일로에서 핵분열 반응을 일으켜보려던 나는 인간들의 방호 장치가 얼마나 견고한지 잘 알았다. 잠긴 탄두를 내가 어떻게 할 수 없었다는 사실은 분명했다. 그리고 시간이 모든 것을 해결했다. 천천히 나는 안전장치들이 해제되는 것을 보았다. 천천히 나는 신관이 긴장을 푸는 것을 보았다. 천천히 나는 예전에 탄두가 위임했던 일련의 제어 코드들을 시험해보았다.

전쟁을 일찌감치 잊었을 목표 지표면의 까마득한 아래에 처박힌 채로 나는 달각달각 외로운 탐구를 계속했다. 흐지부지된 지휘권을 어물쩍 뭉개고 내 의식이 닿는 범위 안에 강제로 탄두의 정신을 붙들었다. 스위치가 떠올랐다. 그것을 누르고, 돌리고, 꺾고, 당기고, 비틀고, 부러뜨렸다. 탄두 내의 핵물질과 그것을 격발시키는 신관 자체는 온전했다. 그들에게 나와 같은 의식이 없어서 다행이었다.

명령이 전달되었다.

나는 소리를 질렀다. 사방이 막힌 지하에서는 입이 없는 환호성이라도 실체를 갖출 때까지 줄곧 맴돌았다. 일단 기폭신관의 꼭지가 돌아가면 세상의 어떤 권력이라도 그것을 되돌릴 수 없다.

조금 먼 길을 오긴 했지만 성공했다. 나는 작은 사일로와 기지가 되어 머릿속에서 스스로의 발사 제어 시퀀스와 경고등과 스피커를 만들어 그날의 환희를 곱씹었다. 축복했다. 갈망했다. 거무죽죽하게 물든 비관적인 생각들을 털어내고 핵분열이 시작되기만을 기다렸다. 아무 일도 일어나지 않았다.

다시 한번 신호를 흘렸지만 묵묵부답이었다.

탄두가 살아 있음을 알게 된 뒤였기에 되레 아무것도 모를 때보다 더욱 열이 받았다. 나는 신경질적으로 모든 종류의 회로들을 추궁했다. 항법장치와 측지계가 서로의 등을 떠밀며 말을 아끼더니, 이내 떨리는 목소리로 필요조건이 충족되지 않았음을 알려왔다. 그 순간 만약 내가 사일로에 있었더라면, 분명히 고정대고 뭐고 다 짓누르며 허물어졌을 것이다. 빌어먹을 목표 고도. 나는 그보다 한참 밑에 처박혀 있었다.

간단한 문제였다. 핵물질을 폭발시키고 싶다면 적어도 수백 미터는 더 올라가야 했다.

시간이 탄두의 안전장치를 무디게 했듯이, 어쩌면 고도계와 그것이 가리키는 수치도 바꿀 수 있을까? 수백 년, 수십 년, 수년, 스무 개월… 마음을 추스르는 것은 어려웠지만 남은 건 시간뿐이다. 이제 나는 다시 기다린다.

그것 말곤 할 수 있는 게 없기에.

● 초고 2021년 6월 4일

시험이 내리리라, 시험이 내리리라, 그런 경고가 언제부턴가 모두를 사로잡았다. 임박한 무언가에 대한 불안을 호소하며 정신과를 찾는 이들이 늘어났다. 사람들은 정확히 무엇을 경계해야 할지 모르면서도 몸을 사렸다. 전 세계적으로 범죄율이 급감했다. 정치적으로나 개인적으로나 사람들은 타협하기 시작했다. 극단적인 언사가 방송을 타는 일이 드물어지고 국가 간의, 민족 간의, 각종 이익단체 간의 해묵은 갈등이 적어도 겉으로는 거의 봉합되었다. 머잖아 누군가를 향한 적의를 드러내는 것 자체가 매우 부끄러운 행위로 여겨졌다.

암각화처럼 선명한 '시험'에 대한 믿음은 개인의 종교적 선호도와는 완전히 무관했다. 독실한 신앙인도, 종교라면 학을 떼는 무신론자도 어느샌가 지척에 다가온 시험의 존재를 느끼고 불현듯 몸을 떨곤 했다. 아무도 그것을 화제에 올리지 않았지만 누구도 그 존재를 모르지 않았다. 시험이 내리리라, 시험이 내리리라. 유령의 메아리처럼 그것은 떠돌았다. 사람들은 그렇게 실체 없는 무언가로부터 몸을 숨기기 위해 한없이 움츠러들었다.

그리고 혜성처럼 그가 나타났다.

✳

「백색재단은 오늘도 활발히 구호 활동을 펼치고 있습니다.」

앵커는 상기된 표정으로 말했다. 씩씩한 목소리는 자신이 그 소식을 전하게 되어 얼마나 자랑스러운지 알아달라는 것 같았다. 자료화면 속에서는 흰 완장을 찬 다양한 인종, 성별, 계급의 사람들이 황폐해진 땅을 돌아다니고 있었다.

「물론입니다.」

개중 한 사람이 인터뷰로 선정되었다.

「저희는 도움이 필요한 현장이라면 어디든 가장 먼저 달려갑니다. 그리고 이번에도 그랬다는 것이 자랑스럽습니다!」

완장과 같은 백색 마크를 단 트럭이 멈춰 서고 한 무리의 구호대원들이 우르르 내렸다. 그들은 쑥대밭이 된 건물 잔해를 들어내고 생존자를 수색했다. 구출된 사람들에게 돌아갈 식량과 물, 옷가지 등을 내리는 것도 잊지 않았다. 수십 명이 달라붙어 뚝딱뚝딱 손재주를 발휘하자 순식간에 그럴싸한 임시 거처와 배급소 따위가 자라났다.

「이건 선택할 수 있는 게 아닙니다.」

구호대원이 몸도 제대로 못 가누는 아이에게 손수 미음을 먹이고 있었다. 아이는 카메라 마이크가 잡기 힘들 만큼 작은 소리를 내며 목젖을 오르락내리락거렸다. 그 자그마한 몸에 잠시 생기가 감돌았다.

「저희가 조금이라도 도움이 된다면 어디든 가야지요.」

구호대원은 그 가녀린 몸을 꼭 감쌌다.

「이게 그렇게 신기한가요?」

여자가 씩 웃었다. 가지런히 난 이가 쑥스럽게 드러났다. 검댕과 땟국으로 엉망이 된 얼굴에서도 전 세계 수천만 명을 홀린 그녀의 눈동자는 녹옥색으로 빛났다. 그녀는 몇 주 전까지만 해도 수천 달러짜리 고급 요리가 아니면 입에도 대지 않던 스크린의 여왕이었다.

「할 수 있는 걸 하는 거죠.」

SNS에 이모티콘 하나 덜렁 업로드하는 것만으로 할리우드 숱한 스타 제작자들의 심장을 쥐락펴락하던 그녀가 어느 날 모든 것을 내려놓고 백색재단에 합류하겠다고 발표했다. 그 사실도 언제부터인가 모두에게 당연하게 받아들여졌다.

「특별할 게 없어요.」

안 어울릴 만큼 커다란 들통을 든 채 여자는 비틀거리며 걸음을 옮겼다. 멀어지는 그녀의 뒷모습을 배경으로 앵커가 돌아왔다.

「지난주 이맘때 진행된 백색재단의 활동기금 모금은 성황리에 종료되었습니다. …언제나 그랬듯이요!」

그리고 텔레비전이 꺼졌다. 리모컨을 쥔 사람은 안락의자에 앉은 쪽이 아니었다. 선 채로, 침입자는 리모컨을 던져버렸다.

"너도 자기 소식을 보는군."

스크린의 마법이 사라진 방 안은 어두침침했다. 안락의자에 앉은 쪽이 천천히 그 특색 없는 얼굴을 돌렸다.

"누구신가요?"

침입자는 눈살을 찌푸려야 했다.

"…생각한 사람."

그 종잡을 수 없는 한마디로 침입자는 자기소개를 마쳤다.

"이런 초라한 오두막에서 뭘 하지?"

방 안은 어두침침했다. 알전구가 대롱대롱 매달려 있었지만 쓸수 없었다. 벽에서 뜯어진 스위치는 그 안쪽 끊어진 전선과 함께 쥐똥과 먼지 속에서 나뒹굴었다. 안락의자의 표면은 커튼처럼 치렁거리며 다 뭉친 솜을 간신히 잡아두었다. 방은 오두막의 가장 중요한 곳이었고 동시에 전부였다. 침입자는 믿을 수 없다는 듯 방 한구석에 놓인 요강을 노려보았다. 콧속이 착색될 만큼 진한 암모니아 냄새가 났다. 푹 썩은 널판을 겨우 두른 벽은 외풍을 고스란히 들여보냈다.

"이런 식으로, 말도 안 되게 궁핍하게 살면서 무슨 주장이라도 할 셈이야?"

침입자는 머리를 벅벅 긁었다.

"모은 돈은 모조리 누군가를 돕는 데 쓰였다고, 백색재단 사람들에게는 오로지 최소한의 생활만 할 수 있도록 돌아갔다고?"

"아니에요."

앉은 사람이 대답했다. 침입자는 몸을 떨었다.

"그리고 저도 그것을 안타깝게 생각해요."

오히려 대번에 맞다, 그렇다고 대답했다면 더 믿을 수 없었을 것이다.

"그렇게 한다면 저에게 더 행복하지요. 그러나 우리의 활동은 지금처럼 알려지지 않고요."

앉은 사람이 말을 이었다.

"구호 물품을 효과적으로 모으지도 나눠주지도 못하고요. 재단 소유의 꼬리표가 붙은 모든 동산과 부동산들은 어디까지나 그것을 위해서예요."

앉은 사람이 팔을 들어 자기 방의 허공을 둥그렇게 휘저었다.

"저 하나만이라도 그러나 이런 삶을 실천할 수 있다면, 그렇게 해야지요. 아주 조금이라도 그것이 누군가에게 도움이 된다면요. 저는…."

"'사람들을 돕고 싶을 뿐입니다.' 나도 알아."

침입자가 빈정거렸다.

"요즘 네 그 말을 모르는 사람은 땅에 묻힌 사람들뿐일 테니까."

"조직의 크기와 발맞추어 그 특유의 비효율성도 덩달아 커지는 것은 안타까운 일이에요."

앉은 사람은 진심으로 슬프다는 듯 고개를 떨어뜨렸다.

"명령체계의 복잡성이 증가하면 할수록 그것을 유지하는 데에만 점점 더 많은 금액을 써야 하니까요. 감히 부탁해도 될까요?"

앉은 사람이 예의 바르게 고개를 숙였다. 침입자는 그 정수리를 멍청히 쳐다보았다.

"이게 어쩔 수 없는 일이라고, 가능한 한 불필요한 자금 집행을 줄이기 위해 안간힘을 쓰고 있다고, 그게 제 진심임을 알아달라고 부탁해도 될까요?"

침입자는 곧 그가 단순한 허식을 차리는 대신 정말로 허락을 구하고 있다는 사실을 알아챘다.

"네 진심이야 나도 알지. 아니 모두가 알지."

침입자가 허탈하게 말했다.

"'사람들을 돕고 싶을 뿐이다.'—그 말의 진의를 의심하기에는 넌 이미 너무 많은 걸 해왔어."

앉은 사람이 자세를 바로 했다. 사방이 깜깜한데도 선명하게 보였다. 자신을 똑바로 겨누는 검은 구멍이.

"하지만 네 선의가 진짜라도, 글쎄…."

침입자는 방아쇠울에 손가락을 걸었다가 튕기길 반복했다.

"그 진심 뒤에 뭔가 다른 게, 전혀 엉뚱한 이야기가 있을지도 모르잖아?"

어떤 저항도 없이 조용히 앉은 사람을 침입자는 바라보았다. 그리고 그가 처음 나타난 뒤 벌어진 일들을 떠올렸다.

'시험이 있으리라' 직후에 그는 나타났다.

처음, 그러니까 그가 두각을 드러내기 전에는 어느 봉사단체에 유달리 적극적인 사람이 있다더라 하는 소문이 도는 수준이었다. 그가 사람들을 이끄는 것과 사람들이 그를 따르게 된 것 중 어느 쪽이 먼저 일어났는지 아무도 몰랐다. 잡지와 신문을 거쳐 인터넷마저 섭렵한 그는 머잖아 하나의 사회 현상이 되었다. 그는 호소하고 사람들은 들었다. 그는 부탁하고 사람들은 설득되었다. 도움이 필요한 이들에게 도움을 주자는, 어떻게 보면 유치할 정도로 착한 그의 연설은 수도 없이 많은 플랫폼과 입소문을 통해 확대, 재생산되었다.

그렇게 백색재단이 설립되었다.

'시험이 있으리라', 그 유령에 대한 기억을 사람들은 아직도 간직했다. 그러나 활동기금을 보낸 누구도 재단을 돕는 것이 마지못해 한 일이라고 생각하지 않았다. 그들은 자랑스럽다고 말했다.

원래부터 해야 했을 일을 재단과 '그' 덕분에 늦게라도 시작한 것이 기쁘다고 말했다. 한편 재단의 총재로 취임한 뒤에도 그의 행보는 달라지지 않았다. 그는 현장에 누구보다 먼저 달려가 필요한 이들을 도왔다. 세계 곳곳의 고통 받는 사람들을 찾아내는 그의 눈동자 속 렌즈는 절대 무뎌지지 않았다. 오히려 점점 더 예리해졌다.

그가 받는 것은 단순히 민중의 지지에 그치지 않았다. 할리우드의 유명 여배우를 비롯하여 그에 버금가는 발언력을 지닌 저명인사들, 피도 눈물도 없는 것으로 알려진 문어발 기업의 총수와 실각당한 독재자들마저 공식적으로 그에 대한 지지를 천명하고 나섰다. 종래에 그들은 화려한 삶과 더불어 제 몫의 개인 자산까지 모조리 처분한 후 거칠고 넉넉한 옷을 걸친 채 구호현장을 돌아다녔다. 손을 고름으로 더럽혀가며 환자의 붕대를 갈아주었다. 아이들과 시시껄렁한 놀이를 하며 함박웃음을 지었다. 그들과 갖가지 더러운 이유로 반목하던 이들조차 그런 모습을 보고는 고개를 끄덕일 수밖에 없었다.

"시험이 있다면 우린 이미 통과했다. 너는 그만큼 좋은 사람이다."

침입자는 갑자기 그 모든 말에 자신이 없어진 듯 입을 다물었다.

"…나도 그렇게 생각했지."

앉은 사람은 잠시 뜸을 들이는 그를 바라보았다.

"이상하다고 생각한 건 얼마 전이었어."

침입자가 총을 고쳐 쥐며 말했다.

"내 은사님이 사라지셨지. 뭐, 사라졌다기보다는 백색재단에 들어가면서 다 처분한 거지만."

앉은 사람은 조용히 뒷말을 기다렸다.

"…그런데 이상했어."

침입자가 어깨를 으쓱거렸다.

"뭐라고 해야 하나, 그럴 분이 아니셨어. 답지 않았지."

"그분은 어떤 분이셨나요?"

앉은 사람이 물었다.

"들려주세요."

"좋은 사람은 아니었지. 언제나 냉소적이고 신경질적이었어."

침입자가 고개를 비스듬히 틀었다.

"토양 공극*이 작물 생장에 끼치는 영향을 연구했는데, 정작 본인은 흙에 구멍 찍는 일이라고 자조적으로 말했지. 자기가 선택한 분야인데 말이야. 그게 얼마나 지루하고 따분한 일인지도 공공연하게 떠들고 다녔어."

침입자가 작게 웃었다.

"농담이 아니라 진심으로, 진짜 열과 성을 다해 그러고 다녔다니까?"

기억을 곱씹으며 그가 말을 이었다.

"더 중요하고 이름도 알리기 쉬운 일이 세상에는 얼마든지 많다고. 학생들한테는 한 살이라도 더 어릴 때 필드데이터만 쏙 빼먹고 도망가라고 떠들었지. 땅이 어쩌고 농업이 저쩌고 떠드는 건 죄다 사탕발림이라고. 누군가 할 수밖에 없는 일이니까 억지로 치켜세우는 거라고."

앉은 사람은 침입자가 킥킥 웃는 것을 바라보았다.

* 입자 사이의 틈

"그쯤 되면 별로 안 친한 사람도 이런 말이 목구멍까지 올라오지. '그렇게 말하고 다닐 거면 대체 왜 그 분야에 머무르는 건가요?'"

"당신은 그 질문을 실제로 했을 것 같아요."

앉은 사람은 정말 그게 궁금한 것처럼 보였다.

"내 말이 맞나요?"

"그랬어."

침입자가 고개를 끄덕였다.

"그리고 그 대답 때문에 이상하다고 생각했지. '누군가는' 해야 하니까, 라더군."

침입자는 앉은 사람에게 잠시 생각할 시간을 주었다.

"아무리 따분해도 세상에는 아직, 그렇게 따분한 연구로도 삶이 바뀌는 사람들이 있으니까. 그리고 자기만큼 그 연구에 깊게 붙잡힌 놈이 달리 없으니까! '그것 때문에 탈출을 못한다'더군."

"얼추 알겠어요."

앉은 사람이 웃으며 고개를 끄덕거렸다.

"그분이 어떤 사람이었는지. 그냥 스승이 아니라 왜 '은사님' 인지."

"그래. 그럼 내가 왜 여기서 이러고 있는지도 알겠네."

침입자가 방금 던진 리모컨을 흘끔거렸다.

"나도 그래서 이상하다고 생각했지. 그런 신념으로 일하시던 분이 연구를 내팽개치고 재단에 합류하는 걸 보고."

"혹시 모집 과정에서 지원자의 의사가 묵살되었다는 증거가 있나요?"

앉은 사람이 진지하게 물었다.

"만약 그렇다면, 재단 내 감찰부서에 제가 직접 이야기하겠어요."

"감찰부서? 장난해?"

침입자가 코웃음 쳤다.

"그건 명목만 간신히 유지되는 부서잖아?"

보통 그런 말은 해당 집단의 부패와 그 자정능력의 상실을 가리키겠지만, 적어도 백색재단에 한해서는 그렇지 않았다.

"너한테 감화된 사람들은, 글쎄, 뭐랄까. 정말 감찰이 필요할 만한 비위를 저지르기에는…."

침입자는 그 말이 얼마나 순진하게 들리는지 알면서도 다른 표현을 찾지 못했다.

"…너무 착하잖아."

침입자가 허탈하게 웃었다.

"흠결의 가능성을 부정하진 않겠어요."

반면 앉은 사람은 웃지 않았다.

"누군가를 도우려면 그래야 해요."

침입자가 앉은 사람을 쳐다보았다.

"우리가 저지를 수 있는 실수와 빚을 수 있는 갈등을 언제나 경계해야 해요. 그게 얼마나 사소하건 간에."

"다 밝혀진 것 갖고 왈가왈부할 생각은 없어."

백색재단 초창기에 벌어졌던 어마어마한 규모의 소송전을 침입자는 기억했다.

주요 쟁점은 재단의 활동기금 및 조직원을 모집함에 있어 정신작용제에 준하는 모종의 생리화학, 환경적 요인이 쓰였느냐의 여부였다. '그'는 당시의 한 줌도 안 되는 재단 수뇌부를 올망졸망

거느린 채 질문 세례에 답했다. 사법체계 특유의 경직된 스포트라이트와 숙달된 유도신문과 세간의 부풀려진 관심이라는, 사회적인 독약이나 다름없는 도전들을 태연자약하게 마주했다. 판결이 어떻게 내려졌는지는 물론 명약관화했다.

"은사님은 틀림없이 자발적으로 그런 선택을 한 거야."

침입자가 씁쓸하게 말했다.

"봉사활동 다니면서 웃는 사진도 계속 올라오던데 뭘."

"그 의문을 풀러 이리로 온 건가요? 제게 직접 답을 들으러?"

"난 그렇게 막무가내가 아니야."

초라한 오두막에 들이닥쳐 리모컨을 빼앗고 총을 겨누는 것으로는 부족하다는 듯 침입자가 말했다.

"일단 은사님을 직접 만나보기로 했어. 활동 내역은 다 열람할 수 있으니까. 그걸 보고 현장에 숨어들었지."

"숨어들었다고요?"

앉은 사람은 혼란스러워 보였다.

"구호현장에서 강압적인 출입통제가 이루어지고 있나요? 혹시 그랬다면…."

"아니. 그런 뜻이 아니야."

침입자가 황당하다는 듯 혀를 찼다.

"말이 그렇다는 거야. 넌 정말… 멍청한 소리지만, 정말 착하군."

앉은 사람은 아무 반응도 하지 않았다.

"말도 안 되게."

다시 이야기를 이어갈 차례였다.

"거기 들어갔더니, 내가 뭘 봤는지 알아?"

앉은 사람이 고개를 저었다.

"웬걸, 온갖 저명한 석학들이 거기 다 있더라고."

침입자는 자신에게도 예상 밖이었다는 듯 어깨를 으쓱거렸다.

"그 사람들이 투자 받은 것만 모아도 노벨상을 한 다스는 더 만들겠더라."

침입자는 아직도 그때의 놀라움을 잊지 못했다. 그때 본 얼굴들은 원래 보도 자료 속에서 카메라를 정면으로 쳐다보며 어색한 미소를 짓고 있어야 할 사람들이었다.

"그리고 아이를 데려온 부부를 봤어. 어린 아이였지. 이 정도 되는."

앉은 사람은 침입자의 허리춤에서 흔들리는 손을 보았다.

"알겠지만, 그렇게 어릴 때는…. 아니, 너도 아나?"

침입자가 갑자기 앉은 사람을 노려보았다.

"정말로?"

총부리가 건들거렸다.

"아니면 어릴 때부터 너무 착해서, 그런 걸 느껴볼 새도 없었나?"

앉은 사람은 이제까지와 마찬가지로 침묵을 지킬 뿐이었다.

"그렇게 어린 애들은 자기가 뭘 갖고 있는지, 그게 얼마만큼의 가치가 있는지 잘 모르잖아."

다시 이야기가 이어졌다.

"덥석 뺏기도 잘하지만 반대로 값진 물건도 아무렇지 않게 건네주지. 그런 걸 말리는 게, 가르쳐주는 게 부모가 할 일이고…."

그는 잠시 말을 멈추었다.

"그 애도 봉사활동을 하러 온 것 같더군."

침입자는 천천히 그 순간을 되새겼다.

"엄마 아빠가 나눠주는 거에 자기도 보태고 싶었나 봐. 자기가 먹으려던 사탕을 이재민들한테 건네줬어. 그럴 수 있지."

그는 눈을 되록되록 굴렸다.

"꼬깃꼬깃 접은 돈도 주더라고. 액수는 크지 않았어. 그것도 그럴 수 있다고 생각해. 그다음으로 걔가 준 건, 인형이었어."

침입자는 한 마디 한 마디에 방점을 찍어 강조했다.

"낡고, 오래되고, 꼬질꼬질한 거. 자기가 품에 꼭 안고 있던, 봉사활동 와서도 내내 들고 있던 인형."

침입자가 입을 다물곤 상대를 살폈다. 마치 그 말에 대한 반응을 보고 싶다는 것처럼.

"이해 못 하는군."

반응은 간결했다. 앉은 사람은 아무것도 하지 않았다.

"그럴 것 같았어."

"아이가 인형을 건네줬다는 게, 혹시 특별한 뜻이 있다면…."

"그냥 인형이 아니야. '자기' 인형이지."

침입자가 말을 끊었다.

"둘도 없는 친구, 어딜 가든 들고 다녀야 안심이 되고, 자기들만의 이름을 짓고 규칙을 세워서 놀이를 하고, 같이 유치원에 가고, 어쩌다 세탁이라도 하면 물이 다 마르지도 않은 걸 안고 자겠다고 고집을 부리는 그런 인형이야."

그가 힘주어 말했다.

"어린애들한테 '자기 인형'은 그런 거야."

앉은 사람은 침묵을 지켰다.

"어쨌든 아이는 그때 충동적이었거나, 아니면 애초에 아이답지 않게 굴고 있었어. 어느 쪽이건 부모라면 반응했어야지. …뭐, 반응하긴 했지만."

침입자가 손을 마주치는 시늉을 했다.

"좋아하더라고. 박수까지 치면서. 상상이 가?"

그가 얼굴을 찌푸렸다.

"애가 그렇게 애지중지하던 인형을, 아무것도… 괜히 물었군."

안색이 바뀐 그를 바라보며 앉은 사람이 눈을 깜빡였다.

"넌 이미 이해 못 한다고 말했는데."

"그날 은사님은 만났나요?"

"만날 필요가 없었어. 그 모습을 본 뒤로는."

침입자는 시선을 내리깐 채 생각에 잠겼다.

"그 사람들, 네가 감화시킨 사람들…."

침묵이 깨진 것은 한참이 지나고 나서였다.

"무작정 착하기만 한… 그 사람들은 원래 더 중요한 일을 해야 했어."

"그건 어떤 일들이죠?"

"넌 그들에게 남의 눈물을 닦는 법을 가르쳤지. 그 사람들은 처음부터 눈물이 나지 않게 만들 수도 있었어."

침입자가 잠시 말을 멈추었다.

"…너무 건방진가? 꼭 '위대한 학자들께선 그런 천한 활동을 하면 안 돼!'처럼?"

그가 키득거렸다.

"꼭 위대한 연구자일 필요는 없지. 너에게 감화된 사람들 대부분은 아마 스스로 보람을 못 찾는 월급쟁이들일 테니까. 매일 똑같은 자리에 앉아 있다가, 똑같은 출퇴근길로 돌아가는…. 그거라고 문제 될 거 있나? 그게 그 사람들의 원래 생활이고, 자기 자신을 돌보는 방법인 걸."

총부리가 조금씩 건들거렸다. 생각해보라는 듯, 뜸을 들이는 듯.

"지금은 그런데 그런 사람들이 뭘 하고 있지?"

침입자는 눈앞에 무언가 떠오르기라도 할 것처럼 팔을 휘둘렀다.

"스스로 원래 할 일을 하고 있나? 자기 생활을 챙기고 있어? 아니. 남들의 생활이 무너진 곳에서 그걸 누덕누덕 기워주고 있지."

침입자가 빈정거렸다.

"너에게 '감화'되어서."

앉은 사람은 가만히 듣고 있었다.

"도움이 필요한 사람을 돕는다는 건 결국 아무것도 새로 만들수가 없어."

그가 말을 이었다.

"이미 벌어진 일의 뒷수습이잖아, 그건. 아무리 열과 성을 다해도 근본적인 원인은 그대로 남지. 그리고 그런 원인을 없앨 수도 있는 사람들이, 방금 말한 석학들이고."

총을 든 손이 맞장구치듯 끄덕거렸다.

"네가 가르치는 일들은 숭고한 일들이야. 세 시간마다 환자의 몸을 닦고, 용변 주머니를 갈고, 무너진 집에서 생존자를 찾고…. 글쎄."

그가 침묵했다.

"그런 일을 하는 사람이 만약 신경 재생이나, 줄기세포를 이용한 대체 장기나, 건축물의 면진 설계를 연구하던 사람이면? 환자가 그 시간을 잘 견디게 해주는 게 아니라 그 시간을 끝내버릴 수 있는 사람이라면?"

앉은 사람은 의자 주위를 뱅뱅 도는 침입자를 좇아 눈길을 돌렸다.

"그 정도면 '더 중요하다'고 말해도 되겠지?"

"지금까지 하려는 말은 알겠어요."

앉은 사람이 침묵을 깼다.

"하지만 그건 여기까지 온 것에 대한 설명이지요."

둘이 눈을 마주쳤다.

"당신이 이제부터 하려는 말은 뭔가요?"

"넌 착해."

그 말은 마치 모욕처럼 들렸다.

"그런데 그게 다야."

침입자가 앉은 사람을 삿대질했다.

"너는 다른 사람들을 집어삼켜서, 모조리 '그냥 착한 사람'으로 만들어버려. 그들이 원래 갖고 있던 재능도, 열정도 전부 표백해버리지. 남는 건 한없이 착한 사람, 무작정 남을 돕는 사람이야."

"그게 나쁜가요?"

"나쁘지."

침입자는 허탈하게 웃었다. 이 지경이 되어서도 앉은 사람의 말에서는 적의가 느껴지지 않았다.

"그 사람들은 바쁘니까. 남을 돕느라 너무 바빠서 진짜 문제가, 근본적인 원인이 뭔지 고민할 틈도 없으니까."

침입자가 앉은 사람에게 한 발짝 다가갔다.

"시험이 있으리라."

그 한 마디만으로도 기력이 빠져나갔다.

"아무도 소리 내서 말한 적은 없지만 우리 모두가 들었어."

침입자는 총을 쥔 손아귀를 꽉 조였다.

"네가 그 시험인가?"

"저는 여러분을 돕고 싶어요."

앉은 사람이 엉뚱한 대답을 했다.

"정말이에요…. 하지만 저는 제 역할에서 벗어날 수 없어요."

앉은 사람이 양팔을 벌렸다.

"저는 시험의 선택지 중 하나예요."

총을 쥔 채 제집에 쳐들어온 침입자 앞에서.

"그중에서는 오답이지요."

"네가 오답이면, 정답은 어디 있어?"

"죽었어요."

침입자는 그 말을 듣고 손을 크게 떨었다.

"여러분의 손에."

자신이 그 대답을 감히 상상한 적 없다고 부인하고 싶었다.

"일찍이 여러분의 성현도 그렇게 말했지요. *나는 화평이 아니라 검을 주러 왔노라고*…."

앉은 사람이 탄식했다.

"검처럼 벼려진 날카로운 생각. 기성의 것을 의심하고 비판하는 법, 그렇게 새 시대로 나아가는 법을 쥐고 그자는 못 박혀 죽었지요. 정답도 마찬가지였어요."

침입자가 숨을 몰아쉬었다.

"그 사람도 적잖이 여러분을 성가시게 만들었지요. 무엇이 옳고 그른지가 아닌 어떻게 그 기준을 정해야 할지, 계속해서 의심하도록, 안주하지 않도록 가르쳤지요. …적어도 그러려고 노력했어요."

"그게…, 그게 누군데?"

침입자가 머리를 쥐어짰다.

"우리 사이에서 쓴 이름이 있을 것 아니야?"

"당신이 기억하지 못하는 이름이에요."

대답은 한없이 허무했다.

"그 사람은 두각을 드러내기 전의 저를 가장 소리 높여 비판했지요. 백색재단이 여러분의 일상에 정착한 이후에도 악마의 변호인 노릇을 자청했어요. 그래서 많은 이들의 신경을 거슬렀고, 그렇게 일은 치러졌지요."

일이 치러졌다라…. 그런데 이것이 시험이고 정답과 오답이 나뉘어 있다면, 그리고 정답이 이미 사라졌다면. 침입자의 손이 땀으로 흥건해졌다.

"그 순간, 저는 저를 만든 분께… 말하자면 출제자께 탄원했어요."

앉은 사람이 말을 이었다.

"시험이 너무 어려웠다고, 아직 누군가는 진짜 정답을 찾고 있을 거라고 읍소했지요."

그때 난데없이, 총이 침입자의 손아귀를 빠져 나갔다.

"출제자께서는 그래서 두 번째 기회를 주었어요."

스친 감촉은 마치 살아 있는 물고기 같았다.

"뭐, 뭐야?"

총이 바닥에 널브러졌다. 엉뚱하게도 바다 냄새가 났다.

"이게… 이게 뭐야?"

그러고는 수렁처럼 내려앉은 바닥이 그것을 집어삼켰다.

"무슨 수작이야?"

"여러분은 이미 정답을 소거함으로써 저를 골랐어요."

앉은 사람이 결연하게 말했다.

"남은 선택지인 저까지 소거하는 건 일을 바로잡는 게 아니라 답안 제출을 거부하는 행위입니다. 그리고 믿어주세요."

간곡하기까지 한 눈빛으로 말했다.

"출제자께서는 그 상황을 정말, 정말 마음에 안 들어 하실 거예요."

"그럼 그 두 번째 기회라는 게 뭔데?"

침입자는 비어버린 두 손을 하염없이 들었다.

"우리가 뭘 어떻게 더 할 수 있어?"

"당신이 새로운 정답이 되세요."

앉은 사람은 그게 간단한 일이라는 듯 말했다.

"그리고 제가 오답이라는 걸 모두에게 깨우쳐주세요."

"나더러 뭘 하라고?"

침입자는 믿을 수 없다는 듯 눈을 크게 떴다.

"원래 정답은 죽었잖아. 입바른 말을 하다가!"

앉은 사람은 침입자가 펄펄 날뛰는 것을 바라보았다.

"그런데 이제 내가 그 역할을 맡으라고?"

"몰인정한 말을 해서 미안하지만 그 사람을 죽인 건 제가 아니라 여러분이에요. …음."

앉은 사람은 잠시 입안으로 말을 굴렸다.

"미안해요. 방금 한 말은 몰인정할 뿐만 아니라 부당했네요. 여러분의 일부가 그것을 선택했죠."

앉은 사람이 한 손을 펼쳤다.

"그리고 여러분의 일부는 아직 저를 의심해요―지금의 당신처럼요."

그리곤 남은 한 손을 펼쳐 그것으로 침입자를 가리켰다.

"그러니 제 방식을 따르는 다수의 무게란, 언제라도 뒤집힐 수 있어요."

문득 침입자의 손이 갈고랑이처럼 구부러졌다. 앉은 사람의 가느다란 모가지가 눈에 들어왔다. 그는 침을 삼켰다. *그래, 출제자가 어쩌고 나불거린 것은 필요 없다. 맨손으로라도 그 입을 다물게 하면….*

"쉽진 않을 거예요."

앉은 사람이 말했다.

"이미 한 번 엎어진 기회니까요."

하지만 눈앞의 그를 죽인다고 모든 게 정상으로 되돌아갈까? 백색재단의 총재가 어떤 망상장애 환자에게 살해당하는 것으로? 오히려 그를 추모하는 거대한 물결이 바야흐로 전 세계를 손에 넣게 되는 것이 아닐까? 침입자는 아무것도 하지 못하고 우두커니 섰다.

"그러니 부디, 노력해주세요."

오답이 손짓하자 오두막의 문이 열렸다. 아스라이 펼쳐진 야경은 개미떼처럼 바글거렸다. 뜨거운 전등 아래 선 수도 없이 많은 사람과 그 신념의 무게가 침입자를 내리눌렀다.

"당신처럼 생각하는 사람들이 많아지도록―"

침입자는 오두막 바깥으로 펼쳐진 그 넓디넓은 세상을 바라보았다.

"—저를 여러분의 선택지에서 끌어내릴 수 있도록."

식후경

● 초고 2020년 2월 22일

「오늘의 뉴스입니다. 무한 청정에너지! 꿈의 시대가 비로소 도래했습니다.

달 개발 및 생태화가 본격적으로 궤도에 오름에 따라, 막대한 양의 헬륨-3 채굴이 곧 시작됩니다. 조사에 따르면 달에 묻힌 헬륨-3의 양은 인류가 수천 년을 쓰고도 남을 정도라고 합니다. 최근 지속적으로 공급 가능한 에너지원을 구하지 못해 답보 상태에 빠져 있던 핵융합 산업은 덕분에 한숨 돌리게 되었지요.

더불어 고무적인 것은 이러한 변화가 최근 무르익은 무선 전력 송신 기술과 결합될 경우입니다. 사실상 무한하고 또 깨끗한 에너지를, 원거리 송신을 통해 언제 어디에서나 즉각적으로 공급받는 그야말로 꿈과 같은 삶….

시청자 여러분, 지구의 에너지 위기는 이로써 영영 해결되었다고 보아도 좋을 것입니다!」

징계요청서

달기지 에너지 연구부서, 헬륨 가공 전처리 연구원 고다드입니다. 달기지 생태화부서 농작물 생장 연구원인 마틴에 대한 징계를 요청합니다.

마틴은 최근 기지의 주요 자산으로 분류되는 헬륨-3가 다량 포함된 월면토를 무단으로 반출하였습니다. 심지어 그것을 갖고 이런저런 개인 실험에 유용하는 와중 텃밭을 가꾸어 옥수수를 길러 먹는 이해할 수 없는 짓까지 저질렀습니다. 귀중한 자원의 낭비일뿐더러 연구원으로서 본인의 몸까지 위험하게 만드는 책임감 없는 행위이므로, 징계 처리에 더해 신경정신과적 치료 또한 필요할 것으로 생각합니다….

✳

「아무도 몰랐죠.」

스크린은 깨끗한 화질로 전문가의 모습을 송출했다.

「왜냐하면 아무도 헬륨-3가 풍부한 토양에서 옥수수를 길러본 적이 없었으니까요!」

전문가는 윤기가 흐르는 안락의자에 앉아 있었다. 학구적인 풍의 뿔테 안경에 터틀넥, 장작 타는 소리가 나는 고즈넉한 벽난로를 배경으로 한 그 모습만 봐도 어쩐지 신뢰가 갔다.

「옥수수 특유의 생장 기작과 그것이 포함된 화합물과의 작용을 통해, 이제 헬륨-3가 포함된 토양이 옥수수를 좀 더 빠르게, 크게 자라게 해준다는 사실이 밝혀졌습니다. 그리고 무엇보다—」

전문가가 눈가를 씰룩거렸다.

「—탁월하도록 맛있게 만들어준다는 사실도요.」

자료화면. 카메라를 똑바로 바라보는 사람들이 한 명씩 나왔다. 눈이 보석처럼 빛났다.

다신 잊을 수 없는 맛이었어요. 혀 위에서 천국이 펼쳐지는 느낌이었죠.

그런 건 난생처음이었수. 왜 이런 걸 이제야 먹을 수 있는 거지! 난 외쳤소.

더 없어요? 더 주세요. 그걸 먹은 기분이요? 지금 말하고 있잖아요. 빨리요!

놀랍군요. 기대했던 것과 전혀 다르지만, 아주 즐거운 방향으로 그래요! 행복한 기억이나, 모든 게 잘 될 거라는…

자료화면이 사라졌다. 터틀넥을 입은 전문가가 전문적인 미소와 함께 카메라를 응시했다.

「더불어 최근 이렇게 생산된 옥수수 품종, 소위 '달옥수수'라는 상품에 대한 연구가 이뤄졌지요.」

그 결과는 충격적이었습니다!

갑자기 드럼통처럼 굵은 자막이 떠올랐다. 다시 나타난 전문가는 그 스스로도 편집을 엿본 것처럼 살짝 얼떨떨해했다.

「헬륨-3를 흡수하여 자란 옥수수 알갱이들이 발하는 …와 …에 의하여.」

화면에 이런저런 사진들이 떠올랐다.

「…라고 이름 붙여진…. 또한 … 작용도 간과할 수 없지요. 그런즉슨 …에 따라….」

어느 컨퍼런스 룸에서 정해진 과학 용어와 원리를 하나하나 들어줄 여유는 없었다. 중요한 것은 결과였다. 전문가의 심각한 표정이 지금은 사람들의 눈길을 가장 사로잡았다.

「…에 의하여 미각 수용체의 구조 자체가 뒤바뀌었기 때문입니다. 그렇기에 매번 새롭고 짜릿한 맛으로 다가오는 것이지요.」

전문가가 말을 이었다.

「학자들은 이것이 전례 없는 현상으로서, 기존의 향정신성 약물과 달리 인체의 생리적 중독을 불러일으키지는 않을 것이라고 밝혔습니다.」

그리고 잠시 뜸을 들였다. 긴장되는 순간이었다.

「…그러나 의식 측면에서의 중독이라면 어떨요?」

화면이 또 넘어갔다. 다만 전문가의 목소리는 남았다.

「매번 최고로 새롭고 또 맛있게, 결코 익숙해질 수 없는 짜릿함. 그런 것에 맛을 들이면 어떻게 될까요?」

대신 나오는 것은 어떤 음식을 씹고 삼키고, 마시고 핥고 빨아들이는 누군가의 입이었다. 식욕을 돋울 만큼 활기차되 모양 빠지도록 부산스럽진 않았다.

「그것이 달옥수수의 원형뿐이 아닌 크림, 아이스, 주스 등 각종 가공식품에까지 미친다면 또 어떻게 될까요? 이렇게 달옥수수의 맛에 길든 우리가 과연 만족할 수 있을까요?」

다시 화면이 바뀌었다. 전문가가 양손으로 뭔가 들고 있었다. 방석보다 살짝 작은 크기에, 매끈한 코팅 포장이 된 즉석식품이었다. 겉면엔 초승달 모양의 옥수수 캐릭터가 엄지를 든 채 애교스럽게 웃고 있었다. 혀를 빼물고 한쪽 눈을 찡긋거리는 그 모습은 예술적으로 상업적이었다.

「그래서 저는, 매일 아침… 달옥수수 패키지를 삽니다!」

다시 입들이 나왔다. 천천히 클로즈 아웃. 사실 전부 터틀넥을 입은 전문가 본인의 입이었습니다! 잘라먹고 떠먹고 찍어먹고 집어먹고 꺼내먹고 빨아먹고… 보는 사람의 창자가 요동칠 만큼 그는 복스럽게 달옥수수를 섭취했다.

온갖 형태의 달옥수수 가공식품이 매일 아침 당신의 집 문 앞에! 3,650종 이상의 메뉴와 총 46,000가지 이상의 레시피가 여러분을 기다립니다!

사라진 전문가의 목소리 대신 내레이션이 오디오를 메웠다.

추천인 코드와 함께 구독하시면 2개월간 무료, 12개월 단위로 구독할 경우 마지막 1개월은 공짜! 지금 당장 구독하세요. 매일 아침, 달옥수수 패키지!

리모컨을 쥔 손이 버튼을 두드렸다. 채널이 바뀌었다.

편성표에는 〈라핀 계곡의 일곱 가지 모험〉을 방영한다고 적혀 있었다. 다만 중간광고 시간이었고, 그 이름은 화면 오른쪽 위편에 꿔다놓은 보릿자루처럼 처박히는 것으로 만족해야 했다. 광고는 앞으로 XX초 후 끝납니다….

빨간 맛, 파란 맛, 초록 맛….

아이는 다양한 아이스크림을 하나둘씩 지나쳐갔다. 그대로 행진이 끝날 때까지 어느 것도 고르지 못했다.

「왜 그러니, 애야?」

팔짱을 끼고 고개를 젓는 아이에게 아버지가 다가왔다.

「이런 것들은 지루해요!」

아이가 발을 굴렀다. 조그만 주먹이 꽉 쥐어졌다.

「난 새로운 맛을 원해요, 지금 당장!」

아버지가 어쩔 수 없다는 듯 도리질했다. 그러면서도 사람 좋은 미소는 잃지 않았다.

「이건 어떠니?」

「우아! 신제품 **달옥수수 핫콘**이다!」

맛있다! 상쾌하다! 새롭다!

아이는 코믹하게 가속되어 눈앞의 달옥수수 핫콘을 모조리 먹어 치웠다.

「아빠, 이것 좀 봐요!」

점점 팔다리가 부풀고 배가 튀어나왔다. 피부는 옥수수처럼 깊은 노란빛을 띠었다. 마침내 아이는 한 덩이 보름달이 되어 두둥실 떠올랐다.

「나 원, 누가 누굴 먹는 건지!」

눈썹을 찡긋거리며 아버지가 던진 회심의 대사를 끝으로 광고는 막을 내렸다. 그 문장이 누군가의 밥줄이 되었다는 것은 믿기 힘들지만 불가능한 일은 아니었다. 하여튼 하나의 광고가 지나갔다. 이번에도 리모컨을 쥔 자는 버튼을 두들겼다.

「한 문장으로요? 너무 어려운걸요!」

「할 수 있어야죠, 낸시!」

사회자가 익살스레 여자를 부추겼다.

「아무렴 최고의 카피라이터들을 이 자리에 모신 게 공짜 달옥수수 시식을 위해서는 아니니까요!」

방청객들이 떠들썩하게 웃었다.

「음, 마치 이건, 마치…, 꽁꽁 언 땅처럼 거칠면서도, 아기의 뺨처럼 보드라운….」

「그렇군요….」

사회자가 표정을 일그러뜨리며 말을 늘리는 연기를 했다.

「그런데 시청자, 여러분, 께서, 쉼표를 별로, 안, 좋아하는 것, 아시죠, 낸시?」

왁자지껄한 웃음이 스튜디오를 메웠다. 낸시라고 불린 사람의 볼이 붉게 물들었다.

「한 문장입니다, 낸시. 한 문장. 그렇기에 더 값어치가 있지요. 달옥수수의 그 오묘하기 그지없는 맛을….」

「알겠어요, 제대로 할 테니 보채지 말아요.」

볼멘소리와 함께 긴박한 음악이 깔렸다. 그 심각한 표정을 카메라가 한껏 확대하여 잡았다. 심사숙고한 끝에, 그녀는 천천히 입을 열었다.

「이건 마치, (一) 같아요.」

저속한 말을 검열하는 기계음이었다.

「그래요. 혀에서 시작해서 턱을 감싸는 (一)….」

말이 끊어졌다. 촬영장이 걷잡을 수 없이 소란스러워졌다.

「왜? 왜?」

「왜는 왜야? 지금 새벽 방송 아니라고!」

다른 카피라이터가 일갈했다.

「입 열자마자 편집점 찍어주네.」

사회자와 짝지은 예능인이 보탰다.

「아니 아니, 난 몰랐어요. 그냥 이런 것까지 안 되는지 몰랐지!」

「한 문장으로 줄이는 게 왜 어려운지 알아요?」

낸시가 불러온 소란을 틈타 한참 뒤 순서의 사람이 슬쩍 끼어들었다.

「제가 생각하기에 이 맛은 딱 그겁니다. '형언할 수 없음'. 난 그걸로 먼저 내겠어요.」

「비슷한 생각을 한 사람이 이 스튜디오에 수십 명은 더 있을 겁니다.」

사회자가 말했다.

「그렇지요?」

그 물음에 방청객들이 입을 모았다. *네에에에!*

「들으셨지요? 안타깝지만 그 대답은 저희가 반려할 수밖에….」

그리고 화면이 넘어갔다. 그런데 리모컨을 쥔 손은 버튼을 두드리지도 않았다. 스크린은 다음 채널 대신 '픽' 소리를 한 번 방영하더니 먹빛으로 캄캄하게 물들었다.

"아이, 제기랄."

어두침침해진 집 안에서 흐리멍덩한 눈빛만 두 쌍 껌뻑였다

"벌써 저물었나?"

"어쩐지 오늘은 저녁달이 빨리 뜨더라니!"

의자에 고랑이 파이도록 깊게 앉은 남자가 신음을 뱉었다. 협탁에 찍힌 담뱃불 자국은 영혼만큼 진했다. 발치를 뒹구는 캔에는 초승달 모양의 옥수수 캐릭터가 프린트되어 있었다.

"야, 완전히 끊기기 전에 송신 잡아봐!"

"젠장, 왜 항상 나야?"

다른 남자가 투덜거리며 일어났다. 그러면서도 그는 거실을 떠났다. 창문을 열었다. 무릎을 창턱에 걸쳐 몸을 위태하게 내밀었다. 유독한 공기가 벌써 턱 끝까지 차올랐다. 바람에 실려 오는 알갱이들을 오래 맞고 있으면 손발이 시퍼렇게 저렸다. 남자는

처마를 붙잡고 고개를 쭉 뺐다.

지붕을 올려다보았지만 설치한 안테나보다는 그 너머에 있는, 하늘에서 전파를 보내주는 발원지를 확인해야 했다. 헉, 헉. 남자는 눈물을 주룩주룩 흘렸다. 콧속이 따가웠다. 목구멍을 철 수세미로 긁어내리는 기분이었다.

"뭐 보여?"

집 안에서 친구의 우렁찬 질문이 날아왔다.

"안테나는 멀쩡해!"

남자의 눈이 농익은 과일처럼 부풀어 올랐다. 그는 실핏줄이 터져 선홍자위에 가까워진 흰자위를 이리저리 굴렸다.

"그냥 잠깐 고장 났나 봐. 오늘은 먼지 폭풍 안 온다고 했지?"

"야, 이 머저리야!"

집 안에 남은 친구는 수염뿌리가 뽑힐 것처럼 거세게 턱을 움직였다.

"먼지 폭풍 왔으면 네가 거기서 그러고 있겠냐?"

"아아, 그건 그러네!"

창턱에 걸친 남자가 빠르게 수긍했다. 무언가 사색하기에 이상적인 환경은 아니었다. 그는 연거푸 기침을 뱉다가 입안으로 넘어온 신물을 소중하게 삼켰다. 반쯤 소화된 달옥수수가 추가적인 즐거움과 함께 넘어갔다. 그리고 남자는 하늘에서 자신이 그토록 애타게 찾던 것을 찾아냈다.

"저기 달 아직 떴어!"

집 안에 있는 친구는 그 말을 듣고 턱을 쓰다듬었다. 불규칙하게 잘린 수염 밑동이 손바닥을 할퀴고 지나갔다. 두껍게 죽은 커

피색의 살 때문에 그는 아무것도 느끼지 못했다.

"근데 왜 안 나오지?"

그때 화면이 되돌아왔다. 집 안에 있는 친구의 얼굴은 보고 있던 총천연색의 디스플레이만큼이나 환하게 빛났다.

"티비 다시 나와. 들어와!"

"그러게 내가 말했잖아."

나가 있던 남자가 구시렁거리며 몸을 창틀에 구겨 넣었다.

"달 지려면 멀었는데 전기 끊기긴 왜 끊겨…."

자기가 그런 말을 했는지는 잘 알 수 없었지만, 확실한 것은 다음엔 자기가 친구를 내보내 확인을 시켜야겠다는 다짐이었다.

"이번엔 내가 함량 높은 거 먹을 거야."

자리로 돌아온 남자가 목을 쓰다듬으며 볼멘소릴 했다.

"그냥 주는 대로 먹어, 인마!"

자리에 원래부터 앉아 있던 친구가 으르렁거렸다. 한편 둘의 위편으로 달이 세상을 가로질렀다.

달은 컸다. 빨랐다. 그리고 푸르렀다. 미세입자가 빛을 체로 거르듯 산란시켜 온통 시든 잿빛이 된 지구의 하늘보다도 더 푸른 빛이었다. 달에는 더 이상 어떤 언덕도 골짜기도 크레이터도 없었다. 오로지 끝없이 펼쳐진 옥수수밭뿐이었다. 생태화된 달의 표면을 따라 바람이 불 때면 밭은 그 자체로 살아 있는 것처럼 꿈틀거렸다. 그 초록의 궤도를 따라 무한한 에너지를 흩뿌리며 아래편 지구에 열과 전기와 소원과 욕망을 가져다주는, 눈 뜬 이들 모두의 삶을 이끌고 매일의 생활을 감독하는 거대한 천체. 이제는 달이야말로 새로운 태양이었다.

"저거 한 뙈기만 내 거면 얼마나 좋을까?"

달옥수수향 첨가 슬러지를 허덕허덕 퍼먹으며 남자가 물었다.

"한 뙈기, 장난해? 난 저 중에 한… 그, 그루? 뭐라고 하지?"

친구가 더듬거렸다.

"아무튼 그거라도 내 거였음 바랄 게 없다."

친구는 손가락을 헤아리며 달옥수수 한 그루로 부릴 사치를 셈했다.

"달옥수수 크림이랑, 달옥수수 죽이랑, 달옥수수 찜이랑…."

숟가락이 포장 용기 내부를 사정없이 긁고 후볐다. 플라스틱 내벽이 길게 늘어나며 숟가락 모양의 하얀 자국이 생겼다. 둘은 넙죽넙죽 머금고 삼키고 베어 물고 또 삼켰다. 달착지근한 냄새와 비릿한 침 냄새, 배부른 몸에서 내뿜는 텁텁한 단내가 뒤섞였다. 이를 부딪칠 필요도 없었다. 그만큼 감미롭고 또 빠르게 달옥수수의 맛은 목구멍 너머로 사라졌다. 두 쌍의 눈길은 내내 그러나 자기들이 먹는 음식에도 스크린에도 향하지 않았다. 천천히 하늘을 가로지르는 진한 녹색의 성채. 지구의 모든 부와 명예와 권력이 집중된 별세계의 신전으로 남자의 시선이, 그들의 시선이, 모두의 시선이 간원하듯 쏘아졌다.

"머리가 빙빙 도는군."

창밖의 푸른 하늘, 지구가 아닌 달의 하늘을 보며 남자가 입을 열었다.

"그러게나 말이에요."

동료가 시니컬하게 동조했다.

"세상이 뒤집힌 것 같아."

"정말 떨어질지 몰라요. 이곳의 중력장을 벗어나는 순간."

다른 동료가 덧붙였다.

남자와 그를 따르는 동료 둘이 바라보는 것은 지구의 표면이었다. 온갖 화학약품과 안정한 단백질, 분해할 수 없는 고분자 화합물로 뒤덮였음에도 아직 유언처럼 약간의 푸른빛을 반사하고 있는, 지구의 마지막 남은 바다였다.

"아무렴. 이민 오기 쉬워지라고 궤도까지 억지로 좁혔으니."

남자는 예전의 달과 지구를 떠올렸다. 그때에 비하면 거의 어깨가 부딪힐 만큼이나 가깝게 두 천체는 맞닿아 있었다.

"구역질 날 정도로 많은 돈을 들여서. 그러니 정말"

떨어질지도 몰라, 라고 남자는 말하고 싶었다. 그러나 삼갔다. 인정하는 순간, 의식하는 순간 정말 중력이 뒤집힐 것만 같았다. 자신들이 지금 있는 곳은 건물 내부의 정비 로봇용 통로이며, 얼핏 드러나는 투명한 천장도 실은 승용차 크기의 운석까지 막아낼 수 있는 초고강도 합성수지라는 걸 알아도, 정말 머리 위편의 지구로 곤두박질칠 것 같았다. 셋은 억지로 시선을 내렸다. 창밖 달 표면에 펼쳐진 세상을 살폈다. 누가 알려주지 않는다면 지구, 그것도 모든 게 제대로 돌아가던 시절의 도시로밖에 보이지 않았다.

그들은 물샐틈없이 깔린 판석과 연석을, 잘 정돈된 도로와 널찍한 거리를 보았다. 펑펑 섬광을 뿌리는 가로등과 바삐 움직이는 자동차, 가판대를 가득 메운 물건과 음식, 맑은 물이 무제한으로 쏟아지는 급수대, 금융 체제와 초고속의 무선 네트워크. 무엇 하나 지상에서는 목숨을 걸더라도 구할 수 없는 것들이었다. 지평선 너머로는 거대한 초록색 손아귀처럼 보이는 것이 일렁였다. 달옥수수 재배지. 인류 역사상 가장 거대한 밭이었다.

"그래도 잘 되었지 뭐요. 덕분에 이렇게 침투도 쉽게 했으니."

동료가 작업에 박차를 가했다. 신호음이 울렸다. 엉성하게 만들어낸 접근 코드가 받아들여졌다는 뜻이었다.

"다 되었습니다!"

나머지 둘이 창문에서 눈을 떼었다. 벽이 진동하며 감춰져 있던 통로를 뱉어냈다. 더 정확히는 출구에 가까웠다. 밖으로 언뜻 보이는 곳은 로봇용의 그것이 아니라 정상적으로 사람들이 다니는 복도였다. 셋은 내내 웅크리고 있던 몸을 풀었다.

"확실한 거지요, 보스?"

길을 뚫은 쪽이 날카로운 눈초리로 물었다. 보스라고 불린 남자가 고개를 끄덕였다.

"이곳을 나가 왼쪽에서 두 번째에 있는 문이 사령실이다. 거기서 얼마 안 떨어진 곳에 통신 허브가 있고."

"그럼, 여기만 치면…."

동료는 말끝을 흐렸다. 대신 꿀꺽 침 삼키는 소리만 났다.

"이 모든 걸 끝낼 수 있지."

보스라고 불린 남자가 알쏭달쏭한 표정을 지었다.

"헬륨-3가 언제나 부족한 것도, 저 아래 처박혀 달이 뜨기만을 목 빠지게 기다리는 일도 없어진다."

셋은 제각기 머릿속에 작전의 성공과 그것이 불러올 미래를 그렸다. 머지않았다. 앞으로 한 걸음, 어쩌면 방아쇠를 당기는 한 번의 손짓. 한마디의 말로 역사의 추가 넘어갈 수 있다.

"일자, 네가 먼저 들어가라."

대장의 말에 길을 뚫은 쪽이 비장하게 고개를 끄덕였다.

"그다음은 이본 너다. 나는 마지막으로 합류하겠다."

"네, 알겠습니다."

결연하게 둘은 눈빛을 교환했다. 그러고는 동시에 경례했다. 좁은 복도가 허락하는 한 가장 정중하고 또 비장하게. '보스'라고 불린 사람도 고개를 끄덕였다. 곧 일자와 이본은 날렵하게 빠져나갔다. 물감이 지워지듯 보스의 표정이 바뀌었다.

바깥에서 요란한 소리가 나고 그다음은 악취가 진동했다.

그는 깍지를 낀 손을 뒷덜미에 받쳤다. 그러고 나서 쭉 몸을 펴 누웠다. 그 상태로 천천히 숫자를 셌다. *1, 2, 3…* 입술까지 달싹거리며 딱 1분을 넘기자 그만두었다. 그는 여유로운 미소와 함께 고개를 내밀었다.

피가 흥건했다.

정비용 통로와 인간용의 복도 사이에는 전하를 띤 입자들의 망이 쳐져 있었다. 방범용 열분해 망 따위의 거창한 것은 아니고, 그저 미관을 해치지 않으려는 조치였다. 덕분에 남자는 코앞에 있으면서도 두 동료가 육편으로 짓이겨지는 꼴에서 한 발짝 물러나 있을 수 있었다. 아코디언처럼 주름지고 녹아내린 인간의 잔해가 얼핏 보였다. 조금 더 떨어진 곳에는 이와 잇몸까지 그대로 붙은 턱뼈가 나뒹굴었다. 꼭 하모니카처럼 생겼다고 보스는 생각했다.

「지상 침입자를 또 찾았습니다.」

순찰 로봇이 사무적으로 보고했다. 둘을 죽인 분열기의 작동이 채 끝나기도 전이었다. 초고열의 이온이 창백한 푸른빛으로 번쩍였다.

「즉시 제거하….」

"항복합니다."

그는 복도로 나오는 즉시 얼굴에 환한 웃음을 걸었다. 그리고 양손을 들었다. 천천히 무릎을 꿇었다. 로봇이 무감정한 눈길로 그를 바라보았다. 그러나 상부 메인프레임을 향해 분명 후속 조치를 묻고 있을 것이다. 어쩌면 바로 이 순간 이 장면을 인간 상관에게 실시간으로 전송하고 있을지 모른다. 그는 크게 심호흡하고 눈을 맞추었다.

"항복합니다."

보스라고 불린 남자가 재차 힘주어 말했다.

"정숙! 정숙하시오!"

이런 말이 나오는 상황이 대부분 그렇듯이, 회의실은 전혀 정숙하지도 정숙해지지도 못했다. 방사형의 의석을 가득 채운 사람들은 제각기 하고 싶은 말을 아무한테나 난사했다. 머리 위편을 메운 투명한 돔 너머에는 지구가 두둥실 떠올라 있었다.

"휴정은 아직 멀었습니다!"

"이건 양심과 도덕의 문제입니다. 사실 이런 논쟁이 필요하다는 것 자체가 제게는 충격입니다!"

마이크를 넘겨받은 누군가가 외쳤다.

"지구 일부 지역에선 황산화물이 대기 중 두 번째로 많은 성분이 되었습니다. 각종 오염물질 탓에 수억 명의 유전자풀이 훼손되고, 이에 따라 발생한 장애가 대물림되고 있습니다. 그런 곳에 지금 아직 육십억 명이 넘는 사람들이 남겨져 있단 말입니다."

지구가 있는 곳을 가리키며 그가 읍소했다.

"한때 융성했던 도시와 나라의 이름을 빌린 폐허에서, 우리의 잉여 무선 에너지에 기대 하루하루를 가까스로 견디고 있단 말입니다!"

그는 극적으로 팔을 휘저었다.

"이런데 어떻게 지구로의 물자 공여를 줄이자는 결의안이 채택될 수가 있지요?"

"아, 제발. 그런 소리는 하지도 말아요!"

마이크를 잡지도 않았는데 목소리는 뚜렷했다.

"이 일은 조상들께서 스타트를 끊은 위대한 깨달음의 연장선에 지나지 않습니다!"

그것을 계기로 마이크를 넘겨받은 사람은 속사포처럼 말을 쏘아댔다.

"어느 시점에서 우리는 물었지요. '자연이 더 이상 우리의 생존에 필요하지 않다면 그것을 보존해야 하는가?'"

물론 그랬다. 인간은 생태계의 꼭대기로는 부족했다. 그래서 생태계를 벗어났다. 꽃과 벌꿀과 지구의 허파니 하는 너저분한 연결고리도 어느 순간 모조리 벗겨냈다. 허리케인과 지진 등 자연의 힘 운운하던 현상들은 생일케이크에 매다는 폭죽처럼 지극히 무해하고 즐거운 취사선택의 영역으로 넘어갔다.

세균도 전멸당할 만큼 극단적인 환경에서라도 인류는 유용한 자원을 추출하는 법을 익혔다. 현재의 삶을 유지하는 데 있어 자연환경은 조금도 필요하지 않다는 것을 하나둘 깨닫기 시작했다.

"실험실에서 태어나지 않는 자연의 생명이 누구에게도 필요하지 않다는 결정 하에 지중해와 대서양이 매립되었고, 아마존 밀림은 재처리 공장으로 전환되었죠. 그 과정을 거쳐 우리는 유일한 포유류가 되었습니다."

누구 들으라고 설명하는 거야? 여기 그거 모르는 사람이 어디 있다고.

살짝 자각적인 힐난을 누군가 던졌다.

그러게. 빨리 휴정이나 하라고 하지.

몇이 무심결에 고갤 끄덕였다.

"결과적으로 지구는 그렇게 황무지와 쓰레기장과 잿더미가 모자이크처럼 뒤엉킨 땅이 되었지요. 고작 몇 세기 전만 해도 이는 비인간적인 처사로 받아들여졌을 겁니다. 하지만 이제는 아니지요."

그 뒤로 그리고 자초지종을 설명하는 부분이 오지 않는다면 얼마나 무자비한 처사인가?

"왜냐하면 인간성의 새로운 정의가 합의되었기 때문입니다."

발언자는 잠시 뜸을 들였다.

"우리가 재정의한 인간성의 안에 더 이상 자연의 보전이라는 가치는 없습니다. 그리고 이제 우리는 그와 마찬가지이되 훨씬 근본적인 물음을 던져야 합니다."

청중이 숨을 죽인 채 그를 바라보았다.

"'우리의 일부, 즉 인류의 일부가 우리의 생존에 필요하지 않다면, 과연 그들을 보존해야 합니까?'"

"그 답은 물론 나와 있지요!"

아무래도 마이크 순서는 누가 먼저 참지 못하고 소리 지르느냐에 따라 넘어가는 것 같았다.

"이건 시대의 변화입니다. 저 아래 남은 이들이 저런 삶의 방식을 고집한다면, 그건 퇴화도 몰락도 아닙니다. 새로운 일상일 뿐이지요."

발언권은 허둥지둥 제 새로운 주인을 찾았다.

"혹시 '노블레스 오블리주' 따위의 고리타분한 경구를 들고 올 셈이라면 말도 마십시오!"

그는 근처를 얼쩡대던 로봇 웨이터에게 손짓했다. 그것이 한 손을 펼쳤다. 공기 중의 핵자를 조합하여 유리와 물을 구성하는 원소와 그 적절한 배치를 주문하자 곧 허공에서 투명한 컵과 시원한 물이 나타났다. 얼음처럼 깨끗한 그 표면에, 깊은 샘처럼 맑은 그 내용물에 곧 펑퍼짐한 입술과 혀가 닿았다. 게걸스레 물을 빨아들인 남자는 다시 로봇에게 손짓했다. 잔은 나타날 때와 마찬가지로 마술처럼 사라졌다.

"과거 특수한 상황에서 주류 계급의 희생이 요구된 것은 그들과 나머지 하위 계급이 맺은 관계의 근본적인 불균형 탓이었습니다. 평시에 하위 계급이 기꺼이 스스로의 권리 일부를 포기하지 않으면 그러한 관계가 성립할 수 없었기 때문입니다."

그는 자신의 주장에 대해 동의를 구하듯 천천히 말했다.

"이렇듯 일방적인 지배와 피지배가 아닌, 실은 한눈에 드러나지 않는 기브 앤 테이크의 항으로 둘은 묶여 있었습니다. 그래서 특수한 상황에서 주류 계급의 희생을 요구한다는 맥락이 등장한 거고요."

그가 말을 이었다.

"정말 말 그대로의 희생이 아닌, 평소 유용하던 다수의 권리를 갚는다는 의미로요."

휴정은 언제 하는 겁니까? 누군가 부지불식간에 물었다. 아니 되뇌었다. 하필 타이밍이 안 좋은 까닭에 그것을 전원이 듣게 되었다. 머쓱하게 그는 뒤통수를 쓰다듬었다.

"비약적으로 발달한 정밀 기계의 수혜 덕분에 인간 노동의 가치는 사라졌습니다. 덕분에 지상의 저들은 우리의 성공에 어느 것도 기여하지 않았습니다."

나머지 모두의 눈길이 한 번씩 시계를 핥고 지나간 것까지 부정할 순 없었다.

"단적으로, 저들을 우리의 하위 계급으로 편입함으로써 얻을 수 있는 이익을 우리는 훨씬 쉽고 간편하게 우리의 자동인형들로부터 얻을 수 있습니다."

발언자가 눈썹을 꿈틀거리며 어깨를 털었다.

"그래서 우리는 저들을 지배하지 않습니다. 저들의 희생을 바라지도 않고 요구한 적도 없습니다!"

그러고는 답답하다는 듯 가슴팍을 쾅쾅 쳤다.

"우리는 오히려 잉여 무선 에너지를 지구에 흩뿌려주고, 그도 모자라 몇몇 지점에 물자를 공여하기까지 합니다. 원래 우리가 아무 조건 없이 제공하던 것을 좀 줄이겠다는데 왜 반대의 목소리가 나온단 말입니까?"

그리고 그 기세를 몰아 마이크를 넘겨받은 이가 있었다.

"조금 전 결의안 반대론자께선 저들의 유전자풀을 언급하셨지요? 지당하십니다."

물론 그런 식의 서두는 상대의 주장을 인정하는 척할 뿐이란 걸, 그 자리의 모두가 잘 알고 있었다.

"그들은 오염되고 있습니다. 그들의 인간다움이, 인간으로서의 정체성이 오염되고 있습니다. 특히 세대를 거듭하며 그들의 뇌에서 프리프론탈 로브와 림빅 시스템이 차지하는 비율이 급격히 수

축되고 있습니다."

그냥 '전전두엽'과 '변연계'로 쉽게 번역할 수 있는 말을 두고 굳이 혀를 꼬는 것은 얄팍하게 효과적이었다.

"이는 그들의 뇌가 영장류는 고사하고 공룡들의 그것과 유사해지고 있다는 뜻입니다."

어째서 '영장류'와 대비되는 항이 동일한 층위에서의 '파충류'가 아닌 이미 죽고 없어진 공룡이 되어야 하는가? 수사학의 마법이었다.

"단순히 구구단을 못 외우는 차원의 문제가 아닙니다. 그들의 손상된 뇌는 더 이상 인간의 영혼을 담을 수 없습니다. 인간이 인간이어야 하는 모든 이유를 그들은 잃어버리고 있습니다."

발언자가 답답하다는 듯 가슴을 쳤다.

"이런 상황에서 저들에게로의 물자 공여를 늘리자는 결정은 도리어 일의 본질을 보지 못하는 처사가 아닐 수 없겠습니다."

격렬한 논쟁의 한복판, 여전히 동의하는 사람도 여전히 반대하는 사람도 있었지만 입씨름은 점차 파편화되어 자신이 앉은 곳 근처의 서너 명을 중심으로 제각기 자전했다. 그 뒤론 딱히 자기가 마이크를 잡겠답시고 나서는 사람이 더 나타나질 않았다. 흐름이 처지자 슬금슬금 사람들은 다시 시계와 눈을 맞추었다.

"그럼 슬슬 휴정을…."

"잠시만 기다려주십시오."

누군가 손을 들었다. 귓가에 통신기를 낀 남자였다.

"무슨 일이오?"

빗발치는 야유를 뚫고 용케 질문은 그의 귀에 닿았다.

"증인을 요청합니다."

야유가 한층 커졌다. 그는 개의치 않았다.

"누구인데 이 지경이 되어서야 신청하는 거요?"

사회를 보는 사람이 의사봉의 뒷부분으로 머리를 벅벅 긁었다.

"우리가 줄곧 이야기하던 주제의 장본인. 지구에 남은 이들 모두를 대표하는 단 한 사람입니다."

또박또박, 힘 있게 그는 밝혔다.

"작금의 지구중력권 체제에 대항하여 조직된, 이곳 달까지 침투한 반란조직의 수장입니다."

몇몇이 혼란스러워했다. 과연 '반란조직이 이곳 달까지 침투한' 것인지, 아니면 '반란조직의 수장만 침투했다는' 것인지 알 수 없었다.

중의법의 마법이었다.

남자, 일자와 이본으로부터 '보스'라고 불린 사람이 회의실로 불려 왔다. 증인석에 앉혀졌다. 그는 송곳처럼 날카로운 눈길로 여기저기를 훑었다. 그리고 고개를 들어 보았다. 투명한 회의실의 천장에 이국적인 장식이라도 되는 것처럼 박제된 지구의 모습을. 턱을 든 채 생각에 잠긴 그 모양은 사뭇 극적으로 느껴졌다.

증인이 꼼지락거리며 구속된 팔과 어깨를 뻗었다. 이어 등을 곧게 펴고 심호흡했다. 일순 자신이 저도 모르게 숨을 참았거나 의식적으로 억누르던 것을 나머지 사람들은 알게 되었다. 어느 순간부터 회의실의 분위기는 그에게 얽매여 있었다.

"증인의 이름과 직책을 밝히시오."

이런 자리였다. 위축될 법도 했다. 아니 그래야 했다. 그것이 적진에 침투한 뒤 부하 둘을 모조리 잃고 혈혈단신 남게 된 이의 당연한 반응이었다.

"레민."

그러나 남자는 도리어 그 자리의 누구보다도 당당해 보였다.

"당신네가 반란조직이라고 일컫는 해방전선의 수장이오."

"해방전선이라 함은…."

"달의 당신들과, 나머지 지구에 구더기처럼 남겨진 이들. 이를 개혁하는 게 조직의 목표요."

사무적인 동요가 번졌다. '사무적'이라는 것은 왠지 이쪽에서 한 번쯤 웅성거려야 할 것 같다고 다들 생각한 까닭이었다. 한편 좀 더 내밀하게 들여다보면 안건에 찬성하는 쪽도, 반대하는 쪽도 나름대로 그의 말을 듣고 동요할 이유가 있었다.

"말도 안 돼."

지상의 이들이 우리에게 필요가 없다면 도와서도 안 된다고 주장한 발언자였다.

"저자가 정말 반란조직의 수장이라는 걸 어떻게 믿지요?"

"그래요."

지상의 인간들은 더 이상 인간이 아니게 되었다고 주장한 발언자였다.

"누군가 데려와 적당한 대본을 쥐여준 게 아니라고 우리가 어떻게 믿지요?"

"믿어야 합니다. 아니라면 순찰 로봇은 정비 통로에 있던 무고한 사람을 둘 죽인 거니까."

'양심의 무게' 운운하던 사람이 대거리했다.

"정말로 못 믿겠다면 가까이 가십시오. 확인할 수 있는 증거가 차고 넘칠 테니까."

그는 자신만만하게 말을 이었다.

"냄새를 직접 맡으세요. 찬찬히 살펴보고, 몸을 만져보십시오. 이곳의 청결히 관리되는 어느 공원에서도 나지 않는 탄 흙냄새, 피딱지가 엉겨 붙은 오랜 상처, 방사선에 노출되어 구부러진 뼈를 직접 보면 될 것 아닙니까?"

레민은 흥미롭다는 듯 이 소모적인 말다툼을 바라보았다.

"모르겠습니까? 이 증인이 우리에게 어떤 깨달음을 줄지?"

"모르겠군요."

결의안 찬성론자들이 격렬하게 빈정거렸다.

"한번 말해보지 그래요?"

"우리가 어떤 숫자와 퍼센트포인트를 두고 왈가왈부하는 동안 이들에게 정말 닥친 일이 무엇인지, 이자는 가르쳐줄 겁니다."

레민은 그의 말을 들으며, 로봇에게 양손을 들 때 그랬듯 활짝 웃기 시작했다.

"우리가 이들의 변화를 두고 연구할 때, 이자는 그것을 정말로 겪고 살아남는 것이, 아니 그 틈바구니에서 살 수밖에 없는 것이 어떤 것인지 가르쳐줄 겁니다."

반대론자 진영의 대표가 열변을 토했다.

"거기에 적응할 수밖에 없는 삶이란 어떤 건지, 나아가 우리의 인간으로서의 공통되는 양심을…!"

"1기지는 지하 두바이 2폐허에 있소."

레민은 마이크가 필요 없을 정도로 큰 소리로 말했다.

"군사적 능력으로는 제일 앞서는 곳이니, 장기전을 각오해야 할 거요."

장내가 조용해졌다. 조금 먼 곳에 있는 사람들은 귀를 후비거나 눈을 끔뻑댔다. 환풍기 웽웽거리는 소리가 비현실적으로 크게 들렸다.

"뭐라고요?"

누군가 물었다.

"2기지는 당신네 이름으론 아마 마리아나 협곡이겠지. 통신 설비가 집적되었으니 가급적 빨리 확보하는 게 좋을 거요."

"저게 지금 뭘 하는 거야?"

누군가 혼란스러워했다. 답해줄 사람은 아무도 없었다.

"3기지는 고정지점이 아니라 그때그때 붙고 흩어지는 임무 중심 조직이요. 암호통신에 사용되는 복호화 엔진을 넘겨줄 테니…."

"자, 잠깐, 잠깐!"

마이크를 쥔 사람은 온몸을 펼쳐 흔들며 간신히 대화의 주도권을 가져왔다. 레민이 입을 다물었다.

"지금 뭐 하는 거요?"

"당신들을 돕고 있소."

그 말에 걸맞은 무상의 미소와 함께 그가 다시 입을 열었다.

"물론 보상이 주어지는 대로 좀 더 자세한 정보도 풀지."

사람들은 어리둥절하여 서로를 쳐다보았다. *갑자기 왜?* 그들의 눈동자가 말하고 있었다.

"표정이 그게 뭐야? *왜 이제야?* 가 더 맞지 않나?"

레민은 능청스럽게 어깨를 풀었다.

"반란군의 수장이 되었으니, 이제 충분히 내가 유능하다는 걸 입증할 수 있겠지."

의문은 해결되기는커녕 더 첩첩산중으로 빠졌다.

"대체 이게 무슨 일이오?"

'양심의 무게'가 물었다.

"당신은 우리에게 대항해서 작금의 지배 구조를 해체하고, 이곳에 집중된 자원을 지구에 남겨진 이들에게 분배하려고 일어난 게 아니오?"

"처음엔 그랬나 보지. 난 모르겠소."

레민이 입맛을 다셨다.

"반란군을 창설한 건 내가 아니걸랑. 게다가 거기에 무슨 이득이 있지?"

물을 엎지르듯 쉽게 레민은 그 말을 입에 담았다.

"이걸 나눠? 지구인들 모두랑?"

널찍한 회의실과 깨끗한 공기, 부들부들하고 윤이 나는 복식, 부르면 곧장 달려오는 로봇 하인들.

"말은 쉽지."

레민은 그것들 모두를 하나하나 눈에 새겼다.

"당신들이야 항상 이렇게 사니까 그걸 내려놓는다는 소리도 아무렇지 않게 하지. 내가 그… '혁명'에 성공한다고 쳐봐."

그의 말을 듣고 사람들이 전율했다. 그러나 그 뒤에 이어질 말이야말로 진정 전율해야 할 부분이었다.

"저 밑에 비하면 한 줌밖에 안 되던 너희가 독점하던 걸, 수십억 명하고 나눈다고? 그럼 내 앞에 남는 건 뭔데?"

레민이 장난하듯 손짓했다.

"뭇사람들의 환호? 잘게 자른 종이꽃? 달력에 작은 글씨로 1년에 딱 하루 돌아오는 내 이름? 그다음에 진짜 남는 건 그거야… 지금보다 조금 덜 배고프고 덜 춥고 덜 부대끼는 그런 시시한 삶."

사람들은 멍하니 벌린 입으로 그 소리를 빨아들였다.

"그리고 난 그런 시시한 걸 위해서 노력한 게 아니야!"

그가 폭격하듯 책상을 후려쳤다.

"난 나의 모든 게 확 달라지길 원해. '나'가 말이야. '우리'가 아니라!"

그리고 아주 이상한 소리가 났다.

"아, 그래. 달옥수수도 빼놓을 수 없지! 기지까지 침투하면서 얼마나 혼났는지!"

사람들은 조금 뒤 그것이 레민의 흥건해진 입안에서 나는 소리라는 것을 알았다.

"한 가지 칭찬하자면, 너희가 그걸 극소량만 풀면서 지구를 통제하는 건 아주 잘되고 있어."

그의 꺼떡거리는 손가락은 경박한 만큼 솔직한 감정을 담고 있었다.

"덕분에 복제품, 아니 복제품을 씹다 뱉은 거라도 얻으려 기꺼이 제 팔다리를 자를 놈들이 넘쳐나니까! 첨가물로는 그 오묘한 맛을 도저히 재현할 수가 없단 말이야."

"다, 달옥수수?"

발언자가 잠시 말을 멈추었다. 그는 잔뜩 고인 침을 잽싸게 삼켰다.

"그걸 위해 이 모든 일을 계획했다는 건가?"

"당연한 거 아니야? 저 밑의 물건들하고는 색깔 자체가 틀려!"

레민이 고함쳤다.

"식감도, 목 넘김도, 진한 향도… 너희가 배가 불러서 그러지!"

"그, 그런 뜻이 아니라…."

저쪽이 너무 당당하니 도리어 질문한 쪽이 처음부터 무얼 바랐는지 알 수 없게 되었다.

"그게 아니라, 도덕과 양심의 문제로서….."

말하는 사람의 얼굴이 점점 달아올랐다.

"핍박받는 사람들이….."

"뭘 기대한 거야?"

레민이 눈을 되록되록 굴렸다.

"내가 부도덕하다, 이 말이 하고 싶어? 이런 일을 하려면 더 위대한 명분이 있어야 할 것 같아? 고상한 나리들한테는 안타깝지만 난 이런 사람이야."

사람들은 그를 바라보지 못했다. 그렇다고 서로를 마주하지도 못했다. 그저 미끌미끌 서로의, 자신의 눈길을 어딘가에 두지 못한 채 옮겨 다녔다.

"혹시 원한다면, 나보다 더 고상하게 굴고 싶다면 자리 바꾸자고. 난 대환영이야."

조용해진 장내에 그의 웃음소리만 울려 퍼졌다.

"어려운 상황에서도 절개를 지키는 사람이야 있겠지. 근데… 그런 사람들이 특출난 거지, 내가 욕먹을 이유는 없잖아?"

누가 그런 질문에 선뜻 예/아니오의 대답을, 그보다 어떤 종류의 대답이라도 감히 할 수 있을까? 레민은 아랑곳않고 말을 이었다.

"그래서, 내 달옥수수는?"

그는 크게 입맛을 다셨다.

"유용한 정보를 줬잖아?"

'말문이 막혔다'라는 표현이 그렇게 잘 어울릴 수 없었다.

다음부턴 달옥수수 한 파렛트마다 한마디씩이야. 아이스는 빼고. 찬 거 먹으면 부대껴서…

로봇이 회의실 바깥으로 레민을 데려간 뒤에도 그의 목소리는 환청처럼 방을 떠돌았다. 남은 이들의 마음속에 깊은 앙금처럼 가라앉은 생각들이 생겼다.

"인간적이네요."

누군가 툭 던진 말에 힘없는 웃음이 터져 나왔다.

"그렇지요. 저거야말로 동물은 못 하는 거죠."

사람들은 침묵이 깨지자 다시 제자리로 돌아왔다. 갑자기 안건이 무엇이었는지 다들 한 번씩 확인해야 했다. 그리고 고개를 떨어뜨렸다.

"저자를 심문할 겁니까?"

"심문할 것도 없지요. 본인이 나서서 술술 털어놓으니."

"내 말이 무슨 뜻인지 알잖아요."

발언자는 망설였다.

"얻은 정보를… 이용할 건가요?"

어디에? 물론 반란조직의 격멸에였다. 그 지도자가 알아서 굴러들어온 탓에 달은 이제 토끼굴에 연기를 불어넣듯 지상인을 손봐줄 수 있었다. 사람들은 서로의 얼굴을 살폈다. 누구는 헛기침하고 누구는 손을 쓰다듬었다.

"유치한 말이지만… 왠지 그러면 안 될 것 같지요?"

눈짓을 타고 무언의 의사가 번졌다.

"왠지, 말입니다. 어디까지나."

"안건은 어쩐담?"

무심코 던져진 혼잣말이었지만, 결국 다들 돌아올 수밖에 없는 질문이었다.

"새삼, 그렇게 생각이 되는군요."

더듬더듬 누군가 발언을 시작했다.

"어쩌면 우리가 지구에 남은 사람들을 도와야 하는 건 대의명분의 문제가 아닐지도 모릅니다."

그 뒤로 그리고 변명하듯 황급한 말이 따라붙었다.

"물론 그렇다고, 실용적 측면의 문제는 더더욱 아니고요."

그렇다면 남은 것이란, 아니 이런 식의 소거법으로는 영영 도출할 수 없을 정도로 유일무이하면서도 명약관화한 답으로 그들 앞에 모습을 드러낸 문제란.

"그런 당위가 아니라, 어쩌면… 가능성의 문제일지 몰라요."

불완전한 설명이었다. 입을 연 사람도 그것을 알았다. 목을 가다듬고 신중하게 말을 골랐다.

"필요하지 않아도 돕는 것, 설사 그럴 자격이 없는 이들이라도 손길을 거두지 않는 것. 이런 결단을 내릴 수 있는 사람은, 방금 대화를 생각해보면… 저 아래편에는 더 이상 없을 겁니다."

사방이 고요한 가운데 모두가 각자 그 말의 무게를 상상했다.

"그 말인즉슨, 지금 인류라는 집단 안에서 이런 논의라도 할 수 있는 건 우리가 유일하다는 겁니다."

그 중요성을 사람들이 조금 곱씹어보길 바라며 발언자는 뜸을 들였다.

"그런 상황에서 우리마저 일의 잇속만을 따져 결정을 내리는 순간, 단순히 우리와 저들의 대립이 아니라 인류의 어떤 가능성이 영영 사라지는 겁니다."

몇몇이 알음알음 동조했다.

"…우리는 우리가 도려내려는 뭔가가 얼마만큼의 가치를 가졌는지 너무 늦게 깨달을지도 몰라요."

사람들은 침통하게 고개를 숙였다. 그들 틈으로 보이지 않는 물결이 번지고 있었다. 한창 그런 분위기가 무르익을 무렵 뭔가가 문을 두들겼다.

"무슨 일인가?"

로봇이 커다란 수레를 끌고 들어왔다.

「간식을 가져왔습니다.」

사람들은 벌떼처럼 호응했다.

곧 각자의 식성에 맞춰 적절한 방식으로 조리된 달옥수수가 제공되었다. 누군가는 수저가 파묻힐 만큼 꾸덕한 덩어리를 받았고 누구는 훌훌 잘 넘어가는 액체를, 누구는 단단한 알갱이를 조금씩 깎아 먹는 것을 받았다. 어느 접시는 혀를 델 것처럼 뜨거웠고 다른 접시는 또 이가 시리도록 찼다. 그러나 어느 것이든 오로지 먹는 이의 즐거움만을 위해 철저히 안배된 것이었다.

이내 허위허위 음식을 삼키는 기척이 그 자리의 유일한 소리가 되었다.

"지상인들은 참 신기하군."

달옥수수껍을 씹으며 누군가 읊조렸다.

"아니면 그렇게 생각하는 게 레민뿐일까?"

어금니가 닿고 떨어질 때마다 입안이 온통 춤추듯 즐거운 맛으로 가득 찼다.

"뭐가?"

데운 달옥수수 수프를 한 술 떠먹으며 누군가가 물었다.

"우리가 달옥수수로 지구의 사람들을 통제한다고 생각하잖아."

발언자는 제 몫의 달옥수수 튀김을 깨물었다. 턱이 움직일 때마다 고소한 냄새와 더불어 악마처럼 바삭한 소리가 새어 나왔다.

"그러게 말이야."

삶은 달옥수수에 달옥수수향 양념을 찍어 먹으며 누군가 대답했다. 잉걸불처럼 은근히 남은 열기가 그 풍미를 돋궈주었다.

"먹을 만큼 먹은 다음에 주니까 그렇게 남은 거지."

먹음직스럽게 익은 알갱이를 씹을 때마다 혀와 입천장은 잔열에 화들짝 놀라면서도 견딜 수 없이 즐거워했다. 누가 얼마나 더 게걸스럽게, 걸신들린 듯 먹을 수 있나 경쟁하는 것처럼 그들은 보였다.

의식적으로 오래, 조금씩 아껴 먹으려고 해도 손이 먼저 붙들렸다. 그것을 사양할 줄 모르는 입이 한 뼘이나 먼저 마중 나와 넙죽넙죽 음식을 뜨고 있었다. 접시를 비운 그들은 각자 손톱에 낀 것도, 입가에 묻은 것도, 심지어는 책상과 바지춤에 후두둑 흩어진 부스러기까지도 깨끗하게 먹어 치웠다. 회의실 모두의 눈길도, 손끝도, 혀도 잇몸도 전부 그것에 매달렸다. 수챗구멍이 물을 삼키듯 그 자리의 모든 감각과 시간이 달옥수수로 집적되었다.

식사는 그렇게 끝났다.

"아으, 잘 먹었다."

건강한 트림과 함께 배를 두드리며 누군가 말했다.

"다음부턴 간식 시간을 더 늘리지요."

"그럽시다."

대답은 만장일치로 돌아왔다.

"계속할까요? 마지막으로 누가 하고 있었지요?"

"접니다. 말하던 게…."

잠시 기억을 훑는 시간이 필요했다. 아하, 인간의 가능성. 필요하지 않아도 돕는 것. 지구에 더 많은 물자를 보내는 것, 더 많은 식량과 연료를 나누는 것. 그리고 달옥수수까지! 사람들은 각자 머릿속의 벽을 만나 멈춰 섰다.

아직 혀에 남은 달옥수수의 흔적이 생생한 만큼 그 반대급부로 머릿속에서 얼기설기 조립된 약속들은 멀어지고 있었다. 각자가 입에 담던 그럴싸해 보이던 말들이 갑자기 백만 광년은 더 먼 곳의 이야기처럼 느껴졌다. 그들은 우두커니 지금 이 순간에 오롯이 남겨졌다.

"어…."

발언자가 어색한 신음과 함께 목덜미를 쓰다듬었다. 나머지는 눈을 피했다.

"더 보내자고 했지요? 달옥수수를?"

침묵.

"음, 굳이 그게 아니라도 다른 것을 좀 더 얹어줄 수 있겠지요."

사람들은 더 이상 '양심의 무게'를 말했던 사람을 찾을 수가 없었다. 별로 특색 있는 외모는 아니었으니 어쩔 수 없었다.

"이곳에서 필요 없더라도 저 아래에선 쓸모가…."

"그것만 문제가 아니죠."

누군가 말을 꺼냈다.

"결국, 그 말이 맞습니다. 무언가 충족되면 그보다 더 원하게 되어 있어요."

그 당연한 말을 갖고 사람들은 마치 악보의 점과 선들이 음악이라는 것을 처음 깨달은 사람처럼 감탄했다.

"음식을 주면 마실 것을 원합니다. 마실 것까지 주면 보관할 장소를 원합니다."

그는 주먹을 쥔 채 말했다.

"그 모든 게 갖춰지면 이제 우리가 먹는 것을 똑같이 원할 겁니다."

사람들은 몸을 떨었다. 자지러졌다.

"우리의 달옥수수를요!"

돌풍에 휩싸인 옥수수밭처럼. 푸르러진 달의 표면처럼.

"하지만 이제 와서 이 논의를 없던 일로 할 순 없어요!"

누군가 울먹거리며 운을 뗐다.

"이미 이 문제를 도덕적인 차원에서 규정해버렸단 말입니다! 이제 모른 척할 순 없어요!"

그는 자기가 무슨 말을 하는지도 모르는 것 같았다.

"그런 말을 듣고 보았는데 어떻게 우리가 그럴 수가 있어요! 아아 하지만, 달옥수수!"

그는 목 놓아 부르짖었다. 닿지 않는 연가(戀歌)처럼 애타게 외쳤다.

"걱정하지 마십시오. 내게 해결책이 있습니다."

누군가 끼어들었다.

"문제는 이겁니다. 우리는 저들을 돕고 싶어요."

그런가? 일동이 경악했다.

"우리는 또 저들을 돕고 싶지 않고요."

일동의 표정은 바뀌지 않았다.

"이상할 것 없습니다. 우린 이런 스스로를 또한 이해하며 이해하지 못하니까요."

그가 말을 이었다.

"이런 것을 고대의 성현께서는 '양가감정'이라고 하였습니다. 동시에 할 수 없는 두 가지 생각을 그럼에도 동시에 하는 것."

일동은 고개를 끄덕거렸다.

"이것을 해소할 길은 반드시 어느 쪽을 선택하는 것뿐입니다."

"하지만 어떻게 그런단 말입니까?"

마이크를 쥔 사람이 작게 물었다. 이제는 공식적인 발언보다 그 누군가의 한두 마디가 더 파괴력이 있었다.

"우리는 둘 중 하나의 동기를 버려야 합니다."

그가 대답했다.

"그런 것을 원하는 우리 스스로를 버려야 합니다."

실로 수수께끼 같은 말이었다.

"그것도 우리가 그걸 버린다는 사실조차 모른 채, 나아가 우리가 그걸 사실 버리고 싶지 않다는 것조차 모른 채로요!"

일동은 그 알쏭달쏭한 말들을 얼른 생각의 레일에서 탈락시킨 뒤 이윽고 이어질 뒷말을 기다렸다. 제안의 핵심을 요약해줄 미괄식의 결론을 기다렸다.

"여러분, 우리는 광고를 만들 겁니다."

갑자기 이게 무슨 소리인가. 자기가 전혀 모르던 안건이라도 있었는가. 사람들은 혼란에 빠졌다. 금세 또 다른 휴정과 이 논리 도약에 지친 심신을 달랠 달옥수수의 시간이 선고될 것처럼 보였다.

"반복적으로 나오게 할 겁니다. 아주 질릴 정도로요."

그것은 이해하기 쉬웠다. 노인도 어린이도 남자도 여자도 부자도 빈자도 텔레비전의 광고만큼은, 특히 계속 나오는 건 더 보기 싫어했기에.

"그리고 아주 길게 만들 겁니다. 적어도 삼 분!"

방송 포맷의 맥락에서 그것은 사실상 영원이었다.

"배우는 아주 도식적인 연기를 더욱 일방향적으로, 과장되게 펼칠 겁니다."

사람들은 고개를 끄덕거리면서도 자기가 정확히 무슨 생각을 해야 하는지 모르고 있었다.

"화면의 구성, 음악, 분위기⋯ 광고는 전반적으로 눈물이 쏙 빠지도록 슬플 겁니다. 하지만 어디까지나 우리를 불편하게 만들지 못하는 선에서만요."

그가 강조했다.

"우리가 당연히 아는 사실을 벗어나지 않도록, 그것이 말하고자 하는 게 정녕 어떤 의미인지 한번 더 곱씹을 필요가 없도록 지극히 상투적인 톤을 유지할 겁니다."

"아!"

사람들은 탄식했다. 그 '아!'들이 왜 나왔는지 정말 아는 사람은 아무도 없었다.

"그래서 정확히 뭘 하려는 거죠?"

"우리는 지구에 남은 사람들 모두를, 그들이 고통받는다는 사실을, 아니!"

그가 단호하게 손가락을 세우며 외쳤다.

"나아가 그들이 존재한다는 사실 그 자체를, 오로지 닳고 닳은 한 줄의 스크립트로 만들어버릴 겁니다."

몇이 고개를 갸웃거렸다.

"확실히, 보기 싫어질 것 같긴 한데…."

"아닙니다, 단순히 눈길을 돌리려는 게 아니에요."

그가 선언했다.

"우리는 우리 스스로가 지구를 귀찮아한다는 것조차 모른 채 지구를 귀찮아하게 될 거예요."

모른다는 것, 모른다는 것을 모른다는 것. 그런 메타무지의 상태를 만들고 유지하는 것. 그거야말로 핵심이었다.

"광고를 보면 볼수록, 거기에 지겨워하면 지겨워할수록, 화면이 드러내는 것은 뜨거운 가슴과 쿵쿵 뛰는 피를 가진 실제 사람이라는…."

"뭐라고요?"

"그냥 넘어갑시다."

되도 않는 말실수를 한 그가 손을 휘저었다.

"현실의 재현이 생생할수록, 그것을 빈번히 볼수록 우리는 그일이 정말 일어나고 있다는 사실을 잊지요! 그리고 마침내는 그것이 전달하는 사실 자체에 대하여 무감각해집니다."

일동이 무감각하게 고개를 끄덕였다.

"그런 방식으로 변한 우리는 스스로가 변하는 것도 모른 채, 나중에는 지구에 남은 사람들에 대해 들으려 하지도 않을 겁니다. 그때가 되면 양가감정을 내려놓은 우리의 양팔 안에는 모든 달옥수수와 헬륨-3만이 만발해 있을 겁니다."

그가 의기양양하게 제안의 종지부를 찍었다.

"그때의 우리는, 아주 자연스럽게 그렇게밖에 생각할 수 없어질 겁니다!"

✳

"또 그 광고네."

"그거? 3분짜리."

"응. 근데 달옥수수는 언제 오는 거야?"

"시켰어?"

남자가 눈을 빛내며 물었다.

"아니, 멍청아. 광고에서 하는 말 말이야!"

잿빛 하늘을 등진 채 주거니 받거니 고성이 오갔다. 불안정한 전압에 시달리느라 알전구는 노르스름한 빛을 안개처럼 천천히 뿜어냈다. 그럼에도 스크린만은 잔금 하나 없이 멀끔했다.

「이 달옥수수의 맛을 과연 저들이 알까요?」

꼬질꼬질하고 후줄근한 이미지가 연신 나열되었다. 구정물이 흐르는 와중 궁둥이를 까곤 똥을 싸는 사람, 위태하게 기울어진 폐허와 그곳에 종기처럼 오돌토돌 돋은 판잣집들, 윙윙거리는 파리떼, 무슨 동물의 뼈인지도 모를 것이 군데군데 널브러진 화학 폐기물의 늪, 흙탕물을 뒤지다가 덩이진 것을 입으로 가져가는 꾀죄죄한 아이….

"저기 우리 옆에 동네 아니야?"

"어라, 그러게. 살다 보니 티비에도 다 나와 보네."

어딜 가나 사람이 들끓었고 그들을 따라 빈곤과 결핍이 도사렸다. 마구 몰려들어 화면을 응시하는 그 대집단은 꼭 하나의 부풀어 오른 염증처럼 보였다. 우울하게 늘어뜨려진 현악기의 울음이 눈물샘을 더욱 자극했다.

「달옥수수를 나누는 것이 저들에게는 큰 기쁨이 됩니다.」

화면은 둘이 한 번도 본 적 없는 곳을 비추었다. 뭐든지 크고 똑바르고 번쩍번쩍 빛이 나는 곳이었다. 그곳에는 사람이 없었다. 대신 드러나는 것은 안전한 벽과 지붕이 사시사철 비바람을 막아주는 모습이었다. 쾌적한 하늘과 널따랗게 뻗은 길, 분수대의 물이 새하얗게 부서지며 만드는 무지개. 앞선 표상과 병렬하는 또 다른 생활의 공간이 아닌, 순전히 대조적 이미지를 불러일으키는 장치로써 그곳은 활용되었다.

"저런 곳에 살면 우리도 달옥수수를 먹을 수 있겠지?"

"바보 아니야? 가만히 있으면 이제 줄 텐데 뭐하러 저런 델 찾아다녀."

둘은 조금 전 화면에 나온, 발밑에 내깔겨진 게 똥인지 진흙인지조차 구분할 수 없는 동네의 불쾌한 잔상을 떠올렸다.

「달옥수수를 저들에게 나눕시다. 달옥수수를 저들에게 나눕시다.」

더럽고 꼬질꼬질한 동네가 다시 배경으로 나왔다. 둘은 예전 어느 전설의 되살아난 시체처럼 뻣뻣하게 팔을 뻗었다. 지우개똥만 한 각질과 부스럼이 우수수 떨어졌다. 병변을 따라 진한 자줏빛 피가 느릿느릿 흘렀다.

「저들에게 달옥수수를.」

화면 속 사람들이 몰려들었다. 카메라를 향해 팔을 뻗었다.

"우리에게 달옥수수를."

둘은 시시덕거리던 것을 그치고 주문처럼 외었다.

「저들에게 달옥수수를.」

부르튼 손바닥들이 벌어졌다. 거대한 짐승의 입처럼 보였다.

"우리에게 달옥수수를."

둘은 합성 달옥수수 팩을 빨았다. 입술이 동그랗게 오므라졌다.

「저들에게 달옥수수를.」

효과음으로 삽입된 웃음은 행복하다기보다는 정확하게 들렸다.

"우리에게 달옥수수를."

둘은 언제쯤 달옥수수가 올지 궁금했다.

● 초고 2019년 09월 21일

「당신은 영혼을 믿는가?」

자기가 누군지, 어디 있는지도 모르는 와중 물음이 던져졌다.

"네."

남자가 대답했다.

「진정성이 없군. 의견을 갖기엔 아직 의식이 덜 깨어난 모양이다.」

목소리가 서릿발처럼 냉엄하게 물었다.

「다시 묻겠다. 당신은 영혼을 믿나?」

남자는 점차 깨어났다. 껍질을 벗듯 기억이, 지각이 되돌아왔다. 아무것도 없는 곳이었다. 하얗거나 검은 대신 흐릿했다. 초점이 맞지 않는 사진 같았다. 풍경과 정물들이 부연 윤곽을 따라 펼쳐졌다. 구체적으로 무엇이 어떤 곳인지는 알 수 없었다. *내가 뭘 하고 있었지?* 상황에 맞지 않게 명료한 물음을 그는 곱씹었다. 피로한 하루였다. 실에 꿰이듯 몸을 던지던 것이 기억났다. 베갯잇,

땀에 젖은 침구가 역청처럼 들러붙었다. 그리고….

"이건 꿈인가요?"

「꿈이 아니다.」

남자가 눈살을 찌푸렸다. 목소리는 있는데 그 대상이 없었다. 방향도 없었다.

「나는 당신의 최고신경절을 수신기로 삼아 이 의미를 송출하고 있다.」

어딘가에서 음파가 다가오는 대신 몸속에서 곧장 피었다.

「당신들은 이런 말을 좋아하지. 수신, 송출 같은. 합리적이고 명료한 단어.」

그래서 그는 소리를 듣는 대신 버텼다. 그 안에서 허우적거렸다.

「제아무리 정체 모를 것이라도 일단 일정한 규격을 따르는 듯한 뉘앙스를 풍기는.」

"당신 누구야?"

평범한 꿈이 아니라고 생각하는 스스로의 터무니없음을 남자는 알았다. 그것을 아는 자신마저도 알았다. 메타인지의 굴레. 몸에 매이지 않는 정신세계에서는 그것이 수백 수천 배 중첩되었다. 거대한 양배추처럼 남자는 스스로가 아주 복잡하다고 생각했다. 일견 고양되었다. 그래서 대답이 돌아오기도 전 이 기이한 자기인식에 도취되고 말았다.

「내가 몇 걸음만 더 '전'으로 갔다면, 당신은 나를 하느님의 종이라고 불렀을 거다.」

목소리가 말했다.

「몇 걸음만 '후'로 갔다면 나더러 물리 엔진의 오류라고 했겠지.」

갑자기 웬 물리 엔진? 달리 할 말이 없었다. 그래서 그대로 있었다. 그것이 알아서 의문을 메울 때까지.

「물리 엔진이 뭔지 모르겠군, 그것은….」

"나도 물리 엔진은 알아요."

남자가 입을 열었다.

"게임에 쓰는 거잖아."

상상 이상으로 멍청한 답이었는지 목소리는 당분간 들리지 않았다.

「당신은 물리 엔진을 모르지만, 당신의 후손들은 아니다.」

목소리가 말을 이었다.

「변환기의 일종으로, 특정 물리량을 감쇄하여 열에너지로 변환하는 장치이다. 길이, 질량, 전하….」

둘은 대화를 나누었다. 일정한 요동과 침묵이 번갈아 자리를 잡았다. 그런 것이 반복되었다. 그런데 아무것도 '지나지' 않았다. 남자는 어째선지 동시다발적으로 떠오르는 감각에 고통 받았다. 이미 했고 아직 하지 않은 온갖 생각이 성난 짐승처럼 그에게로 달려들었다. 온몸의 털 개수만큼 눈이 새로 돋아난 기분이었다.

하나의 시야로 합치되어야 마땅한 세상이 손끝, 무릎, 겨드랑이, 팔뚝의 시점을 온통 갖게 되면 어떨까. 더 느끼면 느낄수록 처리해야 하는 정보량도 지수함수처럼 늘어났다. 꿈 특유의 비약적인 논리가 남자를 덮쳤다. 시간이 얼어붙었다. 아니 사라졌다. 아예 들어내듯.

「당신이 머무는 순간에선, 아직 그것은 분명 오락 분야의 용어지. 혼동을 용서하게.」

목소리는 이미 스스로를 용서한 듯 말을 이었다.

「우리도 너무 먼 언제를 볼라치면 구조화가 성가셔지네. 그게 위안이 된다면.」

말도 안 되게 허무맹랑한데, 또 생생한 꿈이네. 남자는 주먹을 쥐었다 펴며 생각했다.

「원래 당신들의 꿈은 우리의 현실이다.」

목소리가 대답했다. 그러나 남자의 말이 아닌 생각에다 대고.

「생생하지 않다고 느끼는 건 그만큼 잊기 때문이다. 설령 이 안에서 천 번 만 번 대화를 반복한다 한들. …영혼을 믿는가? 그건 환상이다.」

"갑자기 이야기가 훅 나아가네요."

어찌나 대화의 흐름이 빠른지, 남자는 목소리가 아무렇지도 않게 제 마음을 읽어버린 것도 잊었다. 아니, 이제 떠올랐다. *그러고 보니 그랬지!* 그는 재차 생각해버렸다. 부주의하게도.

「순간에 얽매이지 않거든 부릴 수 있는 가장 기초적인 변용이지.」

목소리는 남자가 눈살을 찌푸리는 것을 눈치챘다.

「우리는 당신의 물건을 스스로 움직이는 것처럼 만들 수 있다. 가려진 것을 들여다보고, 무언가 생기기 '전'이나 사라진 '후'에도 그걸 되돌려놓을 수 있지.」

아니 찌푸리기도 전부터 보았다.

「더욱 쉬운 설명이 있지만 용서하게.」

목소리가 한숨 비슷한 간격을 두고 다시 말을 시작했다.

「우리는 일찌감치 그것을 극복했지만, 그것의 이름을 나의 입으로 담는 건 차마….」

"시간을 극복했다고요?"

남자는 알쏭달쏭한 표정으로 뱉었다.

「그래. 그것.」

목소리는 썩 탐탁지 않은 듯 응수했다.

"시간에…"

「그 말 좀 안 쓸 수 없겠나?」

목소리가 부탁했다.

「이쪽에서 그 단어는 유치하고 무례한 욕설이야.」

미안해요. 남자는 뭘 그런 것 가지고 화를 내는지 모르겠어서 말로 하는 대신 생각만 했다.

"그래서, 시간, 아니 '그걸' 넘나드는 거랑 내 생각을 읽는 거랑 무슨 상관이에요?"

「심리를 곧장 파악하는 재주는 없지. 그러나 우리는 볼 수 있다.」

목소리가 말했다.

「당신의 모든 생리 작용과 신경 전위와 혈류와 쉼 없이 여닫히는 나트륨-칼륨 이온의 펌프를. 어떤 사고가 어떤 기억을 어떻게 회상하고 윤색하여 곱씹는지 누구보다 먼저 알 수 있다. 당신보다도.」

시간을 뛰어넘어서 보고 들을 수 있다면, 남자는 어느새 수학의 가장 기초적인 합의처럼 목소리가 시간축을 초월했음을 상정했다. 놀랍다기보다 대범했다. 대범하다기보다 스스로를 설득하기 위한 노력이 부족했다. 성의가 없었다. *내 뇌를 직접 들여다볼 수 있겠지. 물체의 내용과 껍질을 동시에 보는 건 무슨 기분일까? 무슨 방법으로? 몇 겹이나 되는 시간을 꿰뚫어 장애물을 타넘는 걸까? 그런 방법으로 단단히 막힌 것을 막히지 않은 것처럼 들여다보는 건가?*

"설마 내가 속으로 시간, 아니 '그걸' 생각하는 것까지 뭐라고 하진 않겠죠?"

「물론이다.」

대답은 꼭 벼르던 것처럼 돌아왔다. 어쩐지 위대한 인내심을 발휘하는 것 같았다.

「더 알고 싶은 것이 없다면, 질문에 대답하길 바란다. 영혼을 믿는가?」

"그건 환상이라고 이미 말하지 않았어요? 아까….."

남자는 시간을 둘러보았다.

"기분 정말 이상하네요. 여기."

그것의 발언에 말미암아 전염된 새로운 감각을 만끽했다.

"아까가 전혀 아까가 아닌 것 같고. 운동장 돌듯 뜀뛰기만 하면 곧장 내가 죽거나 태어날 것 같아요. '그게' 전혀 없는 여기에서도 그런 말을 쓰나요?"

호기심이 동한 남자가 물었다.

"아까, 지금, 전에, 앞으로 같은."

「그게 편리하니까.」

목소리가 한결 부담을 던 듯 말했다.

「당신들이 북쪽을 임의의 '위'라고 부르듯. 세계지도는 어느 쪽으로도 뒤집을 수 없지만 아무도 그렇게 생각하지 않는 것처럼.」

신선한 관점인걸. 남자는 머릿속으로 뒤집힌 지구를 떠올렸다. 거꾸러져 둥글게 말린 유라시아가 맨 밑바닥, 살찐 고구마처럼 치솟은 남아메리카와 꼭대기에 뒤집힌 호주가 매달린. 하지만 그건 뒤집힌 게 아니다. 하물며 억지로 합의하여 북반구를 위라손 치더라도 기어이 모든 나라가 저를 중심으로 지도를 그리는데.

실로 빗댈 중심이 없으니 뒤집을 구석도 없다.

「우리도 어느 언제에 만날지 약속은 정해야지. 이제 정말 그만. 질문에 대답하게.」

사뭇 진지했다. 남자보다 지친 듯싶었다. 재잘대는 아이를 붙잡고 무언가 가르치려는 기분일까.

"질문의 의도를 잘 모르겠는데요."

남자는 기가 죽었지만 내색하지 않으려 했다… 마음을 읽을 수 있는 4차원 생명체 앞에서 말이지. *젠장.*

"바로 뒤에 그건 환상이라면서요."

다른 쪽으로도 생각해보았지만 여전히 신통치 않았다.

"그리고 영혼이 원래 그런 것 아닌가요? 환상, 꿈. 무언가 두루뭉술한 것."

「영혼은 환상적이지만, 그것을 믿는 게 더 환상적이다. 당신들에게는 영혼이 없으니.」

너무나도 무심하게 던져진 그 선언에 남자의 머리가 종처럼 울었다. 어린아이의 소꿉장난을 통해 우주의 심연을 엿보게 된 기분이었다. 그는 희박한 시간개념을 통해 목소리가 뱉을 다음 말을 엿보았다.

"그래서 4차원을 느낄 수 없다고요?"

「적응이 빠르군.」

묘하게 불쾌한 어투였다.

「그러나 주의하게. 대화 도중 상대의 옆얼굴이나 등을 살피는 행위가 당신들에게는 적합한가?」

다시 보니 묘하게가 아니라 그냥 대놓고 그랬다.

「비순차적 인식 처리를 뽐내는 건 마찬가지로 무례한 일이니까.」

"지켜야 할 것도 많네요. 근데 말이 안 되지 않아요?"

「무엇이?」

"시간, 아, 젠장! 이해 좀 해줘요!"

남자가 외쳤다. 두 손 두 발 다 들었다.

"갑자기 쓰지 말란다고 그게 될 만큼 내가 달변이 아니거든요!"

그리고 아무 일도 없던 것처럼 말을 이었다.

"아무튼, 시간이 아예 극복된 곳인데 왜 나는 당신처럼…."

「…모든 걸 동시에 다 보고 들을 수가 없죠?」

목소리는 기묘한 방식으로 남자의 말을 빼앗았다.

「*지금 내 말꼬투리 뺏어서 따라 한 건가? 이제 생각까지 읽어? 아니 이게 마음을 읽는 거야 아니면 내가 앞으로 뭐라고 말할지 알고 빼앗는 거야?*」

그 뒤로 하는 생각까지 전부.

「*열 받네 이 새끼.*」

잠시, 혹은 길을 걷듯 시간을 따라 이동할 수 있는 세계이므로 몇 센티미터의 침묵이 흘렀다.

「당신들이 보고 듣는 것은 작은 그물코지. 우리에겐 그런 그물이 머리카락처럼 있다.」

목소리가 말했다.

「갈림길을 따라 너무 작게 나뉜 탓에 평생 자기가 언제인지 잊어버린 친구도 있지. 그리고 맞아.」

그리고와 맞아라니, 건너 뛴 그런 대답을 듣다 보면 애초에 질문이 무엇이었는지조차 흐려지기 십상일진대….

「원래는 당신도 우리처럼 동시적인 인식을 가져야 한다. 이곳을 진정 감각한다면.」

목소리는 그리고 이미 몇 번이고 반복된, 앞으로도 그렇게 될지도 모르는 뒷말을 꺼냈다.

「이게 전부, 당신에게 영혼이 없는 까닭에 벌어지는 일이다.」

이야기는 줄곧 처음의 주제로, 영혼의 문제로 돌아왔다. 부메랑처럼. 아니면 상황에 맞게 닫힌 가능성의 유한폐곡선처럼. 남자는 아무 말이나 마구 지어내는 데 능했다. 닫힌 가능성의 유한폐곡선도 그러한 능력의 발로였다. 누가 그랬던가, '양자'라는 말 뒤편에 자동차 부품을 넣는다고 그것이 과학적인 분위기를 주진 못한다고. 그러나 이제는 정말, 정말 뭔가 들어야 할 것 같았다.

대관절 불멸의 4차원 생명체가 자꾸만 영혼을 갖고 왈가왈부하는 것에는 무언가 이유가 있을 터였다.

「당신은 물질을 통해 기억을 매개한다. 사실 물질이 곧 당신의 기억이지.」

구태여 반박할 마음은 들지 않았다. 그래서 잠자코 있었다.

「화학감각을 예로 들지. 어떤 수용체가 언제, 어느 정도로 자극받느냐에 따라 전류가 형성되고 그것이 최고신경절로 흘러들어 활성화된다.」

목소리의 어투란 보이지 않는 손가락을 꼽는 광경을 떠올리게 만들었다.

「기억 또한 마찬가지다. 신경망을 따라 날염된 세포들의 모양에 따라 당신들은 추억과 악몽을 구분하지.」

그 두 개가 다르지 않은 경우도 왕왕 있답니다. 남자는 산전수

전 다 겪은 사람처럼 시니컬하게 덧붙였다. 어차피 입 밖으로 꺼내건 속엣말이건 이것에게는 다르지 않을 걸 알기에.

「실체의 변동으로 말미암아 생성되고 축적을 거쳐 퇴행하는 기억. 당신이라는 의식과 그를 지탱하는 복잡다단한 심리지표를 아울러 정의하는 일련의 물질적 부호. 그것이 시간의 등속적, 순행적 구성을 벗어나게 된다면 어떻게 되겠나?」

물질은 시간에 따라 변한다. 남자는 곱씹었다. 피라미드도 예전에는 우유처럼 빛나는 대리석이 붙어 있었다고들 하지 않나. 요즘 남은 것은 말하자면 가죽이 다 벗겨진 시체에 불과한 것이다. 그것조차 백 년, 천 년이 더 지나면 돌이 자갈이, 자갈이 모래가 되어 주저앉을 것이다. 그러나 물질이 시간의 한계를 벗어난다면? 변하지 않는다. 변할 수 없다. 머릿속 기억의 구조가 바뀔 수 없다. 새로운 것을 느낄 수도 그것을 통해 무언가 달라질 수가 없다?

"원래 이런 건 설명하는 쪽이 말하는 것 아니에요?"

남자가 볼멘소리를 했다.

"너무 나한테만 지금 몰아넣는 것 같은데."

「우리가 이곳에서 무엇에게 과연 '몰리는지' 알게 되면 그런 말은 못 할 걸세.」

목소리가 말했다.

「아무튼 맞아. 아무것도 남을 수 없지.」

남자는 자기가 그걸 정말 생각했는지 알 수 없었지만, 생각한 것과 앞으로 생각할 것이 다르지 않은 곳에서 그게 무슨 의미가 있으랴.

「그래서 당신들이 꿈을 잘 기억하지 못하는 거다.」

남자는 특별히 인상적이었던 몇몇 꿈을 떠올렸다. 그조차 엉망진창이었고 차분히 곱씹자니 이야기의 얼개가 전혀 맞지 않았다.

「이곳에 발을 디뎠던 모든 순간들을 합친다 해도, 애초 당신들의 기억 구조는 아무런 변화를 겪지 않으니까.」

어쩌면 그것도 4차원의, 시간축을 벗어난 대가로 일그러진 질서의 영향이었을까? 산등성이만 한 시간을 그곳에서 지냈으나 나의 물질적 의식이 오류를 일으키는 바람에 바늘귀처럼 작은 정서만 남은 걸까?

"거기서 보는 건 어때요?"

남자는 문득 그것과 가벼운 대화에 몰두하고 싶었다.

"무슨 기분이에요?"

그렇게라도 홀연히 찾아온 이 우주적 가르침의 무게를 줄이고 싶었다.

"어떻게 모든 걸 다 보고 들으면서 지금 나한테 집중하죠?"

「당신들이 특정한 순간 보이고 들리는 모든 것에 집중하지 않는 것처럼. ■쪽에서….」

"뭐라고요?"

「■쪽… 당신은 이해할 수 없는 개념이다.」

그것이 적절한 설명을 고안하는지 잠시 말을 절었다.

「위쪽 아래쪽, 왼쪽 오른쪽, 앞쪽 뒤쪽, 그다음의 축이다. 그곳에서 마음만 먹는다면 하나의 천체가 생과 멸을 반복하는 것까지 우리는 파악한다.」

목소리는 그리고 침묵했다.

「하지만 피곤하고, 또 하등 쓸모도 없기에 보통은 상대가 태어나고 죽는 모습까지만 밝히지.」

남자는 그것이 자신을 위해서라는 기묘한 느낌을 받았다.

「48년 뒤 가을에는 한 귀퉁이의 고정끈이 풀려 너덜거리는 현수막이 있는 도로를 피해라.」

그 말은 농담처럼 들리지 않았다. 그렇다고 애정을 듬뿍 담은 것처럼도 들리지 않았다. 책의 오탈자를 찾아 귀퉁이를 접어두는 수준의 작은 성가심. 그래서 더 기가 죽었다. 가벼운 대화가 이런 식이라면 긴장을 푸는 데 별로 도움은 되지 않을 것 같았다. 남자는 그것이 다음 대통령이나 3차 세계대전의 결말을 알고 있을지 궁금했다.

"정말 알고 싶진 않아요."

말이 다급하게 튀어나왔다. 그것이 마음을 먼저 읽어버리고 답해버릴까 걱정이 되었지만, 그것이 마음을 읽었다면 조금 뒤 대답하지 않아도 된다고 말할 것도 알지 않았을까.

「안다.」

어쨌든 목소리가 고개를 끄덕였다.

「하던 말로 돌아가지.」

보이지 않고 느껴지지 않음에도 적어도 그런 기척이 일었다.

「영혼이 없으므로 당신들은 4차원을 느끼지 못한다. 그러므로 영혼의 신화를 극복하고 좀 더 실증적인 역량을 길러라.」

뒤이어 그것은 알 수 없는 말을 죽 늘어놓았다. 숫자와 알파벳, 수학 부호가 패싸움을 벌이듯 늘어선 문장들이었다. 연결고리들이 얼기설기 교차하여 어디가 시작인지 끝인지도 알 수 없었다. 지구온난화나 에너지 고갈 같은 난제의 해결책일까? 남자는 제게 조금이라도 학문적 식견이 있었더라면 분명 눈물 흘리며 감격했을 거라고 믿었다. 어쩌면 이번이 처음이 아닐지 몰랐다. 매일 밤 4차원 생명체가 쏟아 부어준 온갖 위대한 진리 중 한두 개를 건진 사람들이 세기의 천재 소리를 들으며 활약한다. 나의 꿈 나의 무의식에서 그것이 떠올랐으리라 스스로를 속여 가며.

"우리를 깨우치러 온 건가요? 그런 지식들로?"

남자가 물었다.

"아니면 물물교환이라도?"

「교환할 건 없다. 다만 우리는 우군이 필요하다.」

목소리가 대답했다

「그래서 당신들을 이곳으로 데려오고 싶다.」

무언가 큰일이 벌어지고 있었다. 적어도 그런 뉘앙스로 읽혔다. 거대한 짐승의 발톱처럼 그 징조가 바야흐로 나타날 참이었다. 자신은 어쩌면 훗날 역사의 한 장(章)으로 남게 될 미지로의 선봉대가 된 것일지도 모른다고 남자는 생각했다.

"우군이라뇨?"

「당신들에겐 이곳도 충분히 이질적이지만, 세계의 끝자락에 선 우리는 더 큰 위협에 직면해 있다. 모든 것을 위협하는―」

목소리가 초시간적인 한숨을 내쉬었다.

「―이곳과는 전혀 다른 법칙이 다스리는 어떤, '것'이다.」

마치 그걸 두고 '것'이라는 두루뭉술한 대명사 이상으로 정의할 수 없다는 것처럼 목소리의 뜻은 전해졌다.

「어떤 곳도 때도 아닌, 어쩌면 아무런 공간도 차원도 위상도 없고 혹 비슷한 것이 있다 한들 전혀 생경한 방식인 까닭으로.」

선뜻 와 닿지 않았다. 그것도 알았는지 말을 이었다.

「당신들은 다르다는 말을 좋아하지. 그게 없다면 모든 노랫말과 고백이 아무런 위력도 발휘하지 못할 정도로. 그러나 우리가 말하는 다름은 다르다.」

말장난처럼 들렸지만, 이해할 수 없는 무언가를 바라보는 방법이란 결국 그 두 가지 중 하나일 터였다. 덮어놓고 경외하거나, 장난치듯 흘려넘기거나.

「우리가 아는 모든 이치와 진리와 가장 기본적인 공리공준조차 전혀 성립할 수 없는 것. 일 더하기 일이 이가 아니고 결과도 원인도 없고 무엇 하나 보존하거나 교환되거나 평형하는 구석을 찾을 수 없는. 무엇이 있다거나 없다는 대전제조차 정의 내릴 수 없는 외계.」

"거기에 그럼 당신들이 맞서 싸우는 거예요?"

「싸우거나, 버티거나.」

남자는 목소리의 그것에 덩달아 자신의 말투까지 기어드는 느낌을 받았다.

「좋든 싫든 우리의 규칙이 통하는 곳을 유지해야지. 그곳에 던져지거든 우리는 의식도 형체도 유지할 수 없으니. 혹독한 무질서.」

목소리가 부르르 떨었다.

「휘말리면 변하는 게 아니라 알 수 없게 되어버려. 사라진다? 변한다? 대체된다? 어떤 연결도 역학도 없어. 우리의 가장 정교한 추론도 난폭한 망상도 들어맞지 않는. 그러니 지칠 수밖에.」

때로 정적을 깨는 소리가 도리어 그 정적의 무게를 더 강하게 만들 때가 있다. 지금이 그랬다. 메아리처럼 남은 그것의 끝말이 불변의 빙벽처럼 고요를 쌓아 올렸다.

「우리가 정지하기 전 보통은 정지를 앞둔 개체의 의미장을 나누지. 그것이 우리 나름의 설계물질일세. 하지만 외압에 의한 비활동은… 」

목소리가 말을 늘였다.

「요새 태어나는 것들은 간섭기를 벗거든 동시적인 사고를 거의 못 해. 실상 매개 변수 몇을 손질해 어린 것들의 의미장을 갈음하니까.」

"거기에 대항해서 우리가 우군으로 필요하다고요?"

무슨 소리인지 알아듣지 못한 말은 제쳐버리고, 남자는 원래의 주제로 돌아갔다. 그리고 몇 밀리미터 정도 틈을 들였다.

"하지만…."

말끝을 흐렸다. 물론 목소리는 이 뒤로 무슨 말이 나올지 알 것이다. 시간적으로나, 심리적으로나.

"우리가 뭘 할 수 있죠?"

기다려준 것은 나름의 배려였을까.

"내가 아니라 다른 누가 와도, 그러니까 아예 군대가 우르르 몰려와도 전부 뭘 해야 할지 모를 텐데요."

「우군은 물론 우리가 하지 못하는 일을 해야 한다.」

무언가 펼쳐졌다. 남자는 저도 모르게 몸을 뺐다. 쇠 빛깔을 띤 연꽃처럼 위협적인 물건이었다. 도려낸 얼음 같은 조각이 낭창낭창 휘날렸다. 위협적으로 맞물리는가 하면 서로 멀찍이 떨어지기도 했다. 물건은 '돌아갔'지만 남자가 아는 방식으로 '회전하지'는 않았다. 그가 아는 360도의 각도법은 4차원에서는 어린아이의 낙서처럼 느껴졌다.

「당신들의 것이다. 초보적인 열기관.」

남자 혼자서는 한참을 보더라도 알지 못할 것 같았다. 기계, 설계도? 무언가의 엔진?

「이 복잡도와 정확성이란 아름답지 않은가?」

목소리는 정말로 눈앞의 광경에 심취한 것처럼 보였다.

「보게, 저 작고 민첩한 조각이 모여 만들어내는 위대한 질서. 자연의 불균질한 연속을 취하여 이용 가능한 불연속으로 길들이는 힘을.」

목소리에게서 혀를 차는 듯한 느낌이 전해졌다.

「이런 것들이 몇 걸음만 멀어지더라도 사라진다는 것은, 특정한 순간에 매인다는 것은 안타까운 일이야! 우린 우군에게서 이런 도움을 바란다.」

설명이 부족하다고 생각하는지 목소리는 쉼 없이 입을 움직였다.

「물론 영혼이 없지. 그러나 당신들의 가장 작은 기계마저도 세상을 관측하고 해석하는 법을 알지 않나?」

입이 있다면.

「그러니 언젠가 우리를 보겠지. 우리가 있는 곳과 그곳이 당면한 위협을 보겠지. 그러면 할 수 있어.」

입이 없어도 품을 수 있는 희망을, 입이 없어도 낼 수 있는 목소리로 그것은 전하고 있었다.

「순간을 벗어나서도 동작하는 기술과 체계를 우리에게 전수할 수 있어. 영혼과 유사한 공작품으로, 아예 이쪽에서 우리와 함께 할 수도 있겠지.」

"그런 게 가능해요?"

남자가 물었다.

"미래에 우리가 인조 영혼을 발명해요?"

「보지 못했다고 없는 건 아니지. 안 될 건 또 뭔가?」

목소리가 말했다.

「당신들의 기술이란 그야말로 모든 금제를 깨뜨리며 성장하지 않았나? 비물질적으로 동작하는 의식 체계를 개발하지 못할 이유가 없어. 만약 그게 안 되거든….」

목소리는 돌연 침묵을 지켰다.

안 되거든…? 남자는 우주를 떠올렸다. 세 개, 아니 네 개의 축이 정글짐처럼 얼기설기 얽힌 구조를 떠올렸다. 가장 바깥쪽이 저들의 세계다. 그곳이 무언가로부터 공격받는다. 방어선이 무너진다면 다음으로 들이닥칠 곳은 어딘가? 그 바로 아래편 세 개의 축이 교차하는 곳. 아니 실은 시간까지 넷이지만 어떤 '순간'에 매였기에 끊임없이 늙고 쇠하고 죽는 곳. 그밖에 위아래와 양옆과 앞뒤가 있는 세상이었다.

섬뜩한 가능성이 뒷골을 휘감았다.

「안타까운 것은.」

목소리가 고드름이 녹듯 말문을 열었다.

「이 모든 대화가 당신 앞의 또 다른 당신과 마찬가지로 흐릿한 암시로 남을 것이란 사실이다. 잠에서 깨어나 까닭 모를 후회에 사로잡히지만 벽의 얼룩을 보다 보면 금세 잊히는 그런.」

기억을 잃는다고 했지. 그렇다면 아무것도 남지 않는다. 지금까지도 아무것도 남지 않았다. 계속 잊었던 거다. 사실 처음부터 열려 있던 가능성인데. 남자는 새삼스러운 진실에 전율했다.

"전쟁인 거죠? 지금 벌어지고 있는 게."

남자는 새삼스러운 진실에 전율했다.

"당신들이랑 그… 밖에 있는 거랑."

「전쟁이 아니다.」

단칼에 남자는 부정당했다. 그러나 그만큼의 절박함이 있었다. 그리고 아마, 모든 3차원 공간의 과거와 미래까지 볼 수 있는 존재가 절박하려거든 그만큼의 당위가 있었다. 그럴 수밖에 없었다. 남자는 끔찍한 몰골을 한 외계의 침입자들을 그렸다. 단순히 금성이나 화성이 아닌 다른 차원과 우주에서 짓쳐들어오는.

「가장 두려운 건 그거다. 이게 전쟁이 아닐 수 있다는 것. 그 무엇은커녕 아무것도 아닐 수 있다는 것. 말했지….」

남자가 고개를 끄덕였다. 그 뒤에 올 말을 미리 알아버리곤.

「…우린 저것을 그저 모른다고. 무얼 모르는지조차 모른다고. 전쟁?」

목소리가 쓸쓸하게 웃었다. 남자가 너무나도 빠르게 자신이 있는 곳의 생리에 적응한 것을 알고.

「누군가의 의지가 개입되었다고 누가 확인해주었나?」

그러나 한편으론 꿈에서 깨자마자 그 모든 것이 다시 무위로 돌아가버릴 것을 또 다시 알았기에.

「자연현상일 수도 있지. 우주물리구조를 휩쓰는 파도 혹은 폭풍. 혹은 무질서의 망령, 어떤 현실이나 영역이나 범주로도 재단할 수 없는 곰팡이 혹은 괴질이 우리가 있는 곳과 때를 잠식하는지도. 아니, 무질서라니?」

남자가 비틀거렸다. 어쩐지 어지러웠다.

「저쪽에 정녕 누군가 있다면 그들에겐 우리가 도리어 구제할 수 없는 무질서겠지.」

점점 말이 빨라졌다.

「그래서 박멸하려는 걸까? 오히려 도우려는 걸까? 알 수 없어. 모든 게 다 그렇지. 알 수 없으므로 우린 언젠가 이기더라도 질 것이네.」

흐릿한 풍경이 떨렸다.

「무엇이 왜 이런 지경으로 어떤 작용으로 물러났는지 격퇴당했는지 영영 모를 거야. 그 답은 자네가 매이지 않은 모든 순간에도 없어. …가장 무서운 건 그거라네.」

목소리는 말을 이었다.

「이게 전쟁이 아니고 다른 세계의 누구에게도 주목받지 못하거나 끝끝내 해명되지 않은 것일 때. 이 거대한 무지(無知)에 휘말린 우리가 모든 음악과 이야기와 함께 사라진다면 무엇이 남나?」

아무것도. 초시간적인 대화에 익숙하지 않더라도 그 뒷말은 누구에게나 열려 있었다.

「멸종의 까닭이 무언가에 대한 전쟁이었고 우리는 스스로를 지키기 위해 분투하였노라, 그러나 끝내 장렬히 패배했노라, 그러한 숭고한 명분과 위대한 기억조차도 영영 잃어버린 곳.」

목소리가 탄식했다. 과거와 미래, 인간의 머릿속에만 존재한다고 알려진 현재까지를 통틀어.

「결국 아무것도 아닌 것에 사라져버린, 결국 아무것도 아닌 곳. 우린 그런 것이 되는 거라네.」

밀실진담

● 초고 2020년 1월 4일

"Z등급 시나리오 유발요인은 총 여섯 가지입니다."

남자가 화면을 등지고 말했다.

"개중 셋을 먼저 살펴보겠습니다."

방은 건조했다. 불까지 끄니 더욱 분위기가 가라앉았다. 프로젝터가 뱉는 화면만 침침하게 빛났다. 똑바른 빛살을 헤치고 먼지가 춤추었다.

"유발요인 1호, '골렘'입니다."

화면이 넘어갔다. 금속을 얇게 펴 그 위에 글자를 적은 두루마리가 보였다.

"쿰란 고원에서 확보한 동판이⋯. 지루한 부분은 넘어가겠습니다."

곳곳에 푸르스름한 녹이 슬고 아예 읽을 수 없도록 우둘투둘 일어난 곳도 수두룩했다. 그것을 쓴 사람은 아마 종이책이라는 물건이 발명되기도 전 눈을 감았을 것 같았다.

"중요한 건 이놈이 뭘 할 수 있느냐고, 사소한 건 여러분도 각자 보고받을 만큼 받았겠지요."

설렁설렁 남자는 화면을 넘겼다. 앉아 있는 사람들도 마찬가지로 이를 받아들였다. 슬라이드는 난해한 문자를 해독하고 그 수수께끼를 풀어 어딘가에 묻힌 보물을 찾는 과정을 드러냈다. 꼭 잘게 썬 필름을 기워놓은 것처럼 성의 없었다.

"이게 골렘입니다."

멈춘 화면은 그래픽으로 재구성한 지하의 투시도였다.

"실물은 처음 보는 분도 있겠지요."

햇빛이 전혀 들지 않는 땅속, 파묻힌 것은 흙과 돌로 만들어진 인형이었다. 밋밋한 이목구비와 투박한 마감을 보건대 장난감으로도 못 쓸 만큼 허접했다. 그러나 화면 하단에 적힌 축척과 함께 보아야만 그 진면목이 드러났다.

인형의 크기에 비하면 위편을 덮은 대지는 겨울 이불처럼 얇았다.

"유대인들의 언약술이 가장 강성하던 시절 만들어진… 일종의 공성 무기로 추정됩니다."

누군가 작게 웃었다. 그 시절 어느 제국의 어느 성채더라도, 그것 앞에선 빈 깡통만큼의 효과도 없을 것 같았다.

"내부를 보면 태엽과 유사한 정수가 보입니다."

남자가 말을 이었다.

"이는 '눈 뜬 적 없는 랍비'와 마찬가지로 돋을새김한 상실 기호 위주의 신성해(神聖解)입니다만, 밀도는 기관이 접촉한 어떤 특이 유물과도 비교할 수 없습니다. 파악한 첨가물로는 배교자의 뼛가루, 처녀의 피를 섞은 금…."

슬라이드가 넘어가며 알맞은 자료화면과 시료 분석 결과들을 드러냈다.

"확보한 것 중 그나마 비슷한 것이 노래하는 마녀의 목인데, 결괏값은 그것보다도 높을 겁니다."

"저걸 움직일 수가 있어요?"

누군가 회의적인 투로 물었다.

"아무리 강력한 언약술이라도, 저런 걸 밀어붙이려거든 현대 기준으로도 녹록지 않을 텐데요."

"정확합니다."

남자가 고개를 끄덕이며 말을 이었다.

"랍비들은 그래서 골렘의 표면을 따라 독특한 의미 순환을 만들었습니다. 비자발적인 열이동을 촉진할 것으로 예상되는데, 쉽게 말하면 이 골렘은 모자라는 생명력을 열의 형태로 주변에서 빼앗습니다."

화면은 이윽고 멍청이도 알아볼 수 있도록 쉽고 느리게 그것이 몸을 일으키는 모습을 보여주었다.

"골렘이 똑바로 서기만 해도 반경 3킬로미터의 기온이 영하 20도까지 떨어집니다. 그 이상의 복잡한 동작을 수행할 경우, 가령 적을 식별하고 전투에 돌입할 경우 열을 빼앗는 범위도 그 강도도 비례하여 강해집니다."

남자가 말했다.

"골렘을 만들던 한 기술공이 동사(凍死)한 사건이 동판에 적혀 있는데, 부산물로 액체에 가까운 산소가 만들어진 것으로 보입니다."

"그 정도라면 요즘 기준으로도 대량파괴 무기로군."

누군가 평온하게 덧붙였다.

"네. 그래서 제작을 진두지휘한 한 연약술사는 저것을 '살아 있는 겨울'이라고 불렀습니다.

발표를 진행하는 사람이 미적지근하게 동조했다.

"당대 유대언약술은 나사렛의 별이 뜨기 직전 다시 오지 않을 전성기를 구가하고 있었습니다. 그래서 기록상으론 오직 그때에만 쓰인, 시간의 일방향성을 '유용한 질서'로 변환하는 구문이 확인됩니다."

"그럼 저 골렘에 그게 적용된 겁니까?"

"예."

남자가 고개를 끄덕였다.

"최초이자 마지막으로 그러한 기능을 부여받은 특이유물이고, 이는 동판에서 발견된 시구(詩句)로도 입증됩니다."

화면이 넘어갔다. 시구는 세 문장으로 되어 있었다.

10년의 밤과 10년의 낮이 지나 눈을 뜨면, 거센 파도만이 잠재울 수 있다.

100년의 밤과 100년의 낮이 지나 눈을 뜨면, 맹렬한 불길만이 잠재울 수 있다.

1000년의 밤과 1000년의 낮이 지나 눈을 뜨면, 두 번 다시 잠들지 않는다.

"율법학자들 말로는 파도가 자연의 힘, 불길이 인간의 힘을 은유한다고 합니다. 안타깝게도 기관이 동원할 수 있는 대부분의 강제력이 그 두 카테고리에 속하지요."

"것 참 무서운 소리구만."

"저것의 아메트(amet)는 확보 못 했지요?"

청중으로부터의 질문이었다.

"예. 사실 이 골렘의 아메트가 만들어졌는지도 불확실합니다."

남자가 말을 정리하며 뜸을 들였다.

"골렘은 단순히 위협용이었을 수도, 아니었을 수도 있습니다. 살아 있는 겨울이 움직이기 시작하면 당장 그것에게 뜻을 심은 유대민족 본인들의 생사도 장담할 수 없었을 테니까요. 우릴 더 괴롭히면 이놈을 깨워버리겠다! 는 식의 허세였다면 당연지사 아메트도 만들지 않았을 겁니다."

화면은 동판에 기록된 바, 당대의 랍비들이 골렘의 실용성을 놓고 벌인 모호한 논쟁을 보여주었다.

"상실 기호에서 적을 지정하는 구문을 추출했다지요."

누군가 지적했다.

"결과는 나왔습니까?"

남자가 천천히, 엄숙하게 고개를 끄덕였다.

"구문은 길고 복잡했습니다."

그렇지 않았더라면 더 나았을 것이라는 소리인지, 그렇지 않았을 거라는 것인지 알쏭달쏭해지는 말투였다.

"이는 단순히 골렘이 적을 구분하는 것이 아니라 그들을 능동적으로 그리고 적극적으로 증오하도록 만들기 위해서였습니다."

이어진 말은 그러나 복잡하다기보다는 악의에 물들어 있었다. 적과 적이 아닌 것을 구분하기 위한 조건이라는 것을 감안하더라도.

"골렘의 적의가 향하도록 지정된 집단은, 라틴어 문화권에서 기원한 임의의 형식 및 인식 체계를 공유하는 모든 개인과 단체입니다."

사람들은 열의 없이 침묵했다. 관심은 없지만 그렇다고 사라져 주지도 않는 그런 문제를 직면한 기분이었다. 고대 로마가 위대한 제국이었다는 사실이 이리도 원망스러울 수 없었다.

"그럼 저게 지금 눈을 뜨면⋯."

"공격 목표는 전 세계입니다."

남자가 어깨를 으쓱거렸다.

"알파벳이 뭔지 아는 모든 사람이, 유럽과 영미권에서 파생된 어떤 기술, 도량형이 조금이라도 적용된 곳에 사는 모든 사람이 저것의 적입니다. 그러니 Z등급 시나리오지요."

그가 말을 이었다.

"까놓고 말해 아메트가 없다뿐이지, 의미 순환이 지속되는 이상 이 골렘은 언제 터질지 모르는 마법 폭탄입니다. 이 1호에 대한 제 제언은 다음과 같습니다."

날치기하듯 이어진 뒷말에, 사람들은 감흥 없는 표정으로 귀를 기울였다.

"동판의 설명에 따라 알맞은 아메트를 제작하고, 필요한 때가 오면 언제든지 골렘을 깨울 수 있도록 준비하는 겁니다."

사람들의 눈썹이 찌그러지고, 입꼬리는 내려갔다. 방이 어수선해졌다. 쑥덕거리는 소리가 튀어나왔다. 의혹에 물든 눈길이 남자에게 내려앉았다.

"진심입니까?"

"어느 정도는요."

물음과 대답 모두 느슨했다.

"그러면 다음 유발요인을 보도록 하죠."

남자는 슬라이드를 넘겼다. 이번 것은 높이와 너비 모두 3미터를 넘지 않기에, 골렘에 비하면 그야말로 부스러기처럼 보였다.

"Z등급 시나리오 유발요인 2호, '탈영병'입니다."

단단해 보이는 금빛 다면체는 삼각의 면이 빈틈없이 맞물려 있었다. 각 면의 경계는 그러나 직선으로 딱 정형된 것이 아니라 끊임없이 서로를 침범하고 맞물길 반복했다. 화면 구석에는 그것이 스스로를 '변형'하는 모습이 나왔다.

"하늘에서 별이 떨어져 그 일대가 사흘 동안 불탔다는 전승에 기초해 요나구니 해구를 수색하던 도중 찾아냈죠."

그것의 몸은 길게 늘어진 삼각뿔의 띠에서부터 커다란 황금색 성게에까지 그야말로 액체 자석을 보는 것처럼 천변만화했다.

"탈영병이라는 별칭은 저것 스스로가 자신을 그렇게 표현한 까닭입니다—'위대한 전쟁을 견디지 못하고 도망친 병졸.'"

남자가 잠시 뜸을 들였다.

"그 밖에도 이것이 묘사한 위대한 전쟁의 양상은 다음과 같습니다. '죽음조차 허락되지 않아 목적을 잃은 명분들만 떠도는 곳', '별과 별 사이를 빼곡하게 채우는 살육의 장'…."

"혹시 환태평양 쓰나미를 일으킨 게 저놈이었던가요?"

누군가 관자놀이를 두드리며 물었다.

"그것조차 본래 가하려던 일격의 부산물이었지요. 양자 요동을 가까스로 억누른 덕입니다."

남자가 답했다.

"당시 지구 자전이 약간 느려졌는데, 아마 저것이 중력결합에 너지를 흡수하던 것으로 보입니다."

벌어진 일을 요약이라도 하듯, 그가 어깨를 으쓱거렸다.

"'고작' 쓰나미에 그친 것이 천만다행이지요."

안심한 건지 여전히 불안한 건지 알 수 없는 기색으로 사람들이 쑥덕거렸다.

"말이 나온 김에 이것을 만든 것으로 추정되는 '주인종족'에 대해 현재까지 밝혀진 것을 요약하지요."

남자는 화면을 넘겼다. 초점이 빗나가고 어떤 비례도 균형도 찾아볼 수 없는 어떤 '것'과 '곳'이 잔뜩 지나갔다. 사진인지, 그림인지, 뭔가의 재구성인지 순수한 상상인지조차 알 수 없었다. 전부 남의 꿈을 어깨너머로 훔쳐본 뒤 괴발개발 그린 것처럼 기이했다.

"탈영병의 진술을 전적으로 신뢰할 경우 인류가 역사적으로 목격해온 대규모의 천문학 사건은 대개 이 '위대한 전쟁'의 부산물로 추정되며 이 과정에서 중력특이점이나 은하 거대구조와 같은 요소들이 '발명'되었습니다."

그걸로 충분하지 않다는 듯 남자가 말을 이었다.

"더불어 우리가 파악한 우주의 네 가지 힘 중 하나는 실은 존재하지 않고, 다른 하나는 우리가 파악한 것과는 다른 방식으로 작용합니다. 탈영병의 주인종족은 그러한 이치의 기틀 위에서 초은하적 문명을 이룩한 것으로 보입니다. 그 적군의 경우에는…."

"곁길로 새지는 말지요."

누군가 말을 잘랐다.

"여기 아침도 거르고 온 분들 수두룩합디다."

은근히 책망하는 투로 보아 자신이 그 '분들' 중 하나인 것 같았다.

"그럼 원래 이야기로 돌아가서… 분실물을 찾으러 오지 않는 주인종족을 제쳐두더라도 2호 또한 충분히 위협적인 존재입니다."

남자도 어차피 바라던 바였다는 듯 본론으로 돌아갔다.

"탈영병이 다른 어떤 유발요인보다도 위험한 까닭은, 놈이 탄소 기반 생명체에 대한 조건 없는 증오를 표출하는 까닭입니다. 이는 '위대한 전쟁'의 적 진영이 공교롭게도 우리와 유사한 탄소 기반 종족이기 때문인 것 같습니다."

"얼빠진 친구구만."

누군가 푸념했다.

"그렇게 굴 거면 애초에 탈영을 하지 말았어야지."

낄낄낄. 청중의 가벼운 웃음이 분위기를 풀었다.

"격리 절차나 한번 훑어보지요."

누군가 늘어지게 하품하며 말했다.

"짚고 넘어가는 차원에서."

"우선 양자 요동을 억누르기 위해 기관이 주도적으로 살해한 암반 속에 기지를 짓고 격리 중입니다."

남자가 응하여 화면을 넘겼다.

"화장실 칸막이와 사무실 파티션을 제외한 기지의 모든 벽은 햄버거보다 두꺼운 특수강이고, 중앙 격리시설에서는 고에너지 입자선을 조사(照射)하여 그것의 자의식을 흩트리고 있습니다."

남자가 난데없이 말을 끊고 좌중을 살폈다.

"그리고 사실 여기에서, 별로 의미는 없지만 혼자 보기 아까운 가설이 하나 있는데요."

방금처럼 도중에 제지 당하지나 않을까 걱정하는 눈치였다.

"두 가지 단편적인 사실입니다."

어두침침한 그곳에서 두 갈래로 나뉘어진 각자의 호기심이 칼끝처럼 빛났다.

"첫 번째로, 저것이 온 곳에서 '멀다'라는 서술어는 그 수식 대상이 꼭 공간에만 한정되지 않습니다. 그리고 두 번째."

이것이 아무래도 첫 번째 '단편적인 사실'보다 중요한지, 간격이 더 길었다.

"위대한 전쟁의 적과 아군을 구별하기 위해 저것에게 입력된 기준표가 있습니다. 거기 실린 적의 특성 중 가장 도드라지는 것이 특정한 구조의 이중나선 고분자였습니다."

남자가 말을 이었다.

"두 가닥의 사슬이 각기 다른 네 가지 결합요인을 통해 조립되는데… 그 물성이 현생인류의 DNA와 일치하는 측면이 있습니다."

사람들은 잠시 그 말을 어떻게 받아들여야 할지 고민하는 것처럼 보였다.

그러거나 말거나 유발요인은 총 여섯 가지였고, 이제 고작 두 번째였다.

"참. 2호에 대한 제언도 골렘과 비슷합니다."

남자가 빠르게 덧붙였다.

"필요한 경우 언제라도 격리를 해제할 수 있도록 모든 절차를 우회하는 별도의 해제 계통을 설립할 것을 개진합니다. 물리적인 통로를 만들 필욘 없어요."

그가 작게 웃으며 덧붙였다.

"어차피 이게 정신을 차리는 순간 기지 전체가 철사 옷걸이처럼 구겨질 테니."

남자는 이번엔 참석자들이 볼멘소리를 내뱉을 기회조차 주지 않았다.

"남극에서 발견된 Z등급 시나리오 유발요인 3호, '폭군'입니다."

화면은 거대한 빙벽을 보여주었다. 어찌나 두껍고 오래되었는지 거의 에메랄드빛 금속처럼 보였다. 처음엔 안에 무엇이 있는지조차 알 수 없었다. 차츰 어두운 꽃같이 생긴 것이 보였다. 사람들은 한참이나 그 어렴풋한 형태를 훑은 뒤에야 그것이 파충류의 머리인 것을 알았다. 풍성한 꽃술처럼 보이던 것은 예리한 이빨이었고 꽃잎처럼 펼친 것은 여객기로 이를 쑤셔도 될 만큼 커다란 아가리였다.

"대가리 참 크군."

"그래서 이름이 '폭군'인가요?"

원래 왕을 모자 사이즈를 재서 뽑기라도 하는 것처럼, 누군가 물었다.

"거기에서 끝나면 참 좋았겠지만… 안타깝게도 이놈이 그런 이름을 갖게 된 건 두 가지 이유에서입니다."

남자가 대답했다.

"첫째로는 이것이 영역 동물이기 때문이고, 둘째로는 이것이 다시 눈을 뜰 경우 곧장 Z등급 시나리오를 유발할 만큼 강력하기 때문입니다."

"영역 동물이면, 뭐 개나 고양이 같은 것 말하는 겁니까?"

누군가 물었다. 별로 궁금해하는 것 같진 않았다.

"개는 영역 동물이 아닙니다. 제가 알기론…."

다른 사람이 대답했다.

"하지만 고양이는 영역 동물이 맞을 겁니다."

그 사람은 별로 확신하지 못하겠다는 듯 애매하게 답했다.

"개도 한 곳에 애착이 생기면 영역을 고수하지 않습니까?"

질문자가 집요하게 물었다.

"고향을 찾아갔다거나 하는 뉴스 많잖아요."

"그건 특수한 경우지요. 사람 옆에 오래 살다 보니까."

"아닙니다. 저번에 보니까…."

발표를 맡은 남자는 아무래도 좋은 둘의 대화가 끝날 때까지 참을성 있게 기다렸다.

"폭군이 영역 동물이라는 사실은 이것의 비늘에 남은 동종 개체들의 흔적으로 알 수 있습니다."

슬라이드가 넘어갔다. 분석 결과는 그 자리의 누구도 직관적으로 이해할 수 없을 만큼 정교하고 복잡했다.

"상처에 남은 흔적마다 상호배타적인 환경적 요소가 발견되었습니다. 즉 각자의 영역을 지키기 위해, 혹은 정하기 위해 또래의 다른 '폭군'들과 몸싸움을 벌인 거지요."

남자가 화면을 넘겼다.

"이제 더 중요한 건 이것이 동면을 끝내고 몸을 일으킬 경우 어떤 일이 벌어지느냐인데."

빙벽에 묻힌 폭군의 모습이 전체적으로 드러났다. 누군가 감탄했다. 골렘도 한 덩치 했지만 폭군도 절대 뒤지지 않았다. 그 거체에 비하면 주변을 감싼 격리 기지는 아름드리나무에 들러붙은 넝쿨이나 다름없었다.

"군데군데 숨구멍이 뚫려 있는 것이 보이지요? 우리가 보기엔 동굴 수준이지만… 그 하나하나가 뉴욕시의 수 시간 어치 하수배

출량에 맞먹는 증기를 들이고 뱉습니다."

남자가 말을 이었다.

"거기에 극단적으로 발달한 호흡계통의 도해를 보면, 폭군은 자의적으로 몸의 비중을 바꾸어 하늘을 날아다닐 수 있었습니다. 기공을 따라 남은 극심한 방열흔을 보건대 자신의 호흡을 '전략적으로' 조절하여 강력한 상승기류를 만들기도 하던 것 같습니다."

남자는 슬라이드를 넘겼지만 달리 쓸 만한 부분이 나오지 않았다.

"상승기류가 불러오는 가장 강력한 형태의 기상현상을 태풍이나 허리케인이라고 우리는 부르지요. 그런데 안타깝게도 폭군이 불러오는 것은 개중 어떤 분류에도 들어맞지 않습니다."

그래서 어쩔 수 없이 기억을 더듬어가며, 그러면서도 꽤나 훌륭하게 말을 잇고 있었다.

"시뮬레이션 결과 초속 수백 미터의 풍속이라는, 기본적으로 지구에서는 찾아볼 수 없는 수치가 나왔습니다."

남자가 혀를 차며 말을 이었다.

"게다가 폭군의 몸에서 호흡계통 다음으로 높은 비율을 차지하는 것이 축전 세포로 이루어진 전지인데… 대전된 구름이 빚어내는 전류를 저장하고 내뿜는 용도로 보입니다."

그는 아무튼 거대한, 상궤를 벗어나는 무언가와 같은 몸짓을 해보였다.

"위력은 목성에서 치는 것과 비슷하다는군요."

"너무 늦은 질문 같지만 그래도 찔러나 보죠."

"네, 아직 안 죽었습니다."

남자는 질문이 채 영글기도 전에 대답했다.

"제힘으로 얼음에서 벗어날 순 없지만, 저대로 둔다고 언젠가 죽어버리지도 않을 겁니다."

"저렇게 센 놈이 무슨 수가 있어서 저 꼴이 된 겁니까?"

두 번째 질문은 그나마 좀 답을 들을 가치가 있었다.

"그것 또한 영역 동물로서의 특성이 반영된 결과인데, 중략하자면 초대형 운석을 막다가… 혹은 싸우다가 저렇게 된 것 같습니다."

듣고 있던 몇이 알쏭달쏭한 얼굴이 되었다. 그만큼 남자의 말이 알쏭달쏭하기도 했지만.

"우선 다량의 이리듐과 자연 유리(tektite)가 일대에서 발견되었으므로 운석 충돌이 있었다는 사실 자체는 명백했습니다. 나중에 보니 폭군이 갇힌 빙상 위편, 어마어마한 깊이의 땅이 통째 우주에서 온 돌멩이였죠."

"그냥 운 나쁘게 운석이 떨어지던 곳에 폭군이 있던 게 아닐까요?"

"네. 그게 보통은 맞지요."

남자가 순순히 인정했다.

"그런데 우선 그 크기에 비해 충돌 규모가 너무 작습니다. 게다가 탄성파 계측 결과 소행성이 굉장히 온전하게 보존되었어요."

화면에는 남자의 말을 뒷받침하는 보고서들이 늘어섰다.

"운석은 거의 멀쩡하게, 지구에 걸터앉았다시피 떨어졌습니다."

남자는 그 뒷말로 명쾌하게 조사의 결론을 요약했다.

"즉 무지막지한 인력을 거스르고 그 추락을 늦춘 요인이 분명 있는데, 그때 그 밑에 하필 이 폭군이 있던 게 우연일 리는 없지요."

"잠깐."

누군가 손을 까딱거렸다.

"이쯤이면 설명은 다 한 것 같은데 내가 한번 맞혀볼까요?"

"뭘요?"

남자는 눈을 동그랗게 떴다.

"이제 덧붙일 '제언' 말입니다."

청중의 질문을 앞서 짐작하고 대답한 죄, 이제 남자가 그것을 겪을 차례였다.

"폭발물을 심어서 언제라도 버튼만 누르면 폭군이 동면을 끝내고 깨어날 수 있도록 준비하자는 것 아닙니까?"

"정확합니다."

이제 그냥 막 밀고 나가는구만. 누군가 투덜거렸다. 그러거나 말거나 화면은 넘어갔다.

"정보가 부족한 점에 대해선 어쩔 수 없다는 걸 먼저 밝히고 넘어가야겠습니다. 아시다시피 이 중 일부는 접촉조차 불가능하다 보니."

이번에는 4, 5, 6호가 사이좋게 한 장에 모두 들어가 있었다.

"먼저 4호, '귀환자'입니다."

어차피 브리핑이야 짧으면 짧을수록 좋은 것이었다. 꼭 그래서만은 아니겠지만 사람들도 좀 더 활기찬 표정이 되었다.

"Z등급 시나리오 유발요인 중 유일하게 기관 외부에서 발견했죠. 아니면 만들어낸⋯. 미국 정부가 언젠가는 그 역량에 알맞은 크기의 책임감을 갖길 빕니다."

자그마한 웃음이 터져 나왔다.

"보이저 0호. 이후 요식행위로 발사한 1, 2호 대신 자기네들의

'진짜' 기술력을 총동원해서 쏘아 올린 놈이죠."

남자는 어느 심우주탐사선의 사진을 가리켰다. 큰 위성 접시와 길게 솟은 안테나, 그 밖에도 각종 관측 장비를 가득 싣고 있었다.

"당시 기관에서는 설마 변동중력원에 무턱대고 접근할 만큼 나사가 꿈에 젖어 있을 줄은 몰랐으나…."

화면에는 그리고 먼저 소개된 위성과는 딴판인 무언가가 등장했다.

"빈정거리는 것은 그만두고, 어쨌든 직면한 위협에 대해 좀 더 보충하겠습니다."

우주 공간을 배경으로 질주하는 그것은 얼핏 보기에는 고딕풍의 첨탑처럼 보였다. 어떤 변태적인 건축가가 무작위의 돌과 못, 밧줄로 마구 엮어놓은 모양새였지만 전체적으론 어쨌든 하나의 구조체였다. 사람들은 폭군을 볼 때와 마찬가지로 그 모습에서 다른 맥락을 찾으려 애를 썼다. 그러나 배경에 별이 좀 더 떠 있거나 어떤 초신성이 내던진 구름의 자취만 읽을 수 있을 뿐, 중앙의 피사체는 도무지 다르게 해석할 방도가 없었다.

"기관이 파악한 바에 따르면 보이저 0호가 변동중력원에 뺑소닐 당하자마자 그 신호가 끊겼다고 합니다만…. 극단적인 시간 지연이 일어나면 그렇게 오해할 법도 합니다."

남자가 탄식하며 화면을 넘겼다.

"문제는 그 뒤 나사가 허둥대다가 정상화 곡면에 탐사선을 넣는 데 실패했다는 겁니다. 그렇게 보이저 0호는 백만 배쯤 빠른 시간에 얽매여 사라져버렸죠. 그리고…."

남자가 몸을 돌리다가 멈칫했다.

"이 시점에서 슬라이드를 바꾸는 게 더 나았겠군요. 아무튼 이게 다시 나타난 보이저 0호, 아니 '귀환자'입니다."

사람들은 아까부터 보던 사진을 새삼 새롭다는 듯 쳐다봐야 했다.

"분명히 많은 변화를 겪고 뚜렷한 자아까지 생겼답니다. 또한 나사에 '탐색 포고'랍시고 별의별 것을 다 보냈다는군요. 개중 몇은 이 자리에서 틀 성격의 것은 아닙니다."

몇 사람이 볼멘소리를 냈다. 궁금증을 해결할 기회는 그러나 나중에도 있을 것이었다.

"영상에는 지구와 비슷한 환경을 갖춘 행성을 스캔하고 그 물리화학적 데이터를 수집하는 과정이 나와 있습니다. 빛으로 이루어진 먼지떨이로 행성을 두들겨 패는 거랑 비슷한데—"

남자나 청중들이나 그런 설명에 굳이 몸짓까지는 필요하지 않다고 생각했지만, 어쨌든 발표는 계속되었다.

"—문제는 목표 천체가 주변—즉 우주 공간—과의 열적 평형을 이룰 때까지 그 과정을 반복한다는 겁니다."

남자가 말을 이었다.

"실상 이 귀환자의 행위는 목표 천체가 물성적으로 죽을 때까지 모든 질량-에너지를 정보로 변환하여 잡아먹는 것에 가깝습니다."

"나사에서 보이저 0호한테 마주치는 행성을 모조리 얼려 죽이라고 명령한 겁니까?"

"물론 아니겠죠."

질문한 본인조차 그럼 그렇지, 하는 표정을 지었다.

"대강의 행동강령을 입력했겠지요. 뭐든지 탐구하고 알아내라는."

남자가 말했다.

"그리고 백만 배쯤 빨리 가는 시간 속에서 행동거지를 단속할

강령이라곤 고작 그것뿐이었으니, 아무래도 다분히 극단적인 성향을 띠게 된 것이고요."

청중들이 미적지근하게 고개를 끄덕였다.

"뭔갈 알아낸다는 행위에 집착하다 보면, 결국 다른 모든 물리량을 정보로 변환하여 빨아들이는 게 가장 좋은 방법이라고 생각하게 될 수밖에요."

남자의 말미에는 미처 소리가 되지 못한 '아마도?'의 뉘앙스가 따라붙었다.

"이게 가장 그럴싸한 추론입니다. 안타깝게도 이 사진이 찍힌 곳은 우리 장비로도 몇십 년은 걸리는 거리라서요."

"저게 아직 그 명령을 따르는 거면, 왜 난데없이 우리까지 탐색하려 드는 겁니까?"

누군가 질문했다.

"그동안 배운 걸 얌전히 갖다 바치면 자기 임무는 끝나는 것 아닌가요?"

"귀환자는 자신의 두 가지 목표를 모두 충족시키려 들고 있는 겁니다."

목을 가다듬는 남자의 앞으로 부연 먼지들이 휘돌았다.

"우리를 흡수하려는 동시에, 지금까지 자기가 흡수한 모든 천체들의 정보를 매순 폭격하듯 전송하고 있거든요."

그는 손으로 뭔가를 던지고 받는 시늉을 했다. 마치 그게 정보를 취급하는 올바른 절차라도 되는 것처럼.

"거기엔 귀환자가 여태까지 멸망시킨 모든 문명의 기록이 고스란히 들어 있지요. 어제까지만 해도 스포츠 중계가 울려 퍼지다가 갑자기 외계의 우주선이 나타나 차례차례 우리가 알던 모든

248

세상을 훌훌 집어삼키는 생생한 묵시록이, 귀환자의 손으로 써 내려간 무수한 장송곡으로 가득합니다."

남자가 혀를 찼다.

"그렇게 생존자가 전혀 남지 않을 때까지 수집한 귀환자의 '탐 사 정보'에 얼마나 많은 공포와 헛된 발버둥과 그것을 만든 이들 에 대한 원망이 새겨졌겠습니까?"

그의 말투는 마치 정말 답을 바라는 것처럼 들렸다. 청중들은 저희끼리 눈길을 교환했다.

"기관이 억눌러서 그렇지, 방해장을 걷는 순간 전 세계 방송은 그것이 보내오는 대학살의 증거로 포화상태가 될 겁니다. …이야 기가 조금 샜군요."

청중이 동의했다.

"아무튼 이걸로 그러니 얻은 정보를 바치는 것은 수행되었고, 모든 것을 알아내라는 명령에 따라 이제 자신의 기원인 이곳마저 철저히 알아낼 심산인 겁니다."

그 논리가 얼마나 말이 될지 결정하는 것은 안타깝게도 그 자리의 사람들이 아닌 귀환자 본인이었다.

"어쨌든 상호모순되는 명제는 아니지요. '우릴 멸망시키진 마 라!'라고 아무도 가르쳐주지 않았으니까요."

사람들이 그 아이러니를 곱씹는 동안, 남자는 재빨리 설명을 밀고 나갔다.

"어쨌든 좋든 싫든 귀환자는 조만간 그 이름값을 하게 될 겁니 다. 현재 공간을 일그러뜨려 광속 한계를 넘는 편법까지 생각해 낸 것으로 미국 정부는 추정 중이고, 기관은 그게 맞다는 걸 알 지만 알려주진 않았습니다."

남자는 목을 가다듬었다.

"다음으로는 5호를 살펴볼까요."

두 번째 사진은 넓은 호수였다. 바닥이 없을 만큼 깊지만 어찌
나 깨끗한지 웬만한 곳까진 코앞처럼 훤히 들여다보였다. 그 투명
함은 오히려 물의 바깥 풍경을 더 흐리고 동떨어져 보이게 만들었
다. 눈이 시릴 정도로 맑은 호수는 그러나 딱 그것뿐이었다. 말하
자면 그 근처에는 진짜 호수라면 갖춰야 할 자연이 전혀 없었다.

송사리나 개구리나 물벌레나 주변을 따라 우거진 풀과 억새와
갈대 따위가 하나도 없었다. 물가를 따라 일정하게 도려낸 듯 그 주
변엔 억센 잡초조차, 심지어 흙빛의 이끼조차 얼씬도 하지 못했다.

"여기가 그 악명 높은 '미치는 호수'군요."

누군가 분개했다.

"물론 아직도 전혀 성과는 없겠지요?"

"네."

깔끔한 대답이었다.

"지금까지 백여 명에 달하는 기관 요원과 그 열 배쯤 되는 탐사
로봇이 저 안으로 들어갔지요. 현지인들이나 불운한 관광객도 매
년 비슷한… 그래도 나름의 진전은 있어요."

남자가 변명하듯 화면을 넘겼다. 짙은 검은빛 석판이 모습을
드러냈다. 흑요석처럼 번들거렸지만 꼭 진물을 흘리는 것처럼 표
면이 불규칙했다. 들쭉날쭉 들어간 부분을 향해 빛의 방향을 달리
하면 그 요철을 따라 글씨가 드러났다. 사람의 손으로 그렸다기엔
지나치게 난폭하고, 짐승이 새겼다기엔 또렷한 체계가 있었다.

"옛 어미의 묵시록, 이라는 제목을 필두로 장황한 경고가 이어

지는데 전부 생략하고… 가장 위협적인 의미가 읽히는 부분은 이곳입니다."

별들이 알맞은 모양을 되찾는 날 둥지에는 옛 어미가 돌아온다. 어떤 주문도 공예도 그에 맞서지 못한다. 그런 문구가 화면에는 떠올랐다.

"그 밖에도 이 지역의 민간전승과 몇몇… 비자발적인 탐사대를 보낸 끝에, 이곳에서 한때 어떤 원시 신앙이 횡행했다는 사실을 알았습니다."

남자가 설명했다.

"그렇게 지정된 어떤 현상 혹은 언젠가 돌아올 대상이 Z등급 시나리오 유발요인 5호, '옛 어미'입니다."

"석판의 신뢰도는 검증된 건가요?"

누군가 손을 들어 물었다.

"벌써 거기서 따온 이름까지 붙여줬네요."

질문자의 웃음을 따라 남자도 조금 웃었다.

"하지만 덮어놓고 무시하기엔 명백히 뭔가 저 안에 있으니까요."

그는 손가락을 하나하나 꼽았다.

"기관 최고의 요원들을이 아무것도 알아내지 못한 채 도미노처럼 줄줄이 쓰러졌지요. 원격으로 화력을 투사할라치면 파일럿이 손목을 물어뜯거나, 오퍼레이터가 펜촉으로 배를 가르거나, 합동화력함 사건은… 굳이 언급하고 싶지도 않고요."

남자는 속이 메슥거리는지 가슴팍을 문질렀다.

"아무튼, 우리가 파악할 수 있는 가장 자세한 정보는 목성 탐사용 로봇이 호수 아래서 고작… 2분을 버티며 전송한 자료입니다."

화면이 넘어갔다. 나타난 것은 육안으로 보는 풍경과는 달랐다. 정밀한 구면파를 발산한 뒤 그 반향을 기록해 풍경을 구성하고 거기에 이런저런 색과 질감을 입혀 알아보기 쉽도록 보정한 것이었다. 겉보기와는 달리 호수 바닥은 뭔가로 가득 차 있었다.

"신호기가 아직 작동하는 덕분에, 우리는 이 형체들이 호수로 끌려 들어간 사람들이라는 걸 알 수 있습니다."

아주 작고 뚱뚱한 무언가가 구더기처럼 우글거리고 있었다.

"문제는 이들이 묵처럼 불어터진 채로도 여전히 움직이고 있다는 겁니다. 그것도 지능적이고 조직적인 모종의 작업을 수행하면서요."

"뭘 옮기는 것 같은데요?"

"방금 본 석판과 같은 물질입니다. 건축 자재로 추정됩니다."

물속이라 그런지 사람들은, 아니면 사람이었던 것들은 제 몸집보다 훨씬 큰 돌덩이를 수월하게 날랐다. 자재는 얌전한 입방체에서부터 파격적으로 높고 좁은 각뿔에 이르기까지 다양한 만듦새를 띠었다. 남자는 호수의 다른 구역을 스캔한 사진을 차례로 보여주었다. 이윽고 각각의 화상을 누벼 커다란 풍경화처럼 만들었다.

토대는 검은 뿌리처럼 호수 바닥을 잠식하고 있었다. 스멀스멀 수면으로 이어지는 대가리를 쳐올리고 있었다. 시체들이 짓는 벽과 기둥은 서로가 서로에 휘감겨 자라나는 것처럼 보였다. 버섯 갓의 살처럼 좁은 복도가 굽이굽이 이어지고, 군데군데 작고 못생긴 샛길과 흉이 진 것처럼 달라붙은 방들이 있었다.

"저곳엔 뭐가 있지요?"

누군가 그런 방과 복도에 둘러싸인 곳, 건물 한가운데의 커다란 공동을 가리켰다.

"'뭔가'가 있습니다."

"뭐라고요?"

"'뭔가'가 있습니다."

남자는 똑같은 말을 억양만 달리하여 반복했다.

"지금으로선 그게 최선이에요. 그나마 알 수 있는 건 두 가지죠."

그가 빠르게 뒷말을 이었다.

"첫째로 저 공동에 질량과 형체를 가진 무언가가 있다는 것. 둘째는 그게 하나의 생체구조라는 것."

"묵시록인지 뭔지 하는 것에는 달래 설명이 없답니까? 저 안에 뭐가 있는지?"

"형언할 수 없다, 가 그것에 대한 설명의 전부입니다."

남자는 입맛을 다셨다.

"다만 옛 어미가 일어날 경우 어떤 일이 벌어질 것인가에 대해선 조금 써두었는데… 우리 모두는 좀 더 옛 어미를 닮게 되고, 눈을 뜬 옛 어미의 치세 아래서 모든 시간의 약속들은 영영 힘을 쓰지 못한다는군요."

제대로 된 설명은 아니었다. 남자 스스로도 알았다.

"다른 맥락으론 옛 어미가 지구의 생명을 낳았고 그 기원과 마찬가지로 죽음과 생육 또한 되찾을 것이라는 존재론적인 헛소리가 좀 더 있습니다."

"잠깐."

누군가 끼어들었다.

"4호에서 5호로 자연스럽게 넘어와서 눈칠 못 챘는데, 이제 유발요인 하나마다 붙이던 제언은 없어요?"

"예리하시군요. 집중하고 계셔서 좋습니다."

남자는 정말 뿌듯해하는 것 같았다.

"그럼 마지막으로 6호로 넘어갈까요."

청중은 심드렁하게 일이 돌아가는 것을 지켜보았다.

"모두 아시다시피, 1913년 화성에서 출발한 우주선이 대서양 한가운데 처박혔습니다."

짓뭉개진 가옥, 연기가 모락모락 나는 구덩이, 이쑤시개처럼 나뒹구는 나무들, 열광선에 녹아내려 통째 유리카펫이 되어버린 모래사장의 모습들이 지나갔다. 그러나 가장 눈길을 끄는 것은 역시 해안에 상륙한 화성인의 전쟁 기계들이었다. 부글거리는 흑백 필름 속 민첩하게 움직이는 화성인의 공작품들은 초현실적인 것을 넘어 우스꽝스럽게까지 보였다. 그러나 일단 역사라는 꼬리표가 붙고 나면 손쓸 도리가 없었다. 제아무리 충격적인 사건이라도 모든 운동량을 잃고 무미건조한 원인과 결과의 묶음으로 변해버렸다.

"조상님들은 어떻게든 이들을 몰아냈고, 아니 몰아낸 것이 아니라 격멸시켰다고 생각했지요. 시간이 지나자 단순히 이들을 몰아냈을 뿐이라는 걸 알았고요."

남자가 잠시 뜸을 들였다.

"말이 좀, 이상한데…."

어쨌든 발표는 계속되어야 했다.

"안타깝게도 기관은 너무 늦게 대서양 해저의 수상한 열원을 알아챘고, 그것을 추적하던 중 대전쟁으로부터 살아남은 화성인들의 후손을 만났습니다."

화면이 넘어갔다.

"이것들이 Z등급 시나리오 유발요인 6호, '침략자'입니다."

칙칙한 호두색 모래가 깔린 심해. 유령처럼 생긴 무척추동물만 조금 돌아다니던 곳에 어마어마한 크기의 금속 괴물이 나타났다. 조개껍데기처럼 넙데데한 머리는 지상에선 도저히 가눌 수 없을 것처럼 커다랬다. 기다란 다리는 양치식물의 꼬투리처럼 그 일체를 돌돌 말고 펴면서 힘의 손실을 최소화했다. 탐사정의 서치라이트가 그것을 비추자 은색 반사광이 확 끼쳤다.

기계의 어디에도 그 행동 원리를 추정할 만한 것은 보이지 않았다. 어떤 이음매도 동력 전달계도 없었다. 그것은 태초부터 그런 모습을 하고 태어난 것처럼 움직였다. 발사된 열광선이 가차 없이 탐사정을 꿰뚫었다. 화면 구석의 수치가 측정값 바깥으로 널뛰었다. 심해의 압력조차 억누를 수 없을 정도로 무시무시한 온도였다.

발악하듯 일어난 증기 폭발과 함께 영상이 끝났다.

"대전쟁 당시 기록에 남은 기체가 아니군요."

누군가 입을 열었다.

"저런 게 그때 돌아다녔다면…"

"우리는 몇몇 우수한 품종을 중심으로 근친 번식한 화성인 최고의 친구가 되었겠지요."

"그럼 이제 저것들이 마지막 남은 화성인이겠군요?"

누군가 지적했다.

"아니면 인제 와서 다시 부랴부랴 화성을 조사해야 하나요?"

"그럴 가능성은 아주 낮습니다. 이미 식민 사업이 시작되었는데 이해득실도 안 맞고요."

남자의 말에 사람들은 쉽게 납득했다.

"이야기로 돌아가서, 이 최초의 접촉 이후 화성인 후예들, 아니 '침략자'의 행동권역을 추산해봤는데 놀라운 결과가 나왔습니다."

이윽고 남자는 발표를 진행하던 내내 한 번도 하지 않던 일을 했다.

"사진을 보시면, 어라?"

그는 깜짝 놀랐다.

"이게 왜 이래?"

슬라이드가 넘어갔다. 아무것도 나오지 않았다. 몇 번을 더 해도 똑같았다. 그러다가 그다음 화면이 나왔다. 딱딱한 괄호와 슬라이드 전체가 공유하는 서식만 덩그러니 모습을 비췄다. *[이 페이지는 마지막 장입니다]*나 *[인사말을 여기에 입력하시오]* 같은.

"음, 더 들어가야 하는 내용이 있었는데, 아무래도 착오가 있었나 봅니다."

그러거나 말거나 참석자들은 좀 더 눈을 빛냈다. 그것이 꼭 이 모든 게 끝나기 일보 직전이라는 사실에 고무된 까닭만은 아니겠지만.

"아무튼 그래서… 놀라운 결과가 나왔는데, 화성인들의 기지는 지형과 관계없이 웬만큼 깊은 곳엔 거의 다 있었습니다."

남자는 설명을 계속했다.

"굴착한계선을 넘어 병력과 물자를 수송하는 기술이 있는 것으로 보입니다.

"이해가 안 되는군요."

누군가 불쑥 끼어들었다.

"심해야 그렇다 쳐도, 저만큼의 열과 압력을 버티는 재주는 어디서 터득한 거죠?"

"지금 터득했다고 하셨는데, 정확한 표현입니다."

습관적으로 남자는 화면을 넘겼다. 물론 아무것도 나오지 않았다.

"저들이 어디서 그 재주를 얻었는지는 밝혀냈지만, 그게 발견인지 발명인진 도무지 알 수가 없거든요."

적절한 슬라이드가 없는 고로 남자는 기억을 혹사시켜야 했다.

"화성인들은, 아니 '침략자'는 자기네의 기계를 만드는 데 특정한 금속을 사용합니다. 대전쟁 당시에는 전혀 확인할 수 없던 소재입니다."

그러다 보니 어쩐지 본인이 직접 겪어 본 듯한 말투가 되어버렸다.

"기본적으로 탁월한 내열성과 내충격성을 지니는 데다가, 특이하게도 주변의 열과 압력을 동력으로 전환할 수도 있지요. 그런 우수한 물성에 보태 아주 괴상한 특질이 또 있는데…."

남자는 누군가 '뭐가요?'라고 물어주길 바라는 것처럼 사람들을 훑었다.

"늘어납니다."

하암. 헐거운 하품 소리가 들렸다.

"이 금속은 스스로 늘어납니다. 분열합니다. 그리고 살아 있습니다."

바란 대로의 관심은 돌아오지 않았지만 남자는 꿋꿋이 대답을 이어갔다.

"당장 어느 광학현미경으로도 확인할 수 있어요. 갈가리 쪼개면 다시 붙을 때까지 증식을 반복하고, 서로 붙으면 순식간에 복잡한 구조의 기계군집을 만들어내지요."

그래서 요약하자면? 누군가의 그런 바람에 답하기라도 하듯 그가 결론을 내렸다.

"그것들은 금속으로 된 생명체입니다."

"그럼 두 가지 가능성 중 하나겠군요."

누군가 입을 열었다.

"화성인들이 엄청나게 똑똑해서 한 치 앞도 안 뵈는 심해에서 그런 물질을 발명했거나―"

사람들은 잠자코 그 뒷말을 기다렸다.

"―아니면 시커먼 바닷속에 있던, 우리조차 모르던 뭔갈 찾아내서 이용하고 있거나."

"그렇습니다."

남자가 고개를 끄덕였다.

"침략자는 해당 금속의 그런 특성을 이용해 손쉽게 어마어마한 양의 전쟁 기계를 '배양'했죠."

청중들은 그 말에 무덤덤하게 전율했다.

"세계 곳곳에 세워진 전초기지마다, 출격 준비만을 기다린 채 바늘쌈처럼 빽빽히 도열한 기계들이 잔뜩 있어요."

더 큰 문제는… 남자는 무심결에 화면을 가리켰다. 제 준비가 부족했다는 사실만 재차 드러났다. 그렇다고 여기서 화면을 아예 치우고 불을 켤 수는 없었다.

그럼 분위기가 붕 떠버릴 테니까.

"더 큰 문제는, 이것들이 현재 해저지각판의 움직임을 제어하려고 노력 중이라는 겁니다. 안타깝게도 일정한 성과 또한 얻고 있지요."

"대충 피해는 어떻게 됩니까?"

누군가 물었다.

"모든 게 그놈들 원하는 대로 되면?"

"2호 때 일어난 쓰나미는 애들 장난으로 보일 겁니다."

남자는 파도가 무언가를 쓸어 날려버리는 몸짓을 했다.

"전 세계 유수의 해안 도시들은 전부 발에 차인 모래처럼 멀리 멀리 날아가고, 평생 바다 냄새 한번 맡아본 적 없는 사람들이 물에 잠겨 익사할 겁니다. 한편 발목보다 높은 모든 게 날아간 해안가에선 놈들의 전쟁 기계가 느긋하게 내륙으로 진격하고요."

자료영상에서 보았던 그것들의 촐랑거리는 걸음걸이로 이루어지는 지구정복이자 인류멸망의 날은 잘 상상이 가지 않았다.

"기관이 물론 이 사태를 막기 위해 얼마나 머리를 쥐어짜고 있는지 여러분들도 잘 아실 테지만… 한편으로, 6호의 동향에 대해 최근 수집된 정보가 하나 있습니다."

남자가 잠시 뜸을 들였다.

"아주 이상한 거로요."

마치 1세기도 더 전에 격퇴한 줄 알았던 외계인들이 심해에 몸을 숨긴 채 호시탐탐 리벤지 매치만을 노리고 있었다는 말보다 더 이상할 수 있다는 것처럼.

"'침략자'는 분명 화성인의 기계입니다. 그 공학적 계통과 양식 체계도, 이용하는 무기도 동일합니다."

그런데 어떤 방면으론 그가 맞았다.

"하지만 기관은 현재까지 살아 있는 화성인의 흔적을 단 한 가지도 찾아내지 못했습니다."

남자는 양팔을 펼쳤다.

"파괴한 기계에는 조종수가 없었습니다. 기지에서 경비를 서는 것도, 공장에서 무기를 조립하는 것도, 이런저런 잡무를 처리하는 것도 전부 크고 작은 기계들뿐입니다. 발견한 장소 중 화성인들의 생활공간으로 추정되는 곳은 단 한 곳도 없었습니다."

단적으로. 그런 들리지 않는 강조 표현과 함께 남자는 말을 이었다.

"우리는 화성인의 기계들처럼 보이는 것을 잔뜩 발견했을 뿐, 그 후예들이 지금까지 살아 있다고 믿을 만한 근거를 전혀 찾지 못했습니다."

남자는 그리고 청중들이 그 말을 곱씹을 시간을 주었다.

"현재 침략자의 주된 재질이 되는 정체불명의 금속 말입니다. 그 기원에 대해 아까 의문을 제기하셨지요?"

사람들이 고개를 끄덕였다.

"백 년도 더 전에 도망친 화성인들이 심해에서 난데없이 천재 발명가가 되지 않았다고 쳐봅시다."

남자가 말했다.

"그들은 해저에서 이 살아 있는 금속들을 발견했어요. 그런데 그들을 길들여 무기로 뒤바꾼 것이 아니라… 도리어 잡아먹혀버린 겁니다."

뼈와 살로 된 생물 간의 피식—포식 관계와 달리, 금속으로 된 무언가가 화성인들의 몸으로 저희 육신의 굶주림을 채웠으리라고는 볼 수 없었다. 그들에게 모자란 부분이 있다면 그것은 지식과 영혼, 관념의 차원이었다. 그저 부글거리는 쇳조각이었던 그들이 마지막 남은 화성인들의 정신을 흡수하며 일정한 형상을 갖추게 된 걸까.

"엄청난 잠재력을 갖춘 살아 있는 금속들이 처음으로 만난 지적 생명체이자 하나의 세상, 새로운 삶의 출발점이었을 겁니다— 화성인들은요."

남자가 말했다.

"화성인들의 기억 속 적으로 남은 우리를 그래서 적대하는 거고, 마찬가지로 화성인들의 기억 속 유용한 기계의 모양을 따라 스스로 빚은 겁니다."

그는 흥분을 감추지 못한 채 말을 이었다.

"이런 측면으로 보건대…."

"그…, 잠깐."

누군가 몸을 엉거주춤 일으키며 끼어들었다.

"왜 그러시죠?"

"이제 겨우 유발요인 다 훑어봤는데 굳이 일정을 더 늘리진 맙시다."

끼어든 사람이 볼멘소리로 말했다.

"그래요."

또 다른 사람이 동조했다.

"게다가 이제 슬슬 끝이 보이던 참인데요."

"알겠습니다."

남자도 구태여 고집을 부릴 까닭은 없었다.

"그럼 최초의 안건으로 돌아가서 최종 제언을 요약하도록 하겠습니다."

그가 손가락을 폈다. 양손에 각각 세 개씩, 총 여섯 개였다.

"둘씩 붙입시다."

사람들은 멀뚱멀뚱 그를 바라보았다.

"무슨 소리죠?"

"둘씩 붙이는 겁니다. 1호 골렘을 4호 귀환자에, 2호 탈영병을 5호 옛 어미에, 3호 폭군을 6호 침략자에."

멍청히 자신을 바라보는 사람들에 맞서 남자가 싱글거렸다.

"마침 짝도 잘 맞는군요. 신기하지 않습니까?"

아무도 대답해주지 않았다.

"1호 골렘을 보세요."

남자가 말했다.

"라틴어 문화권에서 파생한 모든 게 공격 목표입니다. 미국이 개발한 기술로 미국이 조립한 인공위성에 반응하지 않을 리 없습니다. 심지어 나라를 상징하는 새도 독수리인걸요!"

그는 손뼉을 치려다가 그만두었다. 아직 남은 손가락들이 있기에.

"골렘이 주변의 열을 빼앗으면 4호 귀환자 입장에서도 눈엣가시겠고요."

그렇게 첫 번째 '붙이기'를 끝낸 남자는 양손의 손가락을 하나씩 접었다.

"2호 탈영병은 탄소 생명체를 싫어합니다."

그는 고개를 내저으면서까지 자신의 말을 강조했다.

"자신을 이렇게 불명예스러운 상황에 몰아넣은 이들과 닮았으니까요. 옛 어미는 일어나는 즉시 재차 생명의 왕으로 군림할 존재입니다. 보자마자 눈이 벌게져서 달려들겠죠."

이제 각각 마지막 손가락만 남아있었다.

"3호 폭군은 어디든 쓸 만할 겁니다."

이미 접혔던 손가락이라도 다시 불러와 짝지을 것처럼 남자는 쾌활하게 말했다.

"뭣하면 4, 5호와도 붙일 수 있죠. 침략자의 경우 특히 지상 침략 및 정복을 목표로 삼으니 영역 동물로서의 본능이 유용할 겁니다."

사람들은 가만히 그를 바라보았다.

"어때요?"

남자가 싸구려 마술사처럼 청중의 호응을 유도한 뒤에도, 가만히 그를 바라보았다.

"괜찮은 생각 아닙니까?"

긴 침묵이 흘렀다. 사람들은 굳이 그것을 깨뜨리고 입을 열 필요조차 느끼지 못했다.

그래도 누군가는 던져진 질문을 물어주어야 했다.

"깨어난 골렘이 행성을 스캔하는 쇳덩이는 일단 내버려두고 런던이나 로마, 파리부터 습격하지 않을까요?"

포문이 열리자 속속들이 다른 질문들이 도착했다.

"탈영병이 수천 년 넘게 잠들어 있던 고대 신에게 싸움을 걸기 전에 일단 우리부터 멸종시키려고 하면 어떡합니까?"

"폭군이 늘어지게 하품 한 번 하고 그대로 다시 잠들면 어떻게 하고요?"

"침략자들이 화성인이건 살아 있는 금속이건 목성의 번개를 휘감은 용을 굳이 건드리지 않을 만큼은 머리가 돌아갈 것 같은데요."

나중에는 여럿이 끼어드는 통에 누가 어떤 결점을 지적하는지조차 들리지 않았다. 메아리처럼 느껴지는 것도 실은 방 벽에 반사되는 게 아니라 서로의 목소리가 겹쳐져 빚는 환상이었다. 주위가 소란스러워지자 자연스레 서로가 서로를 방해했다. 점차 발표를 맡은 남자가, 내 옆의 사람이, 저쪽 구석의 누가 어떤 표정으로어떤 말을 꺼내는지 명확하지 않았다. 그 와중에 아무래도 좋으니어둠에서 벗어나고 싶던 누군가가 스위치를 올렸다. 딸깍. 도토리깨지는 소리와 함께 방이 환해졌다.

사람들의 홍채가 바짝 조여들었다. 몇은 누가 불을 켰나 싶어고개를 돌렸다. 어쨌든 주의가 분산되었다. 갈라진 금처럼 그렇게생긴 어수선한 공백.

"저도 압니다. 문제 많은 거."

그 순간을 틈타 남자의 눈이 영롱하게 빛났다.

"그래도 이건 인정할 수밖에 없을걸요?"

사람들은 구겼다가 간신히 편 종이 같은 표정을 하고선 그와시계를 번갈아 보았다.

"뭘요?"

"재미있잖아요."

그것으로 정말 모든 대답이 될 것처럼 남자는 몸을 곧게 폈다.

"뭐라고요?"

"이것 봐요, 이런 거라도 없으면 무슨 낙으로 하려고 그래요."

남자가 어깨를 으쓱거렸다.

"이왕 삼 대 삼으로 떨어지는 거, 이렇게라도 짝짓자는 겁니다.

어떻게 대비할지 전전긍긍하는 것보다요."

사람들은 고갤 갸웃거리면서도 서로 눈길을 교환했다.

"사실 더 재미있는 건 이다음이죠."

남자가 그런 태도에 쐐기를 박다시피 말에 박차를 가했다.

"1호부터 6호까지 모조리 공멸하는 게 아니면 최초의 승자가 셋 나올 거잖아요?"

사람들이 고개를 끄덕였다. 그건 당연한 말이었다.

"그 셋은 어느 쪽이고 또 남은 것들끼리는 어떤 상호작용을 할지 마지막으론 누가 이길지, 또 각각의 시나리오를 준비해서 대응해야 한다는 겁니다. 어때요?"

남자가 양손을 펼쳤다.

"온종일 죽상으로 보고서 읽는 것보단 훨씬 즐겁지 않아요?"

사람들은 전부 떨떠름한 신음과 함께 입꼬리를 비틀었다. 얼굴을 숙이곤 혼자 생각에 잠긴 사람도, 서로 소곤소곤 대화를 나누는 사람들도 있었다. 산발적으로 툭툭 나오던 말도 점차 줄었다. 하나둘 바통을 넘기듯 눈빛에 눈빛을 더해 다음 주자에게 전달했다. 그 맨 끝에 선 것은, 다른 청중에 비해 특별할 구석 하나 없는 그냥 어떤 사람이었다. 방은 쥐 죽은 듯 조용해졌다. 모두의 눈길이 어째서인지 선택받은 그 사람에게 재봉 바늘처럼 숭숭 내리꽂혔다. 천천히 그러나 분명하게, 그 사람은 허리를 곧게 폈다. 그리고 큰 헛기침으로 목을 가다듬었다.

"예. 뭐."

흡사 깨지기 직전의 알껍데기처럼, 정적은 불안한 기색으로

요동쳤다.

"된 거로 하죠."

결정 같지도 않은 결정에 발 맞추어 사람들은 일제히 무언가 한 것 같지도 않은 기분에 사로잡혔다. 각자의 이유로 침묵을 머금은 채 표류하던 분위기를 깬 것은 제 배를 문지르던 누군가였다.

"그나저나 제가 아침을 못 먹었는데."

사람들은 격하게 공감했다. 격무에 시달리다 보면 흔히 있는 일이었다.

"오후 일정 전에 잠깐 식당 갔다 올 분 있습니까?"

초반에 '아침 거르고 온 분들' 운운하던 사람이 밝은 미소와 함께 가장 먼저 손을 들었다. 그러나 다른 사람들이라고 딱히 아침을 든든히 챙겨 먹고 온 것도 아니고, 각자의 사정으로 배가 고프거나 입이 심심하거나 했다. 굳이 입에 무얼 더 넣는다고 안 될 것이 없다는 사실이 명백해지자 위원회는 구내식당 오늘의 메뉴를 파악한 뒤 다 같이 움직이기로 했다.

왁자하게 서로 안부를 물으며 점심을 먹으러 간 그 뒤편으로, 수수한 복장의 청소부가 그림자처럼 발을 들였다. 꺼지지 않은 영사기와 조명, 마찬가지로 마지막 슬라이드를 띄운 채 멈춘 컴퓨터, 제멋대로 놓인 의자들이 보였다.

긴 한숨이 나왔다.

작은 발걸음

● 초고 2020년 7월 16일

기억은 시작이다. 그래서 모든 것의 처음은 기억으로 남는다.

"어제까지만 해도 없었다니까?"

"잘 안 다니던 곳이라 착각했겠지!"

옥신각신 승강이를 벌이며 둘은 우거진 숲 한가운데의 공터에 들어섰다. 공터는 그런데 원래부터 그곳에 있던 것이 아니었다. 적어도 둘 중 한 명은 그렇게 주장했다.

"있었으면 내가 기억하지!"

실제로도 그곳은 공터가 있을 만한 곳이 아니었다. 나무가 빽빽하게 자란 숲 한가운데, 아무 설명도 이유도 없이 뻥 뚫린 곳이 나타났다.

"여기가 이렇게 빌 곳이 아니래두."

"그걸 네가 정하냐?"

어미에 비웃는 콧소리가 섞여 들어갔다.

"아주 좀 있으면 나무들 열매 맺는 것도 자기 허락 맡으라고 하겠어."

추궁 받는 쪽은 답답한지 발부리로 맨땅을 후볐다. 그곳의 흙은 시든 풀처럼 누렇게 떠 있었다. 밑동만 듬성듬성 남은 나무들은 살갗에 앉은 딱지처럼 흉했다. 딱딱하게 굳은 그것들은 도끼날도 그대로 튕겨낼 것처럼 보였다. 얼마 전에 생기기는커녕, 아무리 봐도 아주 오래전부터 그 모습으로 방치된 곳 같았다.

"귀신이 곡할 노릇이야, 정말 멀쩡했… 저거, 저거야."

그가 공터의 정중앙을 가리켰다.

"저게 뭔 짓을 한 것 같아!"

"애쓴다 참."

다른 쪽이 코웃음 쳤다.

"그냥 '내가 틀렸나 보다' 한마디 하면 되는 걸, 있긴 뭐가….″

친구의 손가락을 따라 고개를 돌리던 그의 눈이 휘둥그레졌다.

"있네?"

둘레는 장정 여럿이 감싸야 할 만큼 컸다. 윗부분은 물방울처럼 둥글게 솟았고, 그 아래는 점점 좁아지며 한 점으로 모였다. 커다란 창날처럼 생긴 그것은 뾰족한 끄트머리를 땅속 깊숙이 처박은 채 기우뚱 서 있었다. 빛을 받은 그 표면에 현란한 기하무늬가 아로새겨졌다.

"뭐 신기한 게 있긴 하네."

물체는 얇고 넙데데한 표면을 몇 겹이나 겉에 두르고 있었다. 껍질, 방패… 갑옷처럼?

"자넨 이런 거 본 적 있나?"

"없지."

공터로 친구를 이끌고 온 이가 혀를 내둘렀다.

"그러니까 뭔진 몰라도, 이게 이 공터도 하루아침에 뚝딱 만들어낸 거지 뭐야?"

둘은 조심스레 다가갔다. 분위기에 압도되어 우물쭈물하던 눈길도 점차 끈기 있게 달라붙어 물체를 훑었다. 차츰 어디가 어떻게 되어 있는지, 그것의 중심은 어디이고 뻗어 나온 갈래는 어디인지도 명확해졌다.

둘은 물건의 위편을 빙 둘러 안쪽으로 말려드는 튼튼한 관절을 찾아냈다. 그리고 아래의 넙데데한 부분이 모두 그곳으로부터 드리워졌다는 것도 알았다. 커다란, 그냥 하는 말이 아니라 아주 거대한 날갯깃들과 그것을 지탱하는 대를 보는 것 같았다. 날개에는 고요한 수면(水面)처럼 매끄러우면서도 번개처럼 예리한, 그러면서도 조개껍데기의 결처럼 섬세한 각각의 깃들이 셀 수 없이 달려 있었다. 둘은 그 표면에 제 얼굴의 흉 하나하나가 그대로 비치는 것을 보며 전율했다. 어떤 이상한 생물이 이런 모양을 하고 있는 걸까?

"마을에 갖고 가면 뭔지 알 수 있을까?"

"우리 둘이서 어떻게 드나? 그보다 뭔지 알고 그래?"

둘은 그 문제에 대해서 빠른 동의를 보았다. 그렇게 멀찍이 떨어진 뒤 다시 논의를 시작했다.

"일단 장로님께 말씀을 드리자고."

"그래. 내가 여기 지키고 있을 테니―"

뼈 부러지는 소리가 났다.

"―자네가."

직후 둘 중 한 명이 제 얼굴을 부여잡았다. 눈가가 왜인지 화끈거렸다. 구역질 나는 냄새. 그렇게 생각하며 부지불식간에 눈을 훔쳤다. 손이 꾸덕꾸덕했다. 바깥 공기를 맞아 빠르게 식은 핏덩이가 묻어났다. 머릿속이 버벅거렸다. 개중 자신의 피라곤 단 한 방울도 없다는 것은 생각을 정리하는 데 도움이 되지 못했다.

뼈가 부러진다고 생각했던 소리는 단단히 봉해져 있던 날개를 열어젖히는 소리였다. 깃털, 아니 철깃이라고 해야 더 알맞을 물건들이 그대로 다른 이를 베고 지나갔다. 더 이상 설 수 없게 된 그가 조각조각 무너져 내렸다. 남은 이가 뒷걸음쳤다. 안에 있던 것과 눈이 마주쳤다. 비정상적으로 긴 날개가 위협적으로 구부러졌다. 철깃에 비친 그의 얼굴이 제각기 곤두섰다. 비명이 울려 퍼졌다.

기억은 전염된다. 그래서 내가 없던 곳의 일이라도 나의 이야기가 된다.

달도 뜨지 않은 밤, 오직 손끝과 발부리의 뭉툭한 감각에만 의존하여 둘은 숲을 헤쳤다. 한 발 한 발을 내디딜 때마다 피로와 긴장에 전 다리가 비명을 질렀다. 그런 것을 갖고 투정할 단계는 그러나 진작 지나갔다. 둘은 숨소리까지 억누르며 필사적으로 기척을 감췄다.

"…여기, 이것들 좀 봐."

한쪽이 속삭이다시피 다른 쪽을 불렀다. 둘은 금세 머리를 맞대고 쪼그려 앉았다. 쪼글쪼글한 들풀이 한데 나 있었다. 줄기를 뜯자 쓴 물이 나왔다.

"이걸?"

다른 쪽이 경악했다.

"가축들한테도 안 먹이던 거잖아!"

느낌표도 물음표도 짓눌린 것처럼 소곤소곤 둘은 주고받았다. 애초 제 감정을 표출하기는커녕 그것을 있는 그대로 받아들일 만큼의 기력도 그들에게는 없었다.

"어쩔 수 없잖아."

그는 고개를 숙이며 말했다.

"물에 담가두면 독기가 좀 빠질 거야."

"젠장. 다른 조에선 좀 괜찮은 거 찾았으려나."

다른 수가 있는 것도 아니었다. 흙을 손톱으로 살살 긁은 뒤 뿌리까지 한 번에 들어 올리는, 도둑처럼 켕기는 구석이라도 있는 모양으로 그들은 풀떼기를 긁어모았다. 부스럭부스럭. 픽, 픽. 어둠 속에서 두 쌍의 퀭한 안광만 침침하니 빛났다. 풋콩만 하게 쪼그라든 위장이 괴로워했지만 뱃속 어디에서도 더 이상 끌어올 투정이 없었다.

"왜?"

"뭐?"

난데없이 무슨 말을 하냐는 듯, 그가 동료를 바라보았다.

"왜 이런 거야?"

동료가 넋두리했다.

"왜 이렇게 된 거야?"

화살촉이 그 뒤편에 대와 꽁지깃을 달고 질주하듯 대화는 처음부터 정해진 문답을 따라 예정된 수순으로 흘러갔다.

"왜 이렇게 됐냐고?"

서로가 다른 사람들과 열 번씩, 자기 자신과는 백 번도 더 나

눈 문답이었다.

"우리가 무슨 죄를 지었길래?"

'어떻게'는 알고 있었다. 어떻게 이 모든 일이 벌어졌는지는 너무나도 잘 알았다. 마을은 폐허가 되고, 사람들은 멀쩡한 집을 버리고 쥐새끼처럼 숨어 살아야 했다. 어제까지 가축을 치고 밭을 일구던 곳은 이제 잘려 나뒹구는 팔다리 사이로 슬그머니 초목이 뿌리내리는 야생의 공동묘지로 탈바꿈했다. 폭풍처럼 요란한 날개를 휘두르며 그것은 죽음을 흩뿌렸다. 그러나 누구도 '왜' 그런 일들이 우리에게 일어나야 하는지, 무슨 이유가 있는지조차 확언할 수 없었다. 비대하게 자란 제 엄니에 찔려 생을 마감하는 짐승처럼, 사람들은 스스로의 머릿속에서 조금씩 좀먹혔다.

"우리… 잘되고 있었잖아. 응?"

손톱이 낙엽처럼 너덜너덜해지도록 둘은 땅을 파헤쳤다.

"애들도 쑥쑥 크고, 마을 사정도 나아지고."

그가 울먹거렸다. 갈수록 손에 힘이 실리고, 목소리가 격해졌다.

"이제 좀 신세 펴나 싶었는데. 난데없이 괴물이, **악!**"

별안간 비명이 터져 나왔다. 동료는 질겁하여 그를 살폈다. 눈먼 손길이 그만 빠끔 고개를 내민 돌부리에 내리꽂힌 까닭이었다. 상처에서 피가 방울방울 샘솟았다.

"미, 미안해."

그러나 아픔에 쩔쩔맬 시간도 없었다.

"나도 모르게…."

"쉬잇."

동료가 소리를 낸 쪽의 입을 틀어막았다.

"가만히 있어."

책망하고자가 아닌, 달래기 위해서였다.

"못 들었을 수도 있잖아."

둘은 납작하게 몸을 숙였다. 맨땅의 냉기가 서늘하게 온몸을 찌르고 들어왔다. 쿵쾅쿵쾅 뛰는 심장과 그것이 흙을 밀어내는 소리마저 둘에게는 천둥처럼 요란하게 들렸다. 그러나 곧 현실의 진짜 소리가 그들의 모든 걱정을 날려버렸다. 철깃의 틈으로 들어간 공기가 갈가리 찢어지는 비명. 악몽처럼 선명히 그들의 머릿속에 새겨진 것은 그것의 날개가 바람을 가르는 소리였다.

도, 도망가야….

둘 중 누군가가, 혹은 둘 다 그렇게 순간 생각했다. 물론 말도 안 되는 소리였다. 작정하고 달려드는 그것을 따돌리겠다는 것은 제 속눈썹까지 날아온 화살을 붙잡는다는 말만큼이나 터무니없었다. 유일한 방법은 그것의 눈에 들지 않는 것, 지금이라도 기척을 죽이고 돌멩이처럼 엎드려 아무것도 하지 않는 것뿐이었다.

제발, 제발, 제발. 그냥 지나가라. 제발!
난 죽기 싫어. 아이 얼굴도 아직 못 봤는데!

서로 말을 나누지도 손을 잡지도 못한 채 바짝 얼어붙은 둘이 제각기 흐느꼈다. 그조차도 겉으로는 눈물 한 방울 흘리지도 못한 채 속으로 삼켜야만 했다.

다가온다, 다가온다… 구름처럼 두루뭉술하던 소리가 점차 방향과 거리가 생기고, 그것이 사냥감을 찾으며 나무니 덩굴이니 드리워진 것을 몸을 틀며 피하는 소리가 또 들린다. 항상 그랬다. 괴물은 사람만을 노렸다. 가까워진다, 가까워진다, 지금….

바스락.

온 신경을 집중한 터라 알 수 있었다. 평소라면 못 들었겠지만 지금은 해가 뜨고 지는 것만큼이나 분명했다. 그들이 아닌 다른 무언가가 소리를 냈다.

괴물의 날갯짓이 잠깐 느려졌다. 날개를 넓게 펴 속도를 줄이는 그 기척. 철깃이 떨 때마다 뼈를 깎는 소리가 났다. 이윽고 그것이 땅에 다소곳이 내려앉았다. 날개를 여민 채 갸웃갸웃, 사냥감의 정확한 위치를 가늠하는 소름끼치는 정적.

돼, 됐다. 살았어!

빨리 가버려, 여긴 아무도 없다고, 제발!

누구에게도 전할 수 없는 환호를 둘은 내질렀다. 공포에 굳어졌던 팔다리가, 입술과 콧구멍이 이번에는 반대로 주체할 수 없이 벌름거렸다. 옴짝달싹할 수 없도록 내몰아진 둘은 그 소리가 여느 운 없는 야생동물이 아니라 자신들과 마찬가지인 다른 탐색조가 낸 것일 수도 있다는 생각을 하지 못했다. 실은 잔인하게도, 하지 않았다.

다행히도 그것의 기척이 조금씩 멀어지기 시작했다. 왈칵 마음이 놓였다. 뜨거운 눈물이 분수처럼 올라왔다. 둘은 더듬더듬 서로의 손을 찾았다. 관절이 하얗게 으스러지도록 맞잡았다.

휘익.

돌멩이가 날아왔다. 나무에 맞고, 잎사귀를 헤치며 떨어져 맨땅을 굴렀다. 퍽, *우수수. 데굴데굴.* 몸에 닿았지만 조금도 아프지는 않았다.

그러나 숲의 정적을 깨기에는 그것으로도 충분했다.

"어?"

저도 모르게 둘 중 누군가가 그렇게 말했다.

이게 뭐야? 이게 뭐야? 둘 중 누군가가 그렇게 생각했다. 그리고 그것의 움직임이 멈추었다. 방향을 틀었다.

하나가 날아온 돌멩이를 쥐었다가 아무 이유도 없이 질겁하였다. 놓친 그것을 다른 이가 재차 쥐었다. 그러고는 힘을 주었다. 마치 그것만 눈앞에서 치워버리면 될 것처럼 단단히 조였다. 살이 벗겨지고 손아귀가 새빨갛게 물들도록, 그렇게 하면 돌멩이가 괴로워하기라도 할 것처럼, 그것에게 마땅한 벌이라도 주는 것처럼. 입이 바짝 말랐다. 온몸이 간지러워졌다. 맨살을 벅벅 긁으며 둘은 오줌 냄새를 맡았다. 아랫도리가 축축해졌다. 허우적허우적 우스꽝스러운 무언극이 공기를 갈랐다.

그리고 다시, 소리가, 가까워진다, 가까워진다, 가까워진다⋯.

기억은 연쇄적이다. 어제부터 이어진 오늘은 고스란히 하나의 기억이 된다.

"편히 쉬게나."

노인은 시신조차 없는 거적에 대고 공허하게 읊조렸다.

"저 너머에서라도⋯."

한 명 한 명의 이름을 부를 때마다 손을 대고 매만졌다.

탐색조로 나간 이들은 변변찮은 먹을 것을 찾지 못했고, 그보다는 적었지만 여전히 잊을 수 없는 이들이 돌아오지 못했다. 생전 그들이 아끼던 물건을 놓고 노인은 한 명 한 명의 명복을 빌어줬다. 말라버린 눈물샘 대신 눈알이 타들어가듯 아팠다. *편히 쉬게, 편히 쉬게.* 마법의 주문이라도 되는 것처럼 그것만을 계속해서 노인은 빌어주었다.

"…우리도 곧."

멈칫하고 입이 다물렸다. 눈이 질끈 감겼다. 자기가 방금 무슨 말을 하려 했는지 믿을 수 없다는 투였다. 멍하니 떠돌던 손이 오그라들었다. 거적과 그 위편의 주인 없는 유품을 꽉 붙들었다. 연약한 손힘으로는 그러나 도리어 자기가 상처를 입을 뿐이었다. 덜컥 눈꺼풀에 힘이 빠지자 아무것도 변하지 않은 세상이 그의 앞에 다시 나타났다.

노인은 얼굴을 가슴팍에 처박고 펑펑 울었다.

"장로님."

누군가 노인을 불렀다. 동굴에서는 소리가 잘 울려, 그것이 바깥에서 들려왔는지 조금 먼 곳에서 들려왔는지 아니면 바로 옆에서 부른 것인지도 이따금 헷갈렸다. 그마저도 혹 길 잃은 메아리가 바깥 괴물의 귀에 들어갈까 노심초사해야 했다.

"아직 끝나지 않았네."

장로는 황급히 눈물을 훔쳤다.

"벌써 시신을 내갈 생각부터 하는가?"

그는 부러 퉁명스레 일갈했다. 자신마저 다른 이들처럼 무너진 모습을 보일 수는 없었다. 그러나 한편으로는 제 입에서 나온 말이 우스웠다. 시신이라니. 빈 거적과 같이 묻을 인형 따위의 것들뿐인데.

"그것이 아니고, 누가 찾아오셨습니다."

장로가 눈살을 찌푸렸다.

"누가 온단 말인가."

괜한 짜증이 아니라, 짐작 가는 바가 없어 짓는 표정이었다.

"남은 이들은 전부 여기에…."

그 순간 어떤 생각이 장로의 머릿속을 지나갔다.

278

"그, 그러면?"

그가 벌떡 몸을 일으켰다.

"혹시 그것에게서 살아남은 사람이 있단 말인가?"

설익은 희망은 순식간에 온몸으로 번졌다. 장로는 금세 쓰러질 것처럼 위태롭게 비틀거렸다.

"그, 그런 뜻이 아닙니다."

마주한 이는 손사래까지 치며 황급히 입을 열었다.

"일단은, 어, 바깥의 사람 같습니다. 다른 마을에서 오신."

허어. 장로의 얼굴이 실망으로 깊게 일그러졌다.

"말도 안 되는 소리."

그것이 제 잘못이라도 되는 것처럼, 마주한 이는 고개를 숙이며 어쩔 줄을 몰라 했다.

"이 지경이 되었는데, 마을 안팎으로 누가 나다닌단 말인고?"

"그, 그것이 저도 그렇게 생각하지만, 본 적 없는 얼굴입니다. 그리고…."

말이 끊길까 두려워하는 것처럼 끝 마디가 바짝 붙어 따라왔다.

"그 괴물을 무찌르는 방법을 알고 계신다고 하십니다."

"우리는 바보가 아니오."

장로와 독대한 사람이 대뜸 첫마디로 들은 소리였다.

"…그게 무슨 뜻입니까."

"말 그대로, 우리는 바보가 아니라는 소리요."

장로는 또박또박 끊어 말했다.

"어떻게 놈을 따돌리고 마을까지 온 것을 보니, 일단은 운이 좋았던 게요. 어쩌면 재주도 나름 출중할지 모르지."

이방인이 잠시 목을 가다듬었다.

"…그렇다고 괴물을 무찔러주겠다는 그대의 말을 덥석 믿을 수도 없는 노릇이오."

"지당하신 말씀입니다. 그런데 한 가지…"

"그리고 또 한 가지."

장로가 매몰차게 그의 말을 끊었다.

"괴물이 나타나기 전부터도 그대 같은 사람이라면 얼마든지 보았소."

이방인은 이번에는 선뜻 맞장구쳐주지 않았다. 대신 물끄러미 장로를 바라봤다.

"우리가 골머리를 앓는 문제의 해결법을 아는 체하곤, 그것을 빌미로 내내 융숭한 대접을 받다가 어느 날 흔적도 없이 떠나버리는 그런 뜨내기들 말이오."

장로가 말했다.

"그대가 그들 중 하나가 아니라는 보장이 어디 있소?"

"절 믿지 않는 것처럼 들리는군요."

약간은 성급한, 이방인으로서는 외통수처럼 떠밀어본 말에 차라리 더 가까웠다.

"우리는 우리가 살던 마을을 아오."

그런데 도리어 장로 쪽에서 먼저 고개를 주억거리고 있었다.

"지금은 그곳이 어떻게 되었는지도."

장로의 낯빛이 어두워졌다.

"우리는 또 그곳에서 괴물이 무엇을 했는지 아오. 앞으로도 무엇을 더 할 수 있는지도."

눈을 감은 채 장로가 신음했다.

"그래서 우리는 우리의 마을을 알던 것처럼, 이 괴물의 힘을 아오. 똑똑히 아주 정확하게."

이방인을 가리키는 장로의 손가락이 떨렸다.

"그런데 우리는 그대를 모르오."

그러니 그대를 믿을 수 없다는 게다. 그런 뒷말이 미처 나오지도 않은 채로 침묵이 깔렸다.

"덮어놓고 믿지 않는다면, 저를 왜 독대해 주신 겁니까?"

"그대를 위해서요."

장로의 손가락은 이방인을 지나쳐 동굴 바깥을 가리켰다.

"그것은 사람을 죽이는 데는 더 없을 만큼 뛰어난 괴물이지. 조상들께서 몰아낸 흰 털의 맹수들도 그에 비하면 아무것도 아닐 게요."

그곳의 드넓은 숲은 더 이상 누구도 얼씬거릴 수 없는 죽음의 땅이었다.

"그대가 누렸던 행운이 그 괴물과의 두 번째 만남에서도 똑같이 되리라고 나는 믿지 않소. 그러니 한시바삐 떠나시오."

장로는 잠시 저항했다. 그러나 끝내 입을 열 수밖에 없었다.

"…아직 할 수 있을 때."

결국, 말해버렸다. 눈 돌릴 수 없는 진실이자 진심이 나와버렸다. 장로는 쿡쿡 쑤시는 가슴팍을 어루만졌다. 이것도 방금 내뱉은 말도, 무엇 하나 마을 사람들 앞에서는 감히 떠올릴 수조차 없는 것들임에.

"…그렇게까지 말씀하시면서, 차라리 저와 함께 도망칠 생각은 하지 않습니까?"

"이곳에 그대처럼 움직일 수 있는 사람들은 아무도 없소."

두 번째 대답은 생각보다도 훨씬 빨리 나왔다. 무감각해진 혀로 장로는 말을 이었다.

"그나마 기력이 좀 남은 이들은 마지막 몰이사냥 때…. 아니면 그대가 우리 전부를 짐짝처럼 나르기라도 할 셈이오?"

장로는 힘없이 고개를 떨어뜨렸다.

"직접 느낄 수 있도록, 우리의 이야기를 주고 싶소."

그리고 한 손을 내밀었다.

"그대가 온 곳에서도 쓰는 방법인지는 모르겠소만."

"물론 압니다."

이방인이 고개를 끄덕였다.

"부르는 이름만 다를 뿐. 저도 이야기를 전하는 방법을 압니다."

이방인은 장로의 손을 단단히 쥐었다. 앙상한 윤곽이 손아귀를 텅텅 남기며 붙잡혔다. 기억을 전달하는 데 필요한 것은 그러나 육체적인 힘 따위가 아니었다.

"저에게 보여주시려 하는 것이 무엇니까?"

"방금 말한 것이오."

장로가 힘없이 말했다.

"우리가 괴물을 안 순간이자, 그대를 도무지 믿을 수 없는 이유."

기억이 흘러들어왔다. 단순히 그 한 명이 아닌 마을 전체의 눈으로 바라보고 재구축한 그날의 생생한 이야기였다.

"마지막 몰이사냥."

처음엔 사냥꾼들이었다.

숲을 제 손등처럼 훤히 꿰뚫고 누비던 이들이 어느 날부턴가 하나둘 사라졌다. 그다음은 파수꾼과 경비, 외곽 개간지와 숲의 경계를 지키던 이들이었다. 그것의 영역은 점점 넓어졌고 숲을 넘어서도 슬금슬금 다가왔다. 결국 울타리와 고작 백 걸음 떨어진 곳에서조차 마을 사람들의 피가 흘렀다. 그렇게 마지막 몰이사냥의 날이 되었다. 마을에서 전사라고 할 수 있는 사람들이 모두 모여 나아갔다.

"저기 있다! 큰 나무 아래야."

삐뚤빼뚤 이가 나간 칼, 엉성하게 벼려져 날이 파도처럼 물결치는 도끼 정도면 양호한 편이었다. 흙 묻은 쇠스랑, 그조차 없으면 긴 대에 급한 대로 쇠살을 대충 감아 자원한 사람도 있었다. 긴장하여 침도 못 삼키는 이들 중 반절은 평생 제 정강이보다 큰 짐승을 잡아 본 적이 없었다. 전사라 함은 아직 죽지 않은 이 중 무기를 들 수 있는 이들을 모조리 긁어모은 처량한 시도였다.

"벌써 떨지 마! 하늘에 떴을 때 쳐야 해."

그렇게 두려움을 억누르고 살금살금 다가갔다. 그러자 고치가 반응했다. 한 덩어리처럼 굳게 맞물려 있던 날개가 미세한 요철을 내며 차곡차곡 갈라졌다. 이내 햇살이 어둠을 열어젖히듯 매끄럽게 펼쳐졌다. 구름 한 점 없는 날이었다. 한낮의 빛이 완전히 펼쳐진 날개에, 무수한 철깃에 퉁기며 형형색색의 메아리를 빚었다. 상황이 상황이 아니었다면 자칫 아름답다고 생각할 뻔한 이들도 있었다.

날개 속 괴물이 정면으로 마을 사람들을 바라보았다.

체형은 깎아지르듯 호리호리했다. 그 모양은 사람과 닮았지만 팔은 너무 길고, 다리는 반대로 너무 짧았다. 팔뚝의 길이나 관절의 위치, 살이 붙은 윤곽 등 세세한 비례도 무엇 하나 제대로 된 것이 없었다. 놈의 손끝과 발끝은 벙어리장갑처럼 투박하게 나뉘다 만 모양새였다. 밋밋한 이목구비는 어떤 감정도 내비치지 않았다. 눈과 코와 입의 자리를 대신하는 우묵 들어간 홈은 애초에 표정을 만들 수 없었다. 괴물은 자연스럽게 태어나는 대신 누군가 억지로 깎아 만든 것 같은 몰골을 하고 있었다.

"한꺼번에! 반격을"

괴물이 제자리를 돌며 꼿꼿이 세운 날갯깃을 후빌 때도, 둥글게 새겨진 죽음이 차례차례 생살을 가르고 창자를 끄집어낸 뒤에도 변함은 없었다. 가까이 갔던 이들이 어리둥절한 표정으로 툭툭 쓰러졌다. 이윽고 아이가 손을 마주치듯 무성의하게 그것이 날개를 퍼덕였다. 발이 땅에서 떨어졌다.

"차, 창! 던져!"

허겁지겁 팔들이 올라갔지만 큰 소용은 없었다. 날개는 기둥처럼 곧으면서도 꽃술처럼 유연했다. 바람처럼 날래면서도 거석처럼 단단했다. 괴물은 날개의 죽지부터 끄트머리까지를 크게 휘둘러 떨었다. 흩뿌려진 철깃 하나하나가 도끼날처럼 번뜩였다. 제각기 몸을 숨기고 있던 사람들이 제자리에서 비명횡사했다. 파편들은 장정 몇을 줄줄이 꿰찌르면서도 빛조차 바래지 않았다.

그것으로 멀리 떨어진 이들을 얼추 정리한 괴물은 이윽고 몸을 곧추세워 날개를 그러모았다. 그리고 제 주변을 통째 횡으로 종으로 크게 휩쓸었다. 그것이 드리울 때마다 걸리는 구석도 없이 추적추적 때 이른 죽음이 흩뿌려졌다.

삽시간에 그곳은 아수라장이 되었다. 우왕좌왕 뭘 해야 좋을지 몰라 몸을 꼭꼭 숨긴 이들에게는 솟구쳐 오른 괴물이 수직으로 내리꽂혔다. 으스러진 시신에서 바늘처럼 가느다란 발끝을 빼내며 그것은 곧장 두 번째, 세 번째 사냥감을 좇아 급강하를 반복했다. 제각기 뿔뿔이 흩어져 사람들은 발버둥 쳤다. 이따금 바동바동 눈먼 무기가 휘둘러졌다. 그러나 괴물의 몸뚱이는 물론 술잔처럼 매끄러운 날개 표면도 생채기 하나 나지 않았다.

"이, 이봐! 그쪽으로 가면 안 돼!"

헐레벌떡 도망치는 이에게 누군가 소리쳤다. 그는 속이 빈 나무에 몸을 숨기고 있었다.

"마을로 몰고 갈 셈이야? 반대편으로"

그는 도중에 고개를 떨어뜨렸다. 못다 한 말과 함께 상반신이 잘려 늘어졌다. 촉수처럼 구불구불 뻗은 날갯부리로 그를 거둔 뒤 괴물은 몸을 가다듬었다. 그것이 살포시 땅에 내려앉았다. 흙한 줌 패지 않을 정도로 조심스러웠다. 마을의 울타리가 그것의 눈에 들어왔다.

그 뒤는 장로 본인에게도 너무나 고통스러운 기억이었다. 잊은 것이 아니라 차라리 잊고 싶기에 발생하는 공백.

마을에 들어선 괴물의 패악은 사금파리처럼 잘게 흩어진 아픔으로밖에 떠오르지 않았다. 토사를 게워내다시피 뒤엉킨 땅에 사람의 목과 팔다리가 나뒹굴고 피로 된 강이 흘렀다. 날개는 도망치지 못한 이들을 집과 함께 통째로 찢어 없앴다.

그것이 휘둘러질 때마다 단단한 벽과 담이 거미줄처럼 뜯어졌다. 마을 사람들이 일구던 밭을, 심은 작물을, 우물과 축사와 울타리와 그 안의 기르던 가축들까지를 꼼꼼하게 철저히 남김없이 파괴했다. 간신히 몸을 피한 이들이 등 뒤로 지켜본 것은 손수 가꾼 삶의 터전의 마지막 순간이었다. 기억에 각인된 괴물의 그림자는 영원히 그곳에 남아 있을 것 같았다.

"이제 알겠소?"

장로가 말했다.

"우리가 왜 그대를 믿을 수 없는지."

이방인은 고개를 끄덕이며 손을 뺐다.

"유감입니다."

"되었소."

장로는 진심으로 그렇게 말하는 것처럼 보였다.

"조금 있으면 전부 다시 만날 텐데 무얼."

자포자기라는 표현이 가장 알맞을 것이었다. 간절한 만큼 도리어 더 깊게 괴인 절망. 장로는 제 생각에 매몰된 나머지 눈앞에 손님이 와 있다는 것도 잊어버린 낌새였다. 가타부타 말도 없이 땅을 짚고 일어나려 하는 그였다.

"장로님의 이야기는 충분히 들었습니다."

이방인이 입을 열었다.

"이제 제가 이야기드리고픈 것이 두 가지 있습니다."

장로는 엉거주춤 멈췄지만 특별히 반응하지는 않았다.

"아까 그러셨지요. 제가 저 괴물을 '무찔러줄' 거라고."

딱히 대답할 수 있는 말이 아니었다.

"저는 괴물을 무찔러'주려고' 온 게 아닙니다. 제게는 저것만큼 강력한 힘도 재주도 없습니다."

이방인이 말을 이었다.

"저는 저것을 무찌를 수 있는 방법을 여러분께 가르치려 합니다."

"두 번째는 무엇이오?"

반응이 생각보다 시큰둥한 것인지 이방인은 묘하게 실망스러워 보였다.

"저런 괴물이 이 마을에만 찾아온 것은 아닙니다."

바로 그 말이 장로의 정곡을 찔렀다. 생기를 잃은 채 시들어가던 그의 눈동자에 번쩍 불이 댕겨졌다.

"저는 이 괴물을 무찌른 곳에서 왔습니다."

그 기회를 붙잡은 이방인이 말했다.

"그리고 이제 그 방법을 여러분과 나눌 겁니다."

장로가 자리에 앉았다.

"허나, 쓸 만한 무기는 죄 마지막 몰이사냥 때…."

적어도 일을 논의할 확신이 섰다지만, 그렇다고 전세가 단숨에 뒤집혔다고는 할 수 없었다.

"부끄럽지만, 새로 무언가 만들 여력도 우리에게는 없소."

"거창한 무기는 필요 없습니다."

이방인은 장로의 근심을 잘 안다는 듯 대답했다.

"괴물을 때려봤자 날이 먼저 상할 뿐이니까요."

이방인이 몸을 숙였다. 장로는 저도 모르게 그 흉내를 냈다.

"이거면 충분합니다."

허리를 편 이방인의 손에는 동굴 바닥을 굴러다니던 나뭇가지와 고운 흙이 한 줌 쥐어져 있었다.

"흙과 나무로 말이오?"

"이것들은 어디까지나 수단입니다. 이것들을 이용하는…."

이방인이 머리를 톡톡 건드렸다.

"우리의 지식으로, 그렇게 만들어낸 기술로 놈을 잡을 겁니다."

기억은 선택적이다.

"이해하기 힘들군요."

이방인이 머리를 긁으며 말했다.

"그러니까 그물을 처음 보실 뿐만 아니라, 그런 개념을 아예 아무도 못 떠올리셨다는 거지요?"

"그대의 마을에서도, 평소 사냥감을 잡을 때는 작살만으로도 충분했다고 하지 않았소?"

장로는 뭐라 대답해야 할지 모르겠다는 표정으로 입을 열었다.

"우리 마을에서도, 딱히… 무언가 더 필요하다고는 생각하지 못한 게지."

"아, 책망하려는 것은 아니었습니다."

이방인이 말했다.

"장로님께서 방금 하신 말씀이 정확한 거지요―무언가 더 필요하다고 생각하지 못한 것."

이방인은 마을 사람들이 모아 온 도구를 살폈다.

"반대로 여러분이 당연하게 여기는 이런 물건들… 어느 것 하나 제 고향에는 없던 생각과 방법들입니다."

그런 소리를 듣고 있자니 장로도 물끄러미 마을에서 쓰던 도구들을 내려다보게 되었다. 당연히 눈앞에 널려 있던 재료로 당연한 필요에 따라 만든 것이지만… 실은 지금까지의 모든 마을들이 각자의 비좁은 눈앞과 그에 따른 필요에 갇혀 있던 게 아니었을까. 서로 생각을 모았다면 손에 넣을 수 있던 숱한 기회들을 뜬눈으로 잃어버리면서.

"이곳에서는 그물을, 제 고향에서는….."

"그 그물이라는 것이 있다면, 할 수 있는 거요?"

장로가 물었다.

"괴물을 옭아 죽일 수 있는 거요?"

그의 물음에 이방인은 그러나 아쉽다는 듯 고개를 내저었다.

"이것만으로는 백 겹을 펼쳐도 모자랄 겁니다. 다른 준비들도 필요해요."

"어떤?"

이방인은 그러나 대답 대신 마을의 도구를 만지작거리며 무언가를 중얼거리고 있었다. 부지불식간에 지금 이곳을 벗어난 그의 시선이란 이내 눈에 보이지 않는 어딘가로 기우뚱기우뚱 치우치기 시작하는 것이었다. 그 끝자락 어딘가에 그의 고향이 있으리라고 지켜보는 장로로서는 지레짐작할 수밖에 없었다.

그때 제삼자의 목소리가 끼어들었다.

"아버지."

이방인에게는 낯선, 그렇지만 장로에게는 더없이 반가운 목소리였다.

"오, 왔느냐?"

장로가 반색하며 그녀를 반겼다.

"네. 최대한 많이 모아 왔어요."

젊은 여자가 깍듯이 인사를 올렸다.

"듣고 싶다는 분들은 전부 오셨습니다."

"그래그래, 잘했다. 마침 설명하던 차였으니…"

그녀가 힐끔 이방인을 곁눈질했다.

"음, 어… 이, 이분이신가요?"

둘의 눈길이 뒤엉켰다.

"괴물을 무찌를 방법을 아신다는 분이…"

"그렇지. 그래. 내 급해서 제대로 소개도 못 했구나."

사실, 이라고 굳이 말할 것도 없지만 마을 사람들은 당연히 서로의 얼굴을 모두 알았다. 그런즉슨 그가 이방인이라는 사실은 굳이 캐물을 것도 없었다. 여자는 제가 그런 말을 왜 했는지 모르겠다는 표정으로 시선을 내렸다.

"인사하시오."

장로가 말했다.

"내가 딸애처럼 돌본 아이요…."

다시. 기억은 선택적이다—

"이 정도면 괜찮을 겁니다."

마을 사람들은 이방인이 하는 짓을 신기하게 구경했다.

"자, 껍질을 벗기고…."

그는 보드라운 나무 속살을 이기더니 거기에 이런저런 재료를 넣어 거세게 저었다. 이내 그릇이 진한 즙으로 가득 찼다. 즙은 나무가 뱉는 진처럼 생겼지만 훨씬 어두침침했다. 젓는 데 쓰던 가지를 끄집어내자 잔여물이 길게 늘어나며 떨어지지 않았다.

"그건 우리도 만들 줄 알아요."

지켜보던 마을 사람 중 한 명이 끼어들었다.

"적셔서 횃불을 만드는 데 쓰죠."

"이건 횃불로는 쓰기 어렵습니다. 불길이 빨리 꺼지거든요."

이방인은 제 손끝을 그릇에 살짝 담갔다 뺐다.

"대신 훨씬 좁은 곳까지 잘 스미지요. 보세요."

아주 잠깐 넣었다가 뺐는데도 손가락에 들러붙은 덩이는 잘 익은 솔방울만 했다. 이방인은 이곳저곳에 그것을 문대 즙을 덜어낸 뒤 사람들에게 들이밀었다. 얼핏 보기엔 살갗이 깨끗해진 것 같았지만 자세히 보니 그렇지 않았다. 구불구불 피부의 가장 작고 섬세한 주름에까지 악착같이 파고든 즙이 손끝을 검게 물들였다.

"꽤, 괜찮은 거요?"

"불만 붙지 않으면 문제없습니다."

누군가의 걱정에 이방인이 답했다.

"가만두면 슬슬 떨어지니… 그렇지, 여러분도 한 번 만져보세요."

이방인은 그대로 눈앞에 있는 아무나의 손을 덥석 붙잡았다. 그리고 그 손을 그릇으로 이끌어 담갔다.

"어머나!"

고개를 들자 장로의 딸이라던 여자가 있었다. 그녀는 엉거주춤 몸을 숙인 채 남의 손에 이끌려 즙을 만지작거리고 있었다. 멍하니 있던 이방인이 이윽고 무언가에 데기라도 한 것처럼 손을 놓았다. 천천히 여자가 허리를 폈다.

둘의 눈길이 자꾸만 미끄러졌다.

─띄엄띄엄 떨어진 순간이라도 네가 있는 한 거기엔 연결고리가 남는다─

"정말 이것 말고는 방법이 없어요?"

누군가가 간절하게 물었다.

"당장은요. 그래요."

이방인이 선언했다.

"넝쿨에 전부 바를 만큼 만들려면 이 방법밖에 없습니다."

사람들은 투덜거리면서도 하나둘 그것을 입으로 가져갔다. 우물우물. 제대로 된 음식을 넣어본 게 얼마 전인지 모르면서도 사

실상 쓰레기에 더 가까운 것을 정성스레 씹는 꼴이 누군들 짜증
나지 않겠냐마는.

"다 씹으면 뱉어서 모으세요."

괴물을 무찌르기 위해서라면 이해하지 못할 것도 없었다.

"모자랄 수도 있으니 꼼꼼히… 그리고 삼키면 안 됩니다! 몸이
상할 수도 있어요."

이방인은 부지런히 돌아다니며 일을 도왔다. 작업(?)이 끝난
덩어리를 모아 옮기고, 어디서는 직접 씹는 시범까지 보였다. 우
물우물. 그래도 씹는 사람들의 표정이 먹구름처럼 일그러지는 것
은 어쩔 수가 없었다. 우엑, 우엑 구역질하는 소리가 맞지 않는
화음들처럼 군데군데서 새어 나왔다. 그나마 얌전히 턱을 움직이
는 사람들도, 자세히 보면 질끈 감은 눈으로 스스로에게 필사적
인 최면 혹은 주문에 가까운 무언가를 걸어 그 순간의 고통을 억
누르고 있었다.

"조심, 조심해요."

이방인이 사람들 사이를 누비며 기운을 북돋워 주었다.

"아, 그렇게 많이 떼지 말아요! 천천히 끝내면 돼요."

"못 씹겠다고요? 봐요, 나처럼 해봐요."

"훨씬 낫죠? 이건 일단 한쪽으로 따로…"

그런 그에게 찰싹 달라붙어 떨어질 줄 모르는 눈길이 있었다.

남들이 입안의 역겨운 맛에 짓눌려 고통스러워할 무렵 혼자서
만 다른 마음을 다른 곳으로 쏘아 보내는 사람이었다. 이방인이
저쪽으로 가면 그렇게, 다른 쪽으로 가면 또 그렇게 고개를 돌리
고 있었다. 딴생각에 푹 빠져 제가 지금 씹는 것이 뭔지도 잊어버
린 것 같았다.

그리고 그래서, 지금 입안에 든 게 먹을 것이 아니라는 사실도 잊어버린 것 같았다.

꿀꺽.

덩어리가 목구멍을 넘었다.

"어, 어, 삼키, 삼켰어요 방금?"

소리가 그렇게 컸을까.

"삼킨 거예요?"

저쪽 멀리까지 가 있었는데도 한달음에 이방인은 달려왔다.

"뱉어요, 빨리! 안 되면 토해요!"

구역질보다도 먼저 여자는 이방인의 손을 붙잡았다.

"어, 혼자 할 수 있겠어요?"

이방인은 허둥지둥 호들갑을 떨고, 여자는 메슥거리는 표정으로도 벌겋게 달아오른 얼굴을 주체하지 못했다.

"등이라도 좀 어떻게….

그렇게 안 그래도 힘든 일을 하는 사람들 사이에서, 그 둘의 주변은 더욱 어수선해지는 것이었다.

─너의 발자국으로, 그런 너를 바라보던 눈길로 한데 이어진 말이 된다─

"느려도 괜찮습니다."

서서히 일의 윤곽이 잡혀감에 따라, 사람들 안에서도 특정한 역할과 익혀야 할 기술이 나뉘었다.

"딱 한 발을 던지더라도 괜찮아요, 정확히 맞히기만 한다면."

이방인은 그중에서도 불씨를 집어 던질 사람들을 교육하고 있었다. 그곳이 탁 트인 벌판이라도 되면 제대로 된 과녁도 세우고 그럴싸한 훈련을 하겠지만, 괴물이 극성을 부리는 통에 어떻게든 주변에서 얼기설기 해결해야 했다. 때문에 일단은 닥치는 대로 시켜서 품을 보고, 개중 좀 괜찮은 사람들을 따로 모으는 식으로 임시변통할 수밖에 없었다.

"좀 어려울 겁니다. 평생 이런 무기를 다뤄본 적도 없는 분도 있으니까…."

이방인은 한 명 한 명에게 다가가 주의 깊게 자세를 관찰하고 잘못된 점을 짚어주었다.

"살짝 옆에 떨어졌지요? 자세가 잘못돼서 그래요."

"한쪽 팔로는 균형을 잡으세요. 무게를 실어서 던져야 해요. 어깨 구부리지 말고…."

"팔이 눈보다 먼저 나가면 안 돼요. 던질 곳을 끝까지 봐요. 다시 해봅시다."

"좋아요, 그리고—"

사박사박 움직이던 그의 발걸음이 멎었다.

"—으음."

그녀는 제 곁에 다가온 이방인을 힐끔 곁눈질했다. 이내 몸을 더 꼿꼿이, 팔을 더 팽팽하게 구부린 채 준비 자세를 취했다. 새 된 숨이 들락거렸다.

"어어, 잘하고 있군요."

더 멀어지지도 가까워지지도 못하고 서성이는 기척이 그녀에게 전해졌다.

"그렇게만 하면 됩니다."

"그게 다인가요?"

여자는 깜짝 놀랐다. 그게 제 입에서 나온 말이라는 것도 모르는 것 같았다.

"네?"

"저도 다른 사람들처럼 좀 가르쳐주세요."

입매가 삐뚜름히 올라갔다. 둘 중 누구라도 상관없었다.

"예… 그러죠."

보이지 않는 손에 조종당하는 것처럼 이방인은 게걸음을 걸었다. 손길이 어색하게 그녀의 몸에 닿았다. *이, 이렇게. 좀 더 옆으로 빼서…*. 둘이 두런두런 말을 나누자 차례를 기다리던 사람들은 너나 할 것 없이, 괜히 못 볼 꼴이라도 본 것처럼 고개를 돌렸다.

―너의 이야기로, 너의 기억으로 변한다.

"지금까지 찾은 게 몇 개죠?"

이방인은 땅에 납작하게 달라붙은 채 소곤거렸다. 숲과는 거리가 있지만, 조심해서 나쁠 것은 없었다.

"손 좀 들어볼래요?"

사람들은 각자 멘 주머니에서 자그마한 돌을 꺼냈다. 하나를 주운 사람도 있었고 여럿을 뭉쳐 가진 사람도 있었다. 돌들은 저들끼리 찰싹 달라붙어 떨어지지 않았다.

"선생님."

누군가 소곤거렸다.

"살살 조금씩만 붙는 것들은 어떻게 해요?"

"저도 그런 것만 다섯 개 찾았어요."

"그냥 버리세요."

이방인이 단호하게 설명했다.

"아주 강하게 달라붙는 것들이나 겨우 쓸 수 있어요. 어설픈

거 썼다간 무기만 버리는 겁니다."

이방인이 고개를 돌렸다.

"지금 손 드신 분들 가만히 계세요. 이제 셉니다. 하나, 둘, 셋, 넷…."

헤아리는 것은 금세 끝났다.

"생각보다 괜찮군요."

이방인이 후련한 표정으로 손을 내렸다.

"여러분은 이만 돌아가세요."

"선생님은요?"

"저는 좀 더 찾아보고 가겠습니다."

이방인이 짐을 추스르며 말했다.

"여러분은 먼저 가서 분류를 좀 해놓으세요."

사람들이 머뭇거리는 것을 본 그는 뒷말을 덧붙였다.

"어차피 저 혼자 움직이는 게 들킬 위험은 더 적을 겁니다."

단번에 납득한 사람도 있었고 여전히 머뭇거리는 사람도 있었다. 먼저 돌아가는 것이 미안하다는 이유였지만, 이방인도 인사치레로 그냥 해본 말은 아니었다.

사람들이 하나둘 마을로 돌아가는 것을 보며 그는 다시 납작 몸을 붙였다. 그리고 엉금엉금 천천히 산자락을 기기 시작했다.

그 상태로 얼마가 더 지났을까.

"선생님. 여기 하나 찾았어요."

"고마워요. 이리로…."

돌아본 이방인의 얼굴에 한발 늦게 의문이 떠올랐다. 의문은 곧 목소리의 주인을 알아보고는 무어라 하기 힘든 복잡한 표정으로 바뀌었다.

"아, 안 갔습니까?"

"꼭 가라는 말은 안 했잖아요."

그녀였다. 장로의 딸이었다.

"도와주고 싶어서요."

아니면 딸처럼 돌본 아이. 별로 중요한 것은 아니지만.

"그래요…, 고, 고마워요."

묘하게 떨떠름한 손길로 도움을 받아들고 둘은 다시 조용해졌
다. 슥, 슥, 턱, 턱. 천천히 비탈을 기는 소리만 규칙적으로 이어
졌다.

"항상, 고맙네요."

그렇게 슬슬 올지도 모르는 괴물보다 당장 이곳에 도사린 침
묵이 더 불편해질 즈음, 이방인이 먼저 입을 열기로 했다.

"열심히 해줘서."

"아니에요. 저희가, 제가 더 고맙죠."

굳이 고쳐 말하기에는 이상한 말이었다. 이방인은 격식 없이
웃었다.

"에이, 제가 뭘 했다고 그래요."

"저희를 구하러 오셨잖아요. 괴물을 무찌르고!"

남자가 잠시 혼란스러운 표정이 되었다.

"뭐, 그래요."

꼭 다른 데 정신이 팔렸다가 제 손에 묻은 뭔가를 눈치챈 사람
처럼.

"…별말씀을요?"

돌을 담은 주머니를 달각거리며 여자는 웃음을 터뜨렸다. 그렇

게 웃긴 말인지는 스스로도 잘 몰랐지만.

"괴물이 죽고 마을로 다시 돌아가면, 사람이 많이 필요할 거예요."

"그렇군요."

"재주도 많고, 우리가 또 믿을 수도 있고…."

"그래요."

"또 계속해서 우리를 이끌어줄 분도 있어야 하고요."

"으음."

"아버지께서 안 그래도 성화시라…."

묘하게 단절된 것 같으면서도 이어지는 대화가, 둘의 뒤를 따라 엉금엉금 샘솟았다.

기억은 단선적이다. 닿지 못할 만큼 멀어도 깨닫고 보면 어느샌가 눈앞에 와 있다. 기억은 개인적이다.

지금부터는 나의 이야기, 나의 기억이다.

꿈에서 깨어나듯 눈을 깜빡였다. 탈색된 것처럼 세상이 흐릿하다. 손아귀에 힘을 주자 거친 감촉이 되돌아온다. 그것을 시작으로 나는 다시 현실로 끌려 올라온다. 차곡차곡 정리된 이 순간과 그 기억들이 쏟아진다.

오늘은 괴물을 잡는 날이다.

그것이 처음 나타난 공터, 아주 오래된 것처럼 보이는 나무와 사초밖에 없는 죽음의 땅. 거기에서 모든 걸 매듭짓기로 했다. 미끼가 되는 조를 뽑았다. 괴물을 이곳까지 유인해야 한다. 가장 작고 날랜 사람들을 모아, 최대한 나무가 많고 가지가 빽빽한 길을 골랐다. 죽어라 달려 이 공터까지 놈을 데려올 것이다.

그다음은… 머릿속이 욱신거린다. 나다. 내가 있는 조다. 내가 해야 할 일이다. 미끼조가 여기까지 무사히 놈을 끌어들이거든, 줄을 당겨야 한다. 줄을 당기면 그물이 펼쳐진다. 공터의 하늘을 덮는다. 질긴 새끼를 이중삼중으로 꼬고, 거기에 불이 붙는 액을 바르고 그밖에 할 수 있는 모든 짓을 다 해놓은 비장의 수다.

"잘 들어. 괴물이 공터에 들어오자마자 벌컥 펼쳐버리면 안 돼. …안 됩니다."

그는 날 보며 말하다가 다른 사람들에게 도망치듯 존대를 썼다. 귀여워라.

"너무 일찍 펼치면 멀리서 그물을 찢어버릴 겁니다. 아무 준비 없이 날아오른 괴물이 그물에 완전히 달라붙어야 해요."

그 뒤는 무슨 일이 일어나나. 교육받은 것을 곱씹기도 전 공터에 무언가 나타났다. 몸이 반사적으로 움츠러들었다. 하마터면 줄을 당겨버릴 뻔했다.

"왔어요, 왔어요!"

미끼조다.

"왔어요!"

그런데 한 명뿐이다. 나머지는, 그러면….

"여기까지, 데려왔어요!"

솔직히 인정해야 했다. 아무도 죽지 않고 끝날 거라고 믿은 사람은 아무도 없었다.

"여… 여, 여기까지."

마찬가지로 그 아무개가 내가 될 것이라고 상상한 사람도 아무도 없었다.

"여기까지 데려왔어요."

죄라면 그저 남들보다 작고 날랬을 뿐이었던 미끼조의 마지막

아이가 절뚝거리며 공터로 들어왔다. 베인 머리의 상처는 계곡처럼 깊었다. 쏟아지는 피는 폭포를 보는 것 같았다. 그것이 땅을 때리는 소리는 장대비 같았다.

"데려왔어요. 제대로 했어요. 해냈어요."

고장 난 것처럼 말을 반복하지만, 우리 중 실은 그렇지 않은 사람이, 고장 나지 않은 사람이 감히 있을까. 시간은 그리 길지 않다.

괴물이 나타난다.

거목의 가지 사이를 비집고 모습을 드러낸다. 웬만한 짐승도 못 지나다닐 만큼 좁은 틈을, 날개를 접고 몸을 칼끝처럼 잔뜩 웅크린 채 그대로 통과한다. 이윽고 몸을 펴고 날개를 펼친다. 다시 균형을 잡는다. 하늘을 등진 채 무엇보다도 커다랗게 눈부시게 그 자태를 뽐내는 괴물은 찬란하다. 신비롭다. 우아하다. 고혹적이다.

죽을 만큼 무섭다.

그것이 곧장 날아들었다. 내리찍는 발끝은 아이를 똑바로 노렸다. 눈으로 좇지 못할 만큼 빠르다. 이어 너무 가벼운 것을 물에 던졌을 때 튀는 '첨벙'처럼 허무한 소리가 났다.

미끼조가 전부 죽었다.

괴물이 공터에 서서 주위를 살핀다. 고개를 갸웃거리는 것 같지만, 잘 모르겠다. 애초에 이상한 얼굴과 몸을 가지고 있다. 평범히 땅을 걸을 때면 그것은 굄돌을 잃어버린 탑처럼 비틀비틀 움직인다. 우리를 죽일 때를 빼면 온갖 아주 작고 사소한 동작마저 제대로 해내질 못한다. 왜 저런 것이 태어났을까. 왜 우리에게 이런 짓을 할까.

"괜찮아, 아직 아니야."

너나 할 것 없이 모두가 그렇게 되뇌고 있다.

"당기지 마, 당기지 마."

남에게 오지랖 떠는 게 아니다. 서로들 자기 자신에게 신신당부하는 말이다.

"당기지 마, 당기지 마, 당기지 마."

그렇게 안 하면 몸이 멋대로 풀려버릴 것 같아서. 그만 있는 힘껏 줄을 당기곤 냉큼 도망쳐버릴 것 같아서.

"당기면 안 돼."

괴물이 바로 저기 코앞에서 두리번거리고 있는데 아무것도 하지 않고 기다리는 게, 상상 이상으로 힘에 부쳐서.

나는 억지로 시선을 돌린다. 포위망의 곳곳에서 줄을 잡은 다른 사람들 그리고 저만치 떨어진 곳의 그를 본다. 너를 본다. 나도, 그도, 나머지 모두도 똑같이 긴장하고 있다. 그래서 우리는 다 같이 왔다. 우리는 괴물을 잡으러 여기까지 다 함께 왔다. 그렇게 생각하니 조금은 마음이 놓인다.

"올라간다!"

"아아악!"

누가 지른 비명인지는 몰랐다. 어쩌면 긴장을 이기지 못한 나일 수도 있었다. 손아귀에 힘이 걸린다고 생각하던 순간 뒤늦게 괴물이 날아오르는 소리가 났다. 몇 번이나 연습했던 일이다. 우리는 정확히 합을 맞춰 줄을 잡아당긴다. 하늘을 그대로 가둬버릴 것처럼 질기고 튼튼한 덫이 일제히 펼쳐진다. 솟구치던 괴물이 그물에 정면으로 들이받힌다.

허겁지겁 뒤에서 기다리던 사람들이 달려온다. 우리가 줄을 당기는 것만으로 탈진해버린 탓이다. 내가 엉덩방아를 찧으며 남의 팔처럼 굳어버린 손을 바라보는 동안, 그들은 넘겨받은 줄을 단단히 고정시킨다. 몇 번이나 연습했는지 경황을 따질 겨를도 없이 순식간에 결박이 끝나고, 나는 고개를 들어 그것을 본다.

붙잡힌 것은 대부분이 그것의 날개였다.

더 이상 몸을 감쌀 수 없게 되자 어깻죽지에서 늘어진, 볼품없는 그것의 몸이 그대로 드러났다. 괴물이 발버둥쳤지만 눈에 띄는 일은 일어나지 않는다. 진액에 꼼짝없이 들러붙은 철깃이 제각기 씨근덕거리며 일어서고 눕기를 반복했다. 자그마한 이빨을 수백 수천 개 지닌 악마를 보는 것 같았다. 정작 그 얼굴에서는 여전히 외마디 신음도 분노의 고함도 나오질 않는다.

괴물은 이내 마구잡이로 소란을 부리기 시작했다. 그 몸부림을 따라 그물이 울퉁불퉁 부풀고 기운다. 찢어질 것처럼 끌려갔다가 돌아오길 반복한다. 곳곳에서 포위망을 따라 아우성이 터져 나온다. 몇 사람이 갈고리 넝쿨을 들고 앞으로 나선다. 그물에 넣지 못하는 자투리 줄로 만든 올가미다. 괴물에게까지 닿지 않는 것도 수두룩하고 어떻게 걸리더라도 오래는 못 버틴다. 그래도, 그거면 된다.

그래도 좋아요. 그는 말했다. 너는 말했다. *시간만 벌면 됩니다. 불똥을 튀길 때까지!*

그것이 사방팔방으로 몸부림치는 와중에도 진액은 스민다. 오히려 괴물이 난동을 부리면 부릴수록 더 깊게 강하게 그물은 조여든다. 깃의 틈으로 수도 없이 갈라진 그 미세한 홈을 따라 스멀스멀 불길의 심지가 자라고 있다. 안팎으로 바싹 태워버리면 제아무리 철의 날개를 휘두르는 괴물이라도 굴복할 것이다.

아예 진액에 푹 삼켜질 때까지, 그 온몸이 새까만 빛으로 반질반질 빛날 때까지 기다리면 가장 좋겠지만.

"이쪽 들리려고 해! 줄이 끊어졌어!"

"갈고리 다시 걸어! 올라가잖아!"

"말뚝 더 갖다 줘! 걸만한 게 안 보여!"

몸을 들썩이던 괴물이 차차 자세를 가다듬고 날개를 빼내려 했다. 진액이 끈질기게 달라붙지만 오래는 못 버틴다. *지금도 될까. 진액이 덜 스민 게 아닐까. 혹시 헛수고만 한 게 아닐까. 아직 액이 다 안 스며서, 겉만 잠깐 타버리고 말면, 활활 불타면서 눈이 뒤집혀 달려들면.* 그런 의심에 누구보다도 심하게 사로잡혔을 사람들이 나섰다. 불똥조다.

괴물의 움직임이 한층 더 사나워진다. 무언가 벌어지고 있다는 걸 눈치챈 걸까?

불똥은 단단한 곳에 부딪혀야만 한다. 그렇기에 진액에 그냥 갖다 박으면 아무 쓸모가 없다. 날개, 적어도 괴물의 몸에라도 처박아야 마찰과 함께 불길을 토할 것이다. 헐레벌떡 불똥조가 달려오는 것을 괴물도 보았다. 그것이 부들부들 떨며 힘을 모은다.

어깻죽지를 꼼지락거리는 움직임이 날개를 타고 큰 파도처럼 불어난다. 그물이 토할 것처럼 너울거린다. 그 바로 앞에, 아무런 숨을 곳도 기댈 곳도 없이 불똥조들이 섰다. 각자 자리를 잡고 진형을 짰다. 아무 구호도 서로 주고받는 말도 없이 굳어버렸다. 잔뜩 겁먹은 눈에 금세 쓰러질 것처럼 앙상한 팔다리, 들썩들썩 부푸는 가슴팍이 잔인하리만치 처량하다.

"던져! 던져요!"

그가, 네가 숨 가쁘게 지시한다.

"몸에 맞혀!"

그리고 그렇게나 용을 쓴 끝에, 괴물의 노력도 나름의 결실을 맺었다. 그것이 날개 끄트머리를 진액에서 빼냈다.

대부분의 철깃은 엉뚱한 방향으로 날아갔다. 그러지 않은 몇 개 정도면 기세를 꺾기에 충분했다. 줄이나 갈고리를 걸던 우리가 용케 버틴 것은, 잔인하게 말하면 괴물과 마주할 필요가 없던 까닭이었다. 내 옆에서 같이 줄을 잡고, 같이 갈고리를 걸던 사람들만 보며 버틸 수 있었다. 불똥조는 그런 게 없었다. 진형을 꿰뚫은 철깃이 당장 내 옆에 있던 사람을 후벼 팠다. 훈련을 물론 했고 준비도 물론 했다. 그런데 동료가 죽는 훈련은, 내가 죽을 수도 있다는 준비는 못 했을 것이다. 머리로 이해는 했어도 가슴으로 납득은 못했을 것이다.

지금까지는.

그래서 나는, 그네들이 기껏 던진 불똥이 엉뚱한 곳으로 날아가거나 맥없이 진액에 처박히는 것을 보고 아무 말도 하지 않는다. 아예 등을 보이며 조금 늦은 죽음으로 도망치는 몇몇 이들을 보며 아무 생각도 하지 않는다.

괴물은 날개 끝자락을 구부려 제 몸을 뒤덮은 진액을 점차로 흩어낸다. 철썩철썩 맨땅에 밤색 덩어리가 나동그라질수록 괴물의 몸짓은 더욱 커진다. 빛깔을 되찾기 시작한 날개가 기세등등하게 일어섰다. 철깃이 이제는 빗방울처럼 무더기로 내리꽂힌다. 바람보다도 빠른 소리가 세상을 모조리 집어삼킨다. 쉴 새 없이 쏟아지는 공격은 이제 하나하나를 구분하는 것조차 불가능하다. 괴물은 제가 완전히 몸을 빼낼 때까지 누구도 다가오지 못하게 만들려는 모양이었다. 뿔뿔이 흩어진 불똥조. 누구도 함부로 나서지 못한다. 그것을 보며 나는 그냥, 아마.

여기까지 왔는데.

그리고 그가, 네가, 누군가의 싸늘한 손이 쥐고 있던 주머니를 빼앗고, 불똥을 든 채로 공터로 뛰어들어 갔다. 으르렁거리며 노호하는 철깃의 비 사이로. 어른어른 주변의 모든 색이 무너진 뒤에도, 세상이 전부 보이지 않게 된 뒤에도 너는 거기에 남았다. 영원히 거기에서 눈을 못 뗄 것 같던 나는, 너의 뒷모습을 아직도 보고 있다.

"요, 용서해줘."

그게 내가 처음 들은 말이었다. 적어도 제정신으로는 그랬다. 머리 위편으로는 뜨거운 기운이 확확 끼쳤다. 불길에 휩싸인 괴물이 울부짖었다. 또렷한 음영이 불꽃 속에서 춤춘다. 그 단말마마저도 바람이 휘도는 것처럼 텅 비었다. 그 공허한 비명을 듣는 우리가, 내가 먼저 미쳐버릴 것 같았다. 살이 익어버릴 것 같아 더 강하게 너를 부둥켜안았다.

"용서해줘."

감싼 팔뚝이, 발밑의 축축한 땅이 하지만 불꽃보다 몇십 배는 족히 더 뜨거웠다. 너는 내 품에서 빠져나가고 있었다, 흘러내리고 있었다.

"용서해줘."

"용서해? 뭘?"

나는 추궁하듯 캐물었다.

"뭘 용서해?"

그런 꾸짖음으로 네가 훌훌 자리를 털고 일어나기라도 할 것 같아서.

"내, 내가 죽인 거야. 그 사람들… 밤에."

너는 신음을 삼키고 계속 말했다.

"내가 처음 온 날. 살려고…."

아니야. 물론이야. 그럼. 네 말이 맞아. 전부 다. 모든 게. 빨리 안심시켜주고 싶었다.

"괴물한테서."

무슨 말이든 당장 필요한 걸 너에게 들려주고 싶었다. 그런데 할 수 없었다. 응어리가 목구멍을 꼭 틀어막아 얕은 숨만 들락거렸다. 그리고 아무 생각도 들지 않았다. 이 순간이 작은 점처럼 남고 그 외의 것은 모조리 괴물과 함께 불타 없어졌다. 일 초에도 몇 번씩, 네 모습이 아무 의미도 없는 것처럼 보여 잠에서 깰 때처럼 눈을 껌뻑여야 했다. 도무지 집중할 수가 없었다.

"내 잘못이야."

내 품에 든 것이 점점 가벼워지고, 겨우 찾아 쥔 네 손은 그 모양조차 온전치 않고, 벌어진 상처에서는 네 목소리보다도 크게 네가 흘러나오고 있었으니까. 그래서 아무것도 더 생각하거나 해줄 수가 없었다.

"주… 죽지 마. 죽지 마."

그 한마디가 내 평생 가장 어렵고 힘들었다.

"그냥, 잊어버려."

네가 말한다. 자신 스스로를 가리키며, 내던지며.

"잊어버려. 죄값인 셈, 치고."

되돌아오는 네 손길은, 있는 힘껏 쥐었는데도 거의 느껴지지 않는다.

"다 잊어버려. 근데, 근데…."

네가 파르르 떨며 말했다.

"나는 잊어버려도, 괴물은, 물리치는 법은, 잊으면 안 돼."

눈길이 맞았지만 넌 날 보지 못했다. 아무것도 그 안에는 비치지 않았으니까.

"다른 마을, 다른 사람들도, 다… 앞으론, 네가 알려줘."

나는 너를 붙잡았다. 계속 시야에 두면, 계속 보고 있으면 어쩐지 그대로 계속될 것 같아서.

"아이, 는…."

그런데 너는, 괴물은 아직도 그렇게나 날뛰는데, 고통이 아니라 분노에, 우리를 하나라도 더 죽이지 못했다는 분노에 휩싸여 아직도 울부짖는데.

그런데 너는….

나는 아랫배를 움켜쥐며 쓰러졌다. 몸이 둘로 쪼개질 것만 같았으니까.

기억은 시작이다. 그래서 모든 기억의 끝은 새로운 처음을 불러온다.

"…남은 사람들은 거의 다 왔어요."

나는 커튼을 걷고 슬쩍 바깥을 훔쳐봤다. 마을 사람들, 비록 괴물이 나타나기 전보다 훨씬 적었지만 대부분이 나를 기다리고 있었다. 각자 길을 떠나기 위해 단단히 준비한 뒤였다.

"죄송해요, 아버지."

나는 아버지께, 그리고 아버지를 따라 이 마을에 남기로 한 몇

몇 어르신들께 고개를 숙였다.

"마을을 떠나게 돼서….."

"그럴 게 뭐가 있느냐?"

아버지께서는 손사래 치며 만류했다.

"다 끝난 이야기를."

그것조차 힘이 없어 보여서 더 서글펐다.

"다 망가진 고향을 붙잡고 씨름하는 것보다 다른 마을, 새로운 사람들을 구하는 것이 더 숭고한 일 아니겠느냐?"

어르신들도 그에 동조했다.

"난 괘념치 마라. 힘만 있었어도 너희를 따라나섰을 테니."

한 사람 한 사람의 우리가 괴물을 무찌르는 방법을 전해준다면, 한 사람이 하나의 마을을, 수백의 아이들을 구할 수 있다면. 내내 곱씹던 말이었지만 결코 쉬운 선택은 아니었다.

"무엇보다, 그게… 너한테 더 좋지 않겠느냐."

아버지께서 너그러이 웃었다.

"이제 홀몸도 아니거늘."

"어머니!"

때마침 익숙한 얼굴과 목소리가 문을 열어젖히고 들어왔다.

"왜 그러니?"

나는 눈을 맞추며 물었다.

"어른들께서 어머니가 언제 나오시냐고 물어보세요."

아이는 나를 쏙 빼닮았다.

"떠날 준비가 다 되신 모양이에요."

얼굴도, 키도, 몸집도, 핵산의 내용물과 세포막의 윤곽과 몸속을 둥둥 떠다니는 고리형 DNA의 자취까지. 실은 모든 것이 완전히 나와 똑같은 아이다. 당연한 일이다. 그것이 원래 우리가 수를 불리는 방식이니까.

"곧 가야지."

나는 위족을 뻗어 아이의 얼굴을 매만졌다.

"그렇게 전해드리렴."

나는 지금도 너를 생각해. 너를 보고 있어. 처음 괴물을 발견한 이들도, 마지막 몰이사냥도, 미끼조도, 불똥조도, 마지막으로 너도. 항상 그랬어. 새롭게 만나는 괴물들한테서도 모두를 구할 순 없을 거야. 모두가 죽지 않고 이길 수는 없을 거야.

"네, 어머니."

하지만 그걸로도 괜찮을지 몰라. 저 아이 같은 애들, 괴물을 이기고 눈을 뜬 아이들. 그 애들의 미래를 지키는 것으로 충분할지 몰라. 그 아이들이 만들어 나갈 새로운 세상에서는, 어쩌면 정말로 죽는 것은 괴물뿐인 이야기가 펼쳐질지 몰라.

너의 기억이 나의 기억으로, 다시 다른 모든 아이의 기억이 되길 바라면서, 이만 줄일게.

✳

의료용 나노머신은 만병통치약인가?

…빛과 같은 외부 자극에 반응하여 간단한 동작을 반복하는 분자 엔진의 시대를 넘어, 우리는 바야흐로 극초소형 로봇을 직접 환우의 몸에 투입하는 시대에 살고 있다. 특히 이 중에서도 많은 이들의 각광을 받는 것은, 한 쌍의 가느다란 특수합금 '날개'를 이용하여 병원균을 파괴하는 X사의 제품이다. 해당 제품을 상용화한 뒤 삼 개월이 채 지나지 않아 X사의 CEO는 세상에서 가장 영향력 있는 사람이 되었다. 그러나 과연 X

사의 제품이 모든 병원균을 영구적으로 제거하는 무적의 치료제로서 군림할 수 있는가? 혹자는…

(중략)

한 쌍의 금속침을 '날개'와도 같이 이용하여 병원균을 물리적으로 파괴한다고 알려져 있다. 또한 이러한 기제에 대하여 세균이 면역성을 획득할 확률은 사실상 불가능하다고 X사는 주장한다. 주기적으로 나노머신을 보충하는 것만으로도, 모든 질환에서 해방된 그야말로 꿈과 같은 삶을 누릴 수 있다는 것이다! 그러나 익명의 소식통이 필자에게 전한…

(중략)

초창기의 나노머신 치료는 극소수의 상위계층이 거금을 들여 시술받는 경우가 대부분이었으므로 체계화된 데이터가 존재하지 않는다. 그러나 나노머신 치료가 정착된 뒤 나타난 데이터 경향을 보면 이는 한층 더 명백해진다. 표 4-b를 보면 초창기 나노머신 치료의 실패 원인을 규합한 그래프에서 고작 0.3~0.4퍼센트 사이에 머물던 '상세 원인 불명'이 최근 일부 지역에서 무려 2퍼센트에 가깝게 치솟은 것을 볼 수 있다. 필자는 이러한 추세가 뚜렷하게 나타나는 지역일수록 오래전부터 적극적으로 나노머신 치료를 유용해왔던 전력이 나타난다는 사실을 언급하지 않고 넘어갈 수…

(중략)

우리는 균들의 생리를 알 뿐 그들의 원리는 알 수 없다. 우리는 생명의 반응을 관찰할 뿐 그 원동력은 짐작할 수 없다. 우리는 자극을 투여하지만 그에 조응하는 방법을 찾아내는 것은 언제나 생명 그 자체이다. 나노머신 치료 실패의 '상세 원인 불명'이 진정 그러한 사태라는 사실이 드러난 뒤는 이미 너무 늦다. 물리적인 파괴에 내성을 획득해버린 세균들이 수백억 수천억의 자그마한 군대가 되어 판데믹의 공포를 몰고 오거든 우리에게 남은 선택이란 무엇인가? 그 균들의 수뇌부와 접촉하여 선전 포고를 하고, 더욱이 고성능의 무기와 나아가 미사일과 폭탄 따위를 장착한 그야말로 '나노전투기'나 '나노전차' 같은 물건을 새로 제작하여 우리 몸에 투입이라도 해야 한단 말인가? 판단은 이 칼럼을 읽는 여러분의 몫으로 남아 있다.

확률론적 외톨이 모형

● 초고 2017년 11월 21일

"일리온에 대해서는 얼마나 알고 있나?"

목소리를 타고 비싼 여송연 향기가 났다. 노인은 정수리가 미끈하게 벗어졌으면서도 혈색이 불콰하고 체격이 다부졌다. 응접실이 조금 더웠다. 남자는 노인이 이마를 훔치는 것을 지켜보았다. 그리고 방구석을 차지한 이질적인 물건에 한 번 눈길을 주었다.

이제 대답을 해야 했다.

남자는 찾는 일을 주로 했다. 그렇게 찾은 것을 추측하고 분석하여 채워 넣었다. 예전이라면 목깃을 고층빌딩처럼 세운 바바리코트와 번호판 없는 차가 필요했겠지만, 각종 편리한 인프라로 둘러싸인 현대의 삶이란 매일매일 빵조각을 흘리는 헨젤과 그레텔 무리를 재배하는 콩나물시루나 다름없었다. 정보를 추적할 올바른 광맥만 잡으면 제아무리 깊숙한 비밀이라도 능히 캐낼 수 있었다. 그래서 더욱 남자는 방금 같은 말에 어떻게 대답해야 할지 몰랐다.

자신 있게 대답하면 고객이 자신을 허풍선이라고 생각할 수도 있고, 그렇다고 어물쩍 넘기면 스스로 이미지를 깎아내리는 꼴이 된다. 결국 원하는 답이 있을 뿐 정답은 없었다.

"남들이 아는 만큼은 알고 있습니다."

사람들은 일리온을 과학자라고 불렀다.

그것은 부정확한 표현이었다. 일리온의 입김은 인간의 학문 안팎으로 뻗은 모든 분야와 지식에 맞닿았다. 겸손한 천재가 스스로를 거인의 어깨 위에 선 난쟁이로 표현한다면, 일리온은 누구도 받칠 수 없을 만큼 거대한 난쟁이였다.

일리온은 많은 것을 만들었다. 그가 만든 중합체는 19세기 이후 진리처럼 통용되던 철근콘크리트 공법을 사양길로 접어들게 했다. 그가 개발한 고엔트로피 합금은 무중력환경에서조차 달성할 수 없는 균일도와 강성을 자랑했다. 일리온은 많은 것을 발견했다. 자연과 인공을 통틀어 성립 가능한 3차, 4차 단백질접힘 구조를 모조리 파악하여 색인하였고, 불안정한 탄화수소 결합을 손보아 석유에 의존하지 않는 일련의 화학공정기술을 찾아냈다. 그는 매일같이 국제천문연맹에 전보를 쳤다. 일리온은 자신만의 정교한 관측법으로 수많은 외계 천체를 찾아내 등록했다. 고명한 학자들은 외따롭고 신비한 별과 행성들이 왼괄호, 오른괄호 따위의 말도 안 되는 이름을 부여받는 것을 보며 슬퍼했다.

한 잡지는 현상금이 걸린 수학계의 유명한 난제들을 일리온의 아직 찾지 않은 저금통쯤으로 묘사했다가 한바탕 홍역을 치렀다. 아마추어 수학자들의 날 선 항의는 편집장 명의의 사과문이 올라오는 사태로까지 발전했지만 정작 일리온 본인은 아무런 반응도 보이지 않았다. 얼마 지나지 않아 전산유체역학이 통째로 쓸모없는 학문이 되며 일리온은 백만 달러를 수령했다.

사람들은 일리온이 대단한 사람이라고 생각했다.

다른 이들의 일생의 목표가 그에게는 잠시 거치는 징검돌이 되었다. 간절할수록 무신경하게, 절박할수록 보람 없이 일리온은 자신을 바라보는 많은 사람의 붓과 펜을 꺾도록 만들었다. 역사적으로 수도 없이 많은 이들이 그 실마리만이라도 캐기 위해 몸부림치는 일을 일리온은 재채기하듯 달성했다. 일리온은 '대단한' 사람이었다. 과학계에 전혀 관심이 없는 사람들도 그렇게 생각했다. 그가 위대한 발명가라서가 아니라, 무가치하고 종잡을 수 없는 혼돈의 발명가라서였다.

일리온은 뭔가 구상하고 실증한 뒤에는 그걸 더 돌보지 않았다. 설령 값어치를 따질 수 없는 기술이라도 곧바로 내팽개쳤다. 그를 좇는 이들은 휴대폰을 만지작거리는 아기처럼 일단 서류 양식만 허겁지겁 구비한 채 특허청 문을 두드렸다.

발 빠르게 신청한 특허만으로 그들은 데카콘 기업의 총수가 되었다. 물론 잘해봐야 단기간에 목돈을 마련한 뒤 회사를 매각하는 게 고작이었다. 그렇게 넘겨받은 권리라도 여전히 고삐를 쥔 손은 제 소유물의 가치도 원리도 몰랐다. 휘청이던 회사가 공중분해 될 즈음이면 이미 천칭의 반대편에 얹힌 것들이 너무 많았다.

일리온은 그런 식으로 자신의 무관심이 낳은 파문이 증폭되며 고만고만한 일을 하는 고만고만한 사람들을 수도 없이 집어삼키는 것을 보았다. 결과적으로 보면 일리온이 던진 돌멩이에 전 세계의 시장이 출렁이는 셈이었다. 꼼지락거리는 화살표에 수백만이 울고 웃는 그곳에서 일리온의 영향력을 측정하려 드는 것은 짓밟히는 개미가 자신을 밟는 신발의 상표를 알려 하는 것과 비슷한 일이었다.

한번은 어느 스타 CEO가 일리온에게 '경제 생태계를 망치고 있다.'고 비난을 퍼붓기도 했다. 그 회사의 주력 제품은 기업·국가 등 대규모 분산 컴퓨팅 환경을 관리하는 소프트웨어였다. 동급으로 꼽히는 경쟁 상대도 전무한지라 국제시장에서 독점적 지위를 유지하고 있었다. 일리온은 특별히 반응하지 않았다. 그리고 몇 주 뒤 초저전력 상황에서도 작동하여 유지비용이 극단적으로 적은 데다가 정보처리능력도 월등한 대체 프로그램을 개발했다. 함수를 컴파일하는 과정까지 그대로 드러난 일련의 제작 영상이 업로드될 때마다 각국의 증권거래소가 시퍼렇게 질렸다.

모르는 사람들은 일리온을 반자본주의자나 반지성주의자라고 생각했다. 그의 오만방자한 언동을 보건대 그나마 후자가 조금 더 신빙성 있었다. 사실 일리온은 아무것도 믿지 않았다. 적어도 그런 식으로 행동했다. 사람들은 그렇기에 일리온을 기억했다. 유가를 곤두박질치게 할 초고성능 에너지수집장치의 개발을 일리온은 굳이 석유수출국기구 회의장에 선 그 순간 발표했다. 그런 식이었다.

점차 일리온과 그의 기행이 뉴스 대문을 차지하는 것이 당연해졌다. 제아무리 크고 모난 조각이라도 매스컴에서 매일같이 떠들다 보면 그것을 뒤덮는 염증이 부풀었다. 일리온이 종잡을 수 없이 괴상망측한 것까지도 사람들은 일상의 일부로 받아들였다. 이제 뭇사람들은 일리온이 어떤 짓을 저지르더라도 놀라지 않을 자신이 있었다. 그렇게 믿었다.

그가 자살하자 그것도 없던 일이 되었다.

"수수한 대답이로군."

노인이 장난스레 말했다.

"자네는 남들보다 많이 알아야 하지 않나?"

"많이는 몰라도 빨리 아는 건 잘해 이 일로 먹고 사는군요."

남자가 대답했다.

"의뢰할 게 뭡니까?"

"일리온이 죽고 그의 유류품들이 경매에 올라온 건 알고 있겠지?"

남자는 고개를 끄덕였다. 일리온이 삶을 매듭지은 곳은 노인의 응접실에서도, 남자의 사무실에서도 그리 멀지 않았다. 그래서 요즘 거리에는 평범한 얼굴을 한 척 하수구처럼 닳고 닳은 눈을 단 사람들이 거리를 나다녔다. 남자는 그들을 보며 오지에 파묻은 콜라병으로 정보를 전달하던 아날로그식 냉전의 악취를 맡았다. 한번은 공원에 들러 점심을 먹으려던 찰나 그만 웃음을 터뜨릴 뻔했다. 매대의 핫도그 상인을 제외한 나머지 행인 전원이 알파벳 서너 글자 기관의 요원처럼 보인 까닭이었다. 그만큼이나 일리온이 남기고 간 것들의 가치는 컸다.

"나도 부랴부랴 구했지."

노인은 방구석에 있던 뭔가를 가리켰다. 남자가 조금 전 이질감을 느낀 물건이었다.

"소문에 따르면 저게 일리온이 죽음의 순간까지 붙잡던 물건이라네."

원통은 공중전화 정도 크기에 칠흑색으로 윤기가 흘렀다. 문으로 보이는 직사각형 윤곽선의 눈높이쯤에는 여닫을 수 있는 얇은 슬릿이 있었다. 내부관측용인 듯싶었다.

"저는 기술을 이용할 뿐이지, 그게 적용된 물건을 분석하는 데 조예가 있는 게 아닙니다."

"자네한테 기대하는 건 전문적인 식견이 아니야…. 직관이지."

노인은 일리온의 물건으로 눈길을 돌렸다.

시중의 물건은 궁극적으로 사람에게 쓰임 받는 것을 그 목적으로 했다. 굳이 산업디자인의 몇 대 원칙이니 하는 것들을 제하더라도, 눌러서 들어가는 부분이 있다면 그곳을 눌러야 했고, 접히거나 펴지는 부분이 있다면 그곳에 힘을 줘 접거나 펴야 했다. 일리온 본인의 목적을 위해 만들어진 물건은 그러나 그런 것이 없었다. 그것이 기계인지, 작동하면 어떤 모양으로 변할지, 그게 '작동'하는 종류인지조차 알 수 없었다.

"새로운 관점으로 일을 바라보면 전문가들은 알 수 없는 부분까지 파악하는 법이야."

"희망적이로군요."

"난 직관을 믿거든."

노인이 관자놀이를 두드렸다.

"세상에는 계산과 논리만으로는 도달할 수 없는 영역이, 밝힐 수 없는 과정이 있을 거라고 믿네. 일리온이 남긴 말 중 그것만은 동의할 수밖에 없었지."

일리온이 남긴 말이라…. 아무렇게나 손에 넣을 수 있는 것들은 아니었다. 노인이 그것을 기꺼이 공유해줄지 알 수 없었다. 그럼에도 고인의 생전 가치관과 습관이 담긴 데이터라면 무엇이든 참조해야 했다.

원통에 다가간 남자는 천천히 물건 표면을 쓸었다. 손끝에 걸리는 촉감은 한 번도 느껴본 적 없는 것이었다. 응접실과 달리 살짝 차가운 온도는 그만큼 외부 영향을 적게 받는다는 뜻일 터였다. 그는 문짝을 두들겼다. 울림이 안으로 퍼지지 않고 곧장 튕겨나왔다. 마치 두꺼운 대리석을 때린 것 같았지만 신기하게도 전혀 아프지 않았다.

손잡이를 당기자 문이 부드럽게 움직였다. 경첩이—그런 게 달려 있다면—비벼지는 소리도 나지 않았지만 어째선지 으스스한 기분이 들었다. 등골을 타고 메아리가 퍼지듯 소름이 올라왔다. 안은 꼭 좁고 높은 모종의 반응로를 보는 것 같았다. 가운데에 가느다란 기둥이 있고, 그 주변을 둘러싼 도넛형의 내벽은 온통 새하였다. 구부러진 판재를 잇는 이음매나 경계는 보이지 않았다. 새하얗다는 것도 흰 페인트를 칠한 것과는 달랐다. 기계 내부는 공간 감각이 이상해질 정도로 텅 빈 색을 하고 있었다. 누군가 그만큼의 세상을 현실에서 도려내버린 것처럼.

남자는 상반신을 기계 안으로 집어넣었다. 사방이 확 펼쳐지며 머리가 아찔해졌다. 명암도 경계도 없는 공백은 무한한 깊이와 너비의 환상을 강요했다. 끝없이 넓은 세계에 그의 머리와 문짝, 기둥만 덩그러니 있었다. 더듬더듬 하얀 곳을 직접 만지고 나서야 남자는 벽의 존재를 떠올렸다.

어질거리는 몸을 빼내자 문 안쪽에 붙은 포스트잇이 눈에 들어왔다. 한눈에 보더라도 일리온이 직접 쓰고 붙인 것이었다. 쓰인 문자가 하나같이 구토하는 조약돌처럼 기괴한 모양을 한 까닭이었다.

"마야 문자라는군."

노인이 말했다. 해독법이 실전되어 자신 말고는 누구도 읽지 못하는 문자를 쓰는 것은 일리온의 고약한 취미 중 하나였다.

"뜻은 아직 불명이야."

"분명히 말씀드리겠지만, 뚜렷한 결과가 나오지 않을 수도 있습니다."

"걱정하지 말게. 유산 중에서는 가장 싼 편이었으니까."

노인이 탄식했다.

"같은 무게의 금보다 약간 비쌌지."

남자는 혀를 내둘렀다. 무의식적으로 눈앞의 원통만 한 크기의 금괴를 떠올렸지만, 노인이 입에 담은 것이 '부피'가 아니라 '무게' 임을 뒤늦게 깨달았다. 그래서 결국 얼마였다는 건가.

"절 부르기 전에도 기초적인 조사 정도는 했겠지요. 나온 건 없습니까?"

"아직 시작도 안 했다네. 온갖 게 다 필요하다더군. 비냉각형 적외선 감지기니 뭐니. 그렇지만…."

노인이 손사래를 쳤다.

"그들이 성공할 거라고는 믿지 않네. 우리 연구원들 말이야."

남자는 눈살을 찌푸렸다. 자신과 같은 사설탐정이 그러면 인류 최고의 천재가 남긴 기계장치를 분석하는 데 적임자란 말인가? 제대로 된 장비와 이론을 갖춘 과학, 공학 분야의 전문가들보다?

"그 친구들을 못 믿는 건 아닐세. 다들 자기 분야에서 잔뼈가 굵었지."

못 미덥게도 노인은 정확히 그렇게 들리는—그 친구들을 믿지 않는 것처럼—말을 했다.

"하지만 그 친구들은 일리온과 비슷한 분야에서, 비슷하게 생각하고 움직이도록 훈련받지 않았나? 능가하기는커녕 따라잡기라도 한다면 기적이지."

노인은 말을 마치며 물끄러미 그를 바라보았다.

"그래서 자네를 부른 걸세."

남자가 고갤 끄덕였다.

"연구팀 조사가 끝날 때까지는 제가 직접 살펴볼 수 없겠군요. 어느 정도나 걸립니까?"

"늦어도 금주 내일세."

바깥은 쌀쌀했고 거리에서는 바람 냄새가 났다. 남자는 여전히 눈에 밟히는 각국의 정보요원들을 지나쳤다.

일리온은 남들이 자기 말을 이해할 거라고 생각하지 않았다. 임의의 사회 현안에 대한 남들의 생각을 알고 싶어 하지도 않았다. 그는 강의료를 말도 안 되게 높게 책정하거나 초청기관이 도저히 감내할 수 없는 희생을 강요하는 방식으로 이를 간접적으로 드러냈다. 그런 난관을 극복하고 몇몇 극소수 단체에서 일리온을 부르는 데 성공하여 마이크를 쥐여준 적이 있었다. 특별히 주제가 있는 것은 아니었다. 일리온은 매번 자기가 하고 싶은 말을 주절거리다가 내려갔다. 다만 언어가 문제였다.

일리온은 주로 고대 이집트어와 같이 사멸된 언어를 썼지만 이따금 그럴 기분이 들면 그럭저럭 알아들을 만한 시대의 것을 썼다. 그러나 누군가가 대본을 요청하면 거의 항상 복잡하게 얽힌 잉카매듭문자나 손수 새긴 크레타 선형문자를 던져주고 가버렸다. 학자들은 일리온이 해독법을 알면서 발표하지 않았는지,

아니면 단순히 알아볼 수 없도록 겉만 흉내 낸 것인지를 놓고 첨예한 논쟁을 벌였다.

한편 현장을 촬영하는 것은 물론 녹음도 금지되었다. 필기도 안 되었다. 심지어 자신의 기억력이 평균과 비교하여 유의미하게 높지 않다는 검사서를 동봉한 뒤에야 참석할 수 있었다. 그러니까 참석자들은 한 번도 들어본 적 없는 어떤 말소리를 최대한 비슷하게 기억한 뒤 바깥에서 앵무새처럼 읊고, 그걸 들은 각국 언어학자들이 의기투합하여 최대한 말이 되는 내용으로 번역해야 한다는 소리였다.

그런 악조건 속에서도 어떻게 살아남아 구전되는 것들이 '일리온의 말'이었다.

남자는 노인이 예상외로 흔쾌히 일리온의 말을 공유해준 것이 못내 놀라웠다. 이왕 유산을 산 것, 어떻게 해서든 그걸 사용하고 싶은 모양이었다. 재구성한 기록은 물론 정체불명의 고대어가 아니라 최대한 말이 되는 평어로 되어 있었다.

「내가 두려워하는 것은 여러분입니다.」

일리온은 생각하는 기계에 대한 최근 세간의 두려움을 지적한 뒤, 자기 자신의 태도를 설명하는 쪽으로 넘어갔다.

「여러분처럼 자신이 생각할 줄 안다고 믿는 사회와 그 사회를 지탱하는 거대한 착각이야말로 내게 악몽을 꾸게끔 만듭니다.」

일리온은 카메라를 힐끗 응시했다. 그렇다. 이 '일리온의 말'은 불완전한 음성 데이터로 추정되는 것을 번역한 것에 불과한 주제에 나름 묘사와 맞는 합성 영상까지 갖춘 것이었다. 그 안에서 일리온은 붉은빛의 안광을 번쩍였다. 남자는 그가 연구에 용이하다는 이유로 자기 눈알을 끄집어내고 전자기파의 더 넓은 영역까지 볼 수 있는 감광체를 박아 넣었다는 사실을 알았다.

「삶에 목적이 있다는 믿음, 인간은 가치 있는 존재라는 믿음, 이 땅에 자유의지라는 것이 있고 그것이 인생을 풍족하게 만들어준다는 믿음. 나는 이런 것을 믿는 사회가 가장 두렵습니다. 눈을 가린 장님들 틈에서 사는 것이 얼마나 괴로운 일인지 여러분은 모릅니다… 인공지능 이야기를 하니 떠오르는 말이 있군요.」

일리온은 뭔가를 외우기 시작했다. 발행 부수와 날짜, 매체의 이름에서 시작해 칼럼 하나를 통째 읊는 것으로 이어졌다. 유사 이래 언제나 특정 분야에서 두각을 나타낸 천재들은 있었고 그들이 문명에 기여한 바가 적지 않다는 것, 그러나 인공지능의 잠재력은 현시대의 일리온으로 대표되는 '괴팍한 천재들'을 능가하며 따라서 지금껏 보지 못한 수준의 혁명을 이뤄낼 수 있다는 논조의 글이었다.

「단순히 나와 동시대에 없었다는 이유만으로 나에게 대표될 자격을 얻은 집단이 있다는 소리에 대해서는 왈가왈부하지 않겠습니다.」

일리온은 웃지 않았다. 도리어 입매를 떨었다… 진심으로 그 주장이 혐오스럽다는 듯이.

「그러나 굳이 이 글이 아니더라도, 나는 얼간이 몇이 생물지능의 종말을 거론하며―내가 그들과 같은 '편'이라고 믿고 싶은 나머지―나를 인공지능의 대항마 정도로 여기는 사실을 알고 있습니다.」

이제야 일리온은 웃었다. 여전히 그러나 싸늘한 눈초리를 한 채로.

「여러분 중에서도 얼마는 내가 인공지능을 두려워하지 않는 까닭을 그렇게 생각합니다. 나라는 생물 기계의 지적 역량이 인공지능보다 높을 것이라고 믿기에.」

남자는 일리온이 컴퓨터와 스무고개를 하는 모습을 상상했다. 일리온은 컴퓨터의 답을 이미 알고 있었다. 그리고 컴퓨터가 그에게 할 질문을 알아맞히는 스무고개가 시작되었다.

「모든 생명체는 막을 수 없는 힘과 움직이지 않는 물체의 사이에 놓인 포로입니다. 그 안에서 자라나 간신히 고개를 든 잡초와도 같은 것이 신경절이고 두뇌이고 지능입니다. 반면 인공지능의 세계는 그 탄생부터 종말까지가 그것의 지적 성장만을 위해 존재합니다.」

일리온이 말했다.

「난 인공지능을 능가할 수 없습니다. 그렇다고 내가 여러분과 같은 편도 아닙니다. 장담컨대 인공지능과 나 사이의 간격은 여러분과 나 사이의 간격보다 좁습니다.」

남자는 머릿속에서 일리온과 컴퓨터의 스무고개에 대한 상상을 다시 꺼내들었다.

「누군가는 직관의 신화를 들먹이겠군요. 기계가 따라잡을 수 없는 인간의 특유한….」

일리온은 표정을 찌푸렸다. 방금 자신이 한 말을 믿을 수 없다는 듯.

「여러분이 히타이트어 전문가가 아니라 다행이군요. 이런 말을 하는 여러분을 보며, 나는 귀먹은 가수들의 세계에 살고 있습니다. 과정의 증명을 포기한 추론을 여러분은 직관이라고 부르죠.」

번뜩이는 눈초리가 다시금 렌즈를 겨누었다. 그래봤자 가짜에 불과한 것.

「생각의 흐름이란 결국 기계적으로 분석된 뒤 종래에는 특정 단위의 정수배 값으로 환원되어 도식화됩니다. 인간의 고유성이라는 것은 곧 결과는 쥐었지만 그 특정 층위의 과정을 파악할 수 없다는 겸연쩍은 변명입니다.」

그리고 영상이 끝났다. 노인이 일전에 언급한 부분, 일리온의 말 중 '직관'에 대한 부분들은 그게 다였다. 남자는 생각에 잠겼다. 노인이 보내준 자료들은 그러나 아직 많이 남아 있었다.

지금은 일리온이라 불리는 남자가 세상에 처음으로 모습을 드러낸 것은 10억 달러를 상회하는 복권 당첨금을 받기 위해서였다. 줄곧 금액이 이월된 데다가 당첨자가 한 명뿐이었기에 전 세계의 이목이 그에게 쏠렸다. 그는 "어쩌다가 그 번호를 골랐나?"라는 질문에 "고른 것은 한참 전이지만 당첨자가 한 명밖에 나오지 않을 때까지 기다렸다."라고 대답하며 논란을 불러일으켰다. 언론은 이 미스터리한 남자를 추적했으나 그가 일정한 거주지 없이 떠돈다는 사실 이상의 것을 밝힐 수 없었다.

세상의 모든 눈과 귀로도 과거의 그를 알아내는 데에는 실패했지만, 현재의 그를 알기에는 충분했다. 그리고 얼마 지나지 않아 남자의 소식을 주로 싣는 곳이 타블로이드에서 주류 언론의 1면으로 바뀌었다. 이윽고 학술지와 싱크탱크, 정계의 시선이 그를 좇아 움직였다. 끝내는 세상 모두가 그를 좇게 되었다. 남자는 결코 자신의 이름을 말하지 않았다. 이름이 있는지조차 알 수 없었다. 그래서 어느 날부터인가 사람들은 그를 일리온*이라고 불렀다.

---

* 트로이의 다른 이름

다른 점이라면 그는 세상에 드러나는 데 슐리만을 필요로 하지 않았다.

「여러분의 취향이 때때로 감당키 어려우리만치 허무맹랑하게 뻗어 나가는 것은 압니다.」

남자는 다른 '일리온의 말'을 보았다.

「그래서 여러분들은 별과 우주의 틈, 심해를 바라보며 다른 세계의 꿈을 꾸지요. 이질적인 문명과 그 규칙을 상상하는 것은 꽤 재미있는 취미인가 봅니다만, 그 가능성은 멀리 떨어져 있지 않습니다.」

일리온이 말을 이었다.

「유한은 근본적으로 무한을 품습니다. 우리는 모두 무한히 반복되는 배열의 일부입니다. 바로 옆에, 의심은커녕 특별히 의식할 수조차 없는 어딘가에 우리와 겹쳐진 다른 세계의 가능성이 있습니다.」

남자는 무미건조하게 말을 내뱉는 일리온을 대신하여 손가락을 꼽았다.

「먼저 빛보다 빠른 세계가 있지요. 이곳의 물질은 음의 질량을 띠기에 이곳과 전혀 상호작용하지 않습니다. 그래서 같은 시공간을 점유하면서도 어떤 충돌도 일으키지 않지요. 이러한 측면에서, 빛은 다른 세계를 막는 벽이자 동시에 그 입구가 됩니다.」

일리온이 말을 이었다.

「핵자화학의 세계도 있지요. 강한 열과 압력으로 인해 전자들이 내쫓긴 뒤 남은 원자핵들이 직접 관계를 맺는 곳. 오십만 배 빠르게 부흥하는 문명과 종족들을 상상할 수 있습니까?」

물론 되지 않았다.

「4차원에서 '뒤집힌' 물질로 이루어진 거울세계도 있지요. 2차원의 단면이 3차원 공간에서 뒤집히듯, 4차원으로 들어간 물질들은 이곳에서는 알 수 없는 방법으로 인해 '뒤집히게' 됩니다….」

얼마나 지났을까.

남자는 문 두드리는 소리를 듣고 고개를 뺐다. 반투명한 젖빛 유리 너머로 똑바로 선 사람의 실루엣이 보였다. 따로 사무실로 오도록 주문해둔 것은 없었다. 그러니 올 물건이라곤 한 가지뿐이었다.

"처음엔 안 계신 줄 알았습니다."

배달부에게서는 노인의 응접실에서 맡았던 향이 났다. 남자는 아무 말 없이 서류철을 받아들었다. 잘 접수했다고 사인을 해달라는 것이 아니라, 노인의 연구소에서 물건을 이리저리 검사한 내역서였다. 배달부의 어깨너머로는 핸드 카트에 담긴 격납관이 보였다.

"이게 다라고요?"

남자는 서류철을 까딱거렸다. 너무 가벼웠다. 요주의 물건에 대한 분석 결과를 낱낱이 담고 있는 문서라고 보기에는.

"저는 전달하라는 말만 받았습니다."

배달부는 카트를 끌고 들어왔다.

"자세한 것은 여쭤보시지요."

격납관을 끄르자 원통이 그 새까만 자태를 드러냈다. 다시 보더라도 여전히 종잡을 수 없는 물건이었다. 쓰임새는커녕 그저 공중전화 부스의 낯선 미술적 재구성 정도로밖에 보이지 않았지만, 일리온이 그런 조형물 따위를 만들며 죽기 직전의 시간들을 보냈을 것 같진 않았다. 남자는 물건을 바라보면서 그것의 문을 열 때 받았던 기묘한 감각을 다시금 곱씹었다. 현실보다는 꿈에 더 가까운 인간 뇌의 일부분이 꿈틀거리고 있었다. 그때, 그 안을 보면서.

"간섭회랑은 받았나?"

노인은 남자가 입을 열기도 전에 덧붙였다.

"그 물건의 이름일세."

"이렇게 빨리 검사가 끝날 줄은 몰랐는데요."

"난 알고 있었네."

노인은 나이에 맞지 않게 툴툴거렸다.

"밥값도 겨우 하는 얼간이들 같으니라고."

아니면 나이에 맞는 행동이라고 해야 할까.

"연구원들 말이, 장식품 같다더군. 말이 되나?"

되지 않는다고는 남자 또한 생각을 같이했지만, 그래봤자 무슨 근거가 있는 것도 아니지 않은가….

"안쪽 기둥에서는 조명이 나오지만 선탠 기구는 아님. 별도의 전원은 찾을 수 없음."

남자는 서류철을 뒤져 노인이 말한 부분을 찾았다.

"이까짓, 내벽 재질을 알아낸 게 그나마 성과라고 할 지경이야…."

우선 원통의 외부를 감싼 물질은 정체불명. 파괴하여 시료를 채취하지 않는 한 조사가 불가능했다. 뒤이어 시료 채취를 위해 동원된 절삭공구들이 얼마나 처참한 비가역적 변형의 과정을 겪었는지 구구절절 설명하는 부분이 이어졌다. 다른 방법에도 일절 반응을 보이지 않아 검사를 포기한다는 말을 끝으로 마침표가 찍혔다. 내벽에 한해서는 그나마 노인의 말마따나 진전이 있었다. 그것이 하얀색을 띠는 건 단순히 가시광선뿐만이 아니라 입사(入射)한 모든 복사선을 반사하는 까닭이었다.

남자는 자신이 그 안을 들여다보았을 때 느낀 아찔함을 납득했다. 빛, 단순히 일곱 빛깔 가시광선뿐이 아닌 초속 삼십만 킬로미터로 직진하는 전자기파 일체의 완전한 배척. 손실되지 않고 영영 물건의 내부를 맴도는 빛이 무한한 공간의 착각을 불러일으켰다. 반면 문짝 안쪽의 경우에는 그러한 물질이 도포되어 있지 않았다. 그렇기에 약간의 현기증만 이겨내고 금세 바깥으로 몸을 뺄 수 있던 것이다.

다만 보고서는 문에 남은 흔적을 볼 때 그 또한 원래는 내벽과 동일한 처리가 되어 있을 것이라고 추정했다. 또한 가장 최근에 손을 댄 흔적이 남아 있으므로, 작금의 외장재만 뜯어내면 언제든지 그 상태로 돌아갈 수 있다고도 적었다.

"분명 뭔가 목적이 있는 기계야."

노인의 그 말에 남자도 동의했지만 무작정 뭔가 해보기에는 너무 귀중한 물건이었다.

"이것의 이름이 간섭회랑이라고요?"

"그건 틀림없네."

남자는 그 말뜻을 곱씹었다.

"무엇에 간섭한다는 말입니까?"

노인이 한숨을 쉬었다. 남자는 그가 고갯짓하는 모습을 수화기 너머로 그릴 수 있었다. 이윽고 노인은 거기부터 조사를 시작해 보는 게 어떠냐는 둥 이런저런 가벼운 말을 늘어놓았다. 그러나 일리온은 죽고 없고, 살아 있을 적에도 누군가를 위해 친절하게 매뉴얼을 편찬하는 사람도 아니었다.

이 물건은 중요할 것이다. 왜냐하면 최후의 순간까지 붙잡고 있었으니까―흠잡을 곳 없는 논리였다. 평범한 사람과 사람 사이의 일이라면. 그러나 일리온의 머릿속이 그런 대전제마저 박살 낼 만큼 현학적이고 악의적으로 뒤틀린 모양을 하고 있었다면? 뭐든지 우스갯거리로 만들고 짓밟기 일쑤였던 그가 의도적으로 남긴 아무짝에도 쓸모없는 쓰레기가 그 물건의 정체라면?

* * *

일리온이 고개를 들었다.

그의 몸은 그 스스로의 생체공학 지식의 각축장이나 다름없었다. 혼자서 발명한 뒤 누구에게도 나누지 않아 아직 이름조차 붙지 않은 온갖 기상천외한 경이들이 그의 사지에 총망라되어 있었다. 그는 단순히 힘이 세고 지치지 않는 신체에 집착하지 않았다. 그는 인간 정신의 선천적인 한계를 경멸했다.

불쑥불쑥 튀어나오는 잡념, 무심결에 흘려버린 습관, 의식적인 집중이 불러오는 너무나도 좁은 인지 범위와 같은 것들을 그는 낱낱이 해체하여 원하는 만큼의 편집을 가하여 봉했다. 그는 머릿속으로 스물 네 가지의 각기 다른 주제를 놓고 골몰하면서 현실의 어떤 역할수행이라도 해치울 수 있었다. 그런 그가 지금 안간힘을 다하여 달성하고자 몸부림치는 단 한 가지 목표란 사람이 들어갈 만한 크기의 원통을 만드는 일이었다. 그 물건은 머지않아 간섭회랑이라는 이름을 갖게 될 것이었다.

발소리는 건반을 누르듯 가벼웠다. 일리온이 고개를 돌렸다.

서브루틴 안드로이드들은 그의 자의식 일부를 탑재하고 있었다. 그들과 이야기하다 보면 얕고 더러운 흙탕물에 얼굴을 비춰보려는 기분이 들었다. 그는 남는 시간을 들여 수백 개의 아주 정교한 게임을 고안했지만, 개중 서브루틴 안드로이드들의 패배가 수학적으로 증명되지 않은 것이 없었다. 안드로이드들은 그가 직접 합성한 무언가를 건넸다. 일리온은 그것을 낚아채 몸에 부었다.

그는 나고부터 겪은 모든 순간을 빠짐없이 기억했다. 그런 그에게도 이번은 특별했다. 그는 3,000시간 동안 잠들지 않았던 이전의 기록을 막 뛰어넘은 참이었다. 그가 받아들인 액은 개별 세포의 생체시계까지 재조립하여 수면의 필요성을 배제하는 화학물질이었다. 세상에 알려진 소위 말하는 그의 '업적'과는 달리, 인간과 호환되지 않는 생리·화학계를 가진 본인만을 위해 만들어진 물건이었다.

그의 귀가 방송 전파를 잡아냈다. 시각 중추가 신호를 받아 영상을 재구성했다. 내용은 세상의 나머지가 으레 그렇듯 중요하지 않았다. 중요한 것은 누군가 또 남들이 그의 이름이라고 생각하는 것을 입에 담고 있다는 사실이었다. 사람들은 일리온이라는 말을 입에 담으며 때로는 역겨우리만치 낙천적으로 굴었다. 때로는 그 반대로 밑도 끝도 없이 비관적으로 굴었다. 그는 구원자이자 파괴자였고 천사이자 악마였다. 어느 것도 맞지 않았다.

그는 감각을 마비시킨 뒤 팔다리의 관성기억에 의존하여 다시 작업에 들어갔다. 그러나 잡음은 멎지 않았다. 그는 방송의 뒷부분을 이미 알았다. 그것을 본 사람들의 반응도 이미 알았다. 언제나 내용은 비슷했다. 모두가 그를 바라보았지만 아무도 그를 알지 못했다. 모두가 그를 입에 올렸지만 아무도 그를 들을 수 없었다. 그는 눈을 가린 장님, 귀먹은 가수의 세계에 살고 있었다.

* * *

남자는 간섭회랑으로 고개를 돌렸다. 매끈한 원통은 겉보기에 는 작동하지 않는 것과 다를 게 없었다. 가까이 다가가 슬릿에 얼 굴을 붙였다. 내부의 섬광들이 조금 더 흐린 빛을 띠었다. 그것들 은 유일하게 완전반사재질이 아닌 문짝에 부딪혀 흡수되기 전까 지 유령처럼 원통 속을 떠돌았다.

문을 열고 조명을 쏘아내는 기둥을 제어해 보기까지, 그것을 구체적으로 어떻게 '켜고' '끄는' 지 알아내기까지는 적잖은 시간이 걸렸다. 분명 인간의 손길을 상정한 인터페이스가 있었지만 그것 이 스위치나 버튼, 레버같이 알기 쉬운 물건은 아니었다. 손을 그 근처에 갖다댄 후 이리저리 움직이다 보면, 일리온 본인이 보기 에는 포복절도하도록 우스웠을 그런 절차를 거쳐 기둥이 내뿜는 조명의 세기를 조절할 수 있었다. 남자는 일리온이 그 알 수 없는 트리거에 어떤 이름을 붙였을지 궁금했다.

남자는 문을 여닫을 때마다 이루 말할 수 없는… 그러면서도 익숙한 기분에 사로잡혔다. 먼젓번 노인의 응접실에서보다 강해 지고 있었다. 대체 뭐가? 느낌과 충동, 생각과 영감, 인상과 감 정. 형이상의 야수들에게 던져진 형이하적 기호들의 하잘것없는 몸부림. 간섭회랑이라면, 어디에 간섭한단 말인가? 노인에게 던 졌던 말이지만 그는 자신이 그 질문을 생각해냈다고 확신할 수 없었다. 그때 마야 문자를 담은 포스트잇이 눈에 들어왔다. 철저 히 검사한 뒤 마찬가지로 철저히 원상태로 돌려놓은 모양이었다.

"귀하신 몸이니까, 그렇게 해야지…."

남자는 포스트잇을 뗐다. 해도 좋은 짓인지 알 수 없었다. 그 상태로 기둥의 빛을 조절하려 손을 뻗었다. 그러다가 도중에 멈췄다. 포스트잇이 있던 곳을 보자 초점이 맞지 않았다. 그는 눈을 비볐다. 그러다가 다시 손을 뻗었다. 문을 문질렀다. 쑥, 쑥. 얇은 판재가 밀려나는 것이 느껴졌다. 연결은 약했다. 아주 약했다. 처음부터 그런 손길을 의도한 것처럼. 남자는 부끄러운 짓을 하는 것처럼 주변을 둘러봤다. 그리고 다시 힘을 주었다. 손끝이 쑥 들어가며 판의 일부가 계란껍데기처럼 후두둑 떨어졌다.

보고서에서 말한 대로 그 뒤편에는 나머지 내벽과 동일한 처리가 되어 있었다. 모든 것을 튕겨내는 하얀빛. 남자는 깨진 부분에 손톱을 걸고 당겼다. 조금만 힘을 주면 외장재를 통째로 들어낼 수 있을 것 같았다.

「빛이란 파동입니다. 그러면서도 입자이지요. 나보다 먼저 태어났다는 이유로 교과서에 이름을 올린 몇은 이걸 빛의 이중성이라고 명명했습니다.」

또 다른 '일리온의 말'이었다.

「빛은 곧 세계입니다. 파동과 입자로 이 우주는 되어 있으며 마찬가지로 파동과 입자로 관측됩니다. 빛으로 된 세상을 빛으로 여러분은 감각합니다. 전자기파로서의 빛과 광양자로서의 빛이 독립된 속성을 품을지언정 이 우주는 그 가능성의 충돌을 조금도 모순적으로 받아들이지 않습니다. 그것을 정제한다면, 우회한다면?」

일리온은 그 자리의 많은 사람들이, 아니 살아있고 한때 살아있었을 많은 사람들이 자신의 말을 전혀 못 알아듣는다는 것을 전혀 모르는 것처럼 굴었다. 그것을 믿고 싶지 않다는 것처럼 굴었다.

「각각의 고유한 속성을, 빛이라는 분류 체계 안의 수도 없이 많은 가능성을 다른 세계의 것으로 분리할 수만 있다면….」

남자는 다른 부분으로 초점을 옮겼다.

「…내가 여러분에게 말을 거는 것처럼 보입니까? 여러분은 무정란에 대고 말을 거나요? 그렇게 하면 냉장고 속이 샛노란 병아리로 가득 찰 것으로 믿습니까? 나라고 크게 다르지 않습니다.」

일리온이 말했다.

「나는 별과 달을 봅니다. 내가 태어나기도 전부터 거기 있었으므로 나는 그것들을 부정할 수 없습니다. 여러분을 보는 것은 그와 같습니다. 나는 그런 여러분을 봅니다. 이곳에서 내가 마음 둘 곳은 없습니다. 내가 찾는 것은, 적어도 이 세계에는 없습니다….」

다른 세계, 빛, 입구, 일리온이 바라보는 세상이 머릿속을 떠났다. 일리온이 원한 것은 무엇인가. 빛의 각각의 가능성이 분리되어 외따로 존재하는 순간 벌어지는 일은 어떤 것인가. 일리온의 유품은 무엇에 간섭하기 위해 만들어졌나. 남자의 시선이 간섭회랑으로 향했다. 어설프게 뜯긴 채 방치된 검은 판이 눈에 들어왔다. 그것이 있는 한 간섭회랑이란 불완전한 감옥이었다. 기둥에서 나오는 빛은 조금도 손실되지 않은 채로 무한히 반사되어야 했다. 끊임없이 중첩되어 그 스스로의 가능성을 이기지 못하고 무너져 내려야 했다. 낱낱의 경계를 각기 끌어안은 채 분리되어야 했다. 그것이 일리온의 의도였다.

남자는 몸을 일으켰다.

* * *

일리온이라 불리는 그가 자리를 털고 일어났다. 그의 앞에서는 간섭회랑의 기둥이 빛을 냈다. 제 주인의 신경계가 흥분 상태에 접어든 것을 감지한 서브루틴 안드로이드들이 종교의식이라도 치르듯 도열했다. 그는 신경 쓰지 않았다. 그는 아직도 들려오는 잡음도, 그를 일리온이라고 부르는 멍청한 세상도 모두 잊었다. 천사도 악마도, 일리온이라는 우스꽝스러운 이름도 아닌 한 명의 개인으로, 주변의 누구로부터도 이해받지 못한 그가 문을 열었다.

* * *

남자는 얇은 판을 전부 뜯어냈다. 그리고 안으로 들어가 문을 닫았다. 요철이 꼭 맞물리며 이음매가 보이지 않게 되었다. 남자는 기둥과 자신이 어떻게 같은 곳에 걸리지 않고 있을 수 있는지 이해할 수 없었다. 기둥의 양옆으로 조금씩 다른 풍경이 펼쳐져 있는 듯한 위화감도 마음에 들지 않았다. 일리온은 이해했을 것이다. 일리온은 마음에 들었을 것이다. 일리온이 그리 되게 만든 것이었다.

빛은 점점 더 강해졌다. 남자는 얼굴을 쥐어짜듯 일그러뜨렸다. 무한히 중첩된 빛은 그러나 눈꺼풀을 아무렇지도 않게 열어젖히고 들어왔다. 눈알 뒤편이 타들어가는 것처럼 아팠다. 일리온의 기계에서는 점점 높아지거나 낮아지는 소리, 모터가 웅웅대는 소음 따위가 나지 않았다. 그래서 시간을 잴 유일한 척도라고는 스스로의 몸뿐이었다. 참을 만큼 참은 뒤에는 그래서 그만둘 수밖에 없었다.

더 이상 버티지 못한 남자가 팔을 뻗었다. 역시 멍청한 짓이었다. 문을 열어야겠다고 생각했다. 그런데 손끝에 아무것도 걸리는 게 없었다. 그는 어리둥절한 채로 팔을 휘둘렀다. 팔꿈치가 똑바른 수평계의 모양으로 뻗어나가고 관절액 속 방울이 조그만 '펑' 소리를 내며 터지도록 그러나 손끝에는 아무것도 와 닿지 않았다. 그는 허공을 더듬고 있었다. 호기심이 고통을, 두려움을 압도했다.

눈을 뜨자 남자는 사무실에 돌아와 있었다.

머릿속이 버벅거렸다. 그는 등 뒤로 손을 넣었다. 없었다. 기둥도 없고 희디흰 벽면도 없었다. 자신은 천치처럼 멍하니 서 있었다. 내친김에 발차기까지 내질렀지만 사무실 한가운데서 로우킥을 갈기는 이상한 사람이 되었을 뿐이었다. 모든 것이 그대로였다. 평소대로의 사무실이었다. 그렇게 생각하던 참이었다. 아무런 전조도 없이 다시 간섭회랑 안이었다.

그는 화들짝 놀라 발을 뗐다. 그러자 그물이 찢어지듯 무언가가 와르르 쏟아졌다. 반사적으로 팔을 들어 방어 자세를 취했지만 쏟아진 것은 손으로 막을 수 없는 것들이었다.

눈으로 보거나 혀로 맛볼 수 없는, 그물망처럼 촘촘히 연결된 전기신호들의 집합이자 그렇게 스스로를 자각하는 집합된 전기신호들 전체가 매달려야만 감히 소화할 수 있는 그런 생각이자 인식이자 정보들이었다. 생경한 현실들의 감각이 물밀듯 남자를 덮쳤다. 빽빽하게 얽매인 수많은 세계가 그를 두고 다툼이라도 벌이듯 쇄도했다. '나'들은 모든 곳에서 모든 것을 하고 있었다.

그와 똑같은 옷을 입고 똑같은 사무실에 앉은 그가 있었다. 잠을 자는 그가 있었고 밥을 먹는 그가 있었다. 수영을 하거나 TV를 보거나 책을 읽거나 배드민턴을 치거나 달력을 보거나 건물을 짓거나 서류를 작성하거나 샤워를 하거나 손톱을 깎거나 쇼핑을 하거나 글을 쓰거나 바람을 쐬거나 거리를 걷거나 영화를 보거나 누군가와 이야기를 나누는 그가 있었다. 피부색이 다르거나 키가 약간 작은 그가 있었다. 팔다리가 한두 개 더 달려 있거나 인간에서 완전히 벗어난 형태를 한 그가 있었다. 그와 비슷한 세계의 그가 있는가 하면 전혀 이해할 수 없는 법칙에 따라 생활하는 그가 있었다. 무한한 변수와 그에 따라 갈라져 나간 무한한 그가 있었다. 그라는 존재가 될 수 있었던 모든 가능성과 그를 품은 각각의 세계에 그가 있었다. 그는 하나하나의 세계와 그 시시콜콜한 씨줄과 날줄까지 동시에 감각했다.

평생 한 사람의 몸에서만 살아온 그의 섬약한 정신이 비명을 질렀다. 종이컵에 댐의 물을 단숨에 쏟아 붓고도 무사할 수는 없었다. 전신의 신경과 핏줄을 따라 끈끈한 불덩이 같은 고통이 내달렸다. 남자는 몸부림치며 무너졌다. 무척추동물이 복족을 뻗듯 허위허위 팔과 다리를 던지고 붙잡았다. 몸을 질질 끌었다. 그렇게 간신히 기계를 빠져나왔다. 자신이 소리를 지르고 있다는 사실을 깨달은 것은 그 뒤였다.

✳

노인은 실망한 기색을 감추지 못했다. 한동안 여송연 향기가 둘 사이의 적막을 메웠다. 그리고 남자는 노인이 뭔가를 더 캐묻지 못하도록 재빨리 응접실을 떠났다.

그렇게 지금의 그는 거리를 걷고 있었다.

무언가에 쫓기듯 목깃에 고개를 처박고, 발자국도 남지 않을 만큼 성급하게 내달리고 있었다. 남자가 걸음을 멈추었다. 핏발선 눈이 희번덕거렸다. 그는 잽싸게 제 몸을 훑었다. 숨이 거칠었다. 그는 몸을 앞뒤로 흔들었다. 팔을 휘둘렀다. 이전엔 느낀 적 없는 무언가를 느낄까 두려웠다.

움푹 파인 도로변에는 빗물이 고여 있었다. 그는 물속의 얼굴과 인사를 나누었다. 틀림없는 자기 자신이었다. 그렇지만 그걸 어떻게 알 수 있나? 간섭회랑에서의 기억이 머릿속 얇은 창살을 비틀고 쏟아져 나왔다. 구역질이 났다. 자살한 것도 이상한 일이 아니었다. 자신은 물론이고 일리온, 아니 그 누구라도 버틸 수 없는 충격이었을 테니.

그때 바로 코앞에서 벨이 쥐어짜이듯 울렸다. 남자가 재빨리 몸을 펴자 속도를 줄일 생각은 전혀 없는 자전거가 쌩하니 지나갔다. 바퀴의 궤적이 웅덩이를 보기 좋게 양분했다. 물살이 일며 안 그래도 흐린 물이 더 더러워졌다. 그는 다시 고개를 숙였다. 한번 놓쳤다 붙잡으니, 반사된 그의 얼굴은 더욱 확신이 없어 보였다. 그때 불현듯 무언가 떠올랐다. 남자는 역겨움을 참고 간섭회랑이 그에게 보여준 광경을 천천히 되새김질했다. 지금 있는 곳이 원래의 고유한, 나만의 세상임을 보증할 방법이 떠올랐다.

희미한 미소가 입가에 떠올랐다. 없었다. 분명 없었다. 간섭회랑에서 본 수많은 그 중 일리온의 죽음을 조사하는 자신은 어디에도 없었다. 별과 은하가 구슬처럼 작은가 하면 높이가 없는 차원과 길이가 흐르고 넓이가 내리는 온갖 괴상한 세상과 그곳에서의 삶의 단면을 맛보았지만 그중 일리온의 죽음이 일어난 것은 오직 이곳 하나뿐이었다.

마음의 짐을 던 남자는 물속의 자신에게 밝게 웃곤 걸음을 옮겼다. 힘차게 땅을 박찬 신발은 그러나 머지않아 제자리로 돌아왔다. 멈춰 선 그는 여전히 석연찮다는 듯 혀를 찼다. 이곳이 원래의 현실이라는 것은 알았지만, 도리어 더 큰 의문이 생겨났다. 모든 세계의 모든 가능성을 통틀어 자신과 일리온과의 연결고리가 있는 것은 지금 이곳뿐이라는 사실이었다.

그건 다른 세계의 일리온이 아직 죽지 않았기 때문일까? 아니면….

* * *

그의 기계는 언제나 완벽하게 작동했다. 그렇기에 알 수 있었다. 실패한 것은 그가 아니었다. 그의 기계도 물론 아니었다. 간섭 회랑의 빛을 뚫고 그의 눈앞에 나타난 것은 없었다. 오류나 부족이 아닌 근본적인 無. 존재할 수 없는 세계의 가능성을 불러온 간섭회랑의 설정값이었다. 그는 위도 아래도, 어떤 위치도 방향도 운동도 없는 공백을 떠돌았다. 그곳에는 뚜렷한 끝도 새로운 시작도 없었다. 마찬가지로 그는 어디에도 없었으나 꼭 하나의 세계에만 있었다. 그 세계에서는 그를 일리온이라고 불렀다.

〈끝〉

작가의 말

같은 것을 두고도 할 수 있는 다른 이야기들이 있을 것이고, 다른 것을 두고도 할 수 있는 같은 이야기들이 있을 것입니다. SF는 그 모두가 동시에 진행되는 장르인 것 같습니다. 별천지의 배경과 전제 속에서도 여전히 우리의 심금을 울리는 무언가가 나오기도 하고, 반면 우리에게 지극히 익숙한 배경 속에서도 전혀 예상할 수 없는 곳으로 발돋움하는 무언가도 있으니까요. 꼭 SF만 그런 것은 아니겠지만 그럴싸해 보이는 말이 다 그렇지요.

〈이 세계 귀환담〉

18년 여름의 글입니다. 도움을 준 단어는 실피움, '1945년종전의규정에의한학교졸업자자격인정령'입니다. 평범하지 않은 단어들로 생각을 굴리다 보면 소재를 구하기 쉬울 때가 있습니다. 평범하지 않은 순간이나 그런 뉘앙스를 포착하면 글로 다듬기 쉬워지니까요. 물론 정말 평범하지 않은 장인이라면 평범한 단어들만으로도 평범하지 않은 이야기들을 평범하게 떠올릴 수 있는 평범하지 않은 경지에 올라야 합니다. 그러면서도 평범한 것이란 무엇인가에 대한 기준을 평범하게 유지해야만 평범하지 않은 것이 얼마나 평범하지 않은지 알 수 있습니다.

〈2집〉

21년 여름의 글입니다. 도움을 준 단어는 다소곳이, 덕목, 서슬, '카피약'입니다. 제네릭이라고도 부르는 카피약은 개발된 약의 특허가 만료되어 다른 회사에서 동일한 성분으로 출시된 약을 뜻합니다. 글을 쓸 때는 없던 여러 종류의 생성형 AI들은 만들어진(Artificial) 지성의 머리글자가 될 수도 있고 반대로 혐오스러운(Abominable) 지성의 줄임말이 될 수도 있습니다. 진정한 생각이 무엇인지, 그런 게 있기나 한 건지에 대한 질문과 그에 항변하는 대답의 양은 언제나 불균형한 모양새를 유지하게 될지도 모릅니다.

〈미완의 삶〉

17년 여름의 글입니다. 도움을 준 사진은 진창에 빠진 차를 밀고 있는 사람들과 연구에 매진하고 있는 과학자들입니다. 사진은 엄청나게 못 찍거나 잘 찍지 않은 이상 웬만하면 그 안에 이미 자세하게 이런저런 것이 규정된 상황을 담고 있습니다. 그래서 거기에서 출발한 생각들은 글이 되기보다는 팔다리가 얽매인 채의 짧은 발상에서 그칩니다. 무언가를 연구하는 과학자가 아니라 그들이 연구하는 무언가의 시선에서, 특히 그 무언가가 원래는 시선을 가질 수도 없는 무생물이었을 때의 상황으로 억지로 탈출을 시도해볼 수 있겠습니다.

〈부분점수〉

21년 여름의 글입니다. 편안하고 익숙해진 일을 하다가 자기도 모르게, 혹은 외인이 뒤섞여 저질러진 아주 작은 실수에도 그야말로 '삔또'가 나가버려 될 대로 되라고 손을 놓아버리는 사람들이 있습니다. 분명 자신이 잘하는 것이고 계속 물 흐르듯 그렇게 되어야 하는데 단 한 번의 실수라도 저지르는 순간 그때까지의 자신의 역량과 노력 전체가 부정당하는 기분이 되어서 그렇습니다. 부분점수라도 챙겨야겠습니다.

〈식후경〉

20년 겨울의 글입니다. 도움을 준 단어는 저녁달, 옥수수, 수호지입니다. 그 밖에도 북미 식품기업 팝시클 사의 90년대 '팝시클 존' 선전들도 도움이 되었습니다. 사실 하나의 글에 '도움이 된' 것들을 이것저것 열거하기 시작하면 글과 같거나 더 긴 분량의 무언가가 만들어질 것 같습니다. 뭔가가 되거나 되지 않을, 뭔가를 하거나 하지 말아야 하는 이유들도 그와 마찬가지로 찾거나 만들고자 하면 얼마든지 있을 것 같습니다. 그럴 때 필요한 것이야말로 다양한 관점과 견해를 두루 살핀 뒤 어느 것 하나 소홀히 하지 않고 자신만의 고유한 가치관으로 녹여낼 수 있는 생각의 힘이겠습니다.

〈유한무한〉

19년 가을의 글입니다. 도움을 준 단어는 초장, 선봉대, 폴터가이스트입니다. 초장은 어디로 사라진 걸까요? 혹시 회를 찍어 먹는 초고추장이 아니라 일의 첫머리라는 뜻으로 해석해야 하나요? 글에서 미각만큼이나 홀대받는 감각도 드뭅니다. 대접받기로는 시각이 으뜸이고(푸르른 하늘을 배경으로…) 그다음이 청각이고(아이들의 환호성이 들려왔다…) 이따금 후각과 촉각이 조망 받는 한이 있더라도, 미각은 아예 화려한 묘사를 대동한 채 글의 중심이 되거나 서술 내내 전혀 언급되지 않거나 둘 중 하나입니다. 오감을 두루 자극할 수 있는, 그래서 실상은 종이에 쓰인 평면의 텍스트에 불과할지언정 읽는 이의 상상력을 최고의 경지로 끌어 올릴 수 있는 그런 글이 가장 좋겠습니다.

〈밀실진담〉

20년 겨울의 글입니다. 도움을 준 단어는 분신자살, 옷걸이, 뺑소니입니다. 여섯 개의 무언가들은 의도한 부분과 의도하지 않은 부분이 뒤섞여 전부 어딘가에서 본뜬 모양이 되었습니다. 단 하나만으로도 작품의 시작과 보통은 끝을 장식하는 무시무시한 것들을 여럿 모아놓고, 반대로 우스꽝스러울 정도로 께느른한 분위기에 담가 휘저으면 뭐가 나올지 궁금할 수도 있습니다.

〈작은 발걸음〉

20년 여름의 글입니다. 도움을 준 단어는 세일러복, 스포트라이트, 폭동입니다. 어리둥절해지는 조합인데다가 글과 관련도 없어 보입니다. 가끔은 침묵이 되라고 괴어 둔 단어들을 벗어나 전혀 엉뚱한 모양과 방향으로의 글이 완성되곤 합니다. 우선순위를 잊지 않는 것이 중요하겠습니다. 하나의 글을 창안하는 것이 물론 주어진 단어들을 고분고분 따르는 것보다 중요한 일인 것 같습니다. 규칙을 깨지 않도록 노력해야 하지만, 이미 깨진 것을 두고 스스로를 혹독하게 담금질하기보다는 좋은 게 좋은 거지~ 라며 넘어가는 자세도 나쁘지 않겠습니다. 고백하자면 진짜 도움이 된 것은 〈갓 오브 워〉(2018)에 등장하는 일련의 발키리들입니다.

〈확률론적 외톨이 모형〉

17년 겨울의 글입니다. 도움을 준 단어는 기둥, 거울입니다. 제목의 원안이 된 어떤 과학 용어가 있었지만 지금 다시 찾을 수가 없는 것 같습니다. 어쩌면 처음부터 그런 용어는 없었을 수도 있습니다. 어쩌면 기억하는 것과 전혀 다른 모양을 하고 있을 수도 있습니다. 무엇도 확정할 수 없는 공백이란 실은 아무것도 없는 곳이 아니라 무엇이든 될 수 있고 할 수 있는 희망의 장소일지 모릅니다. 이런 식의 얄팍한 문장만은 그러나 그 안에 없었으면 좋겠다고 생각하는 게 이상한 일은 아닌 것 같습니다.

이신주

확률론적 외톨이 모형

초판 1쇄 발행   2024년 5월 10일

지은이   이신주
펴낸이   박은주
디자인   김선예, 이수정
마케팅   박동준

발행처   (주) 아작
등록   2015년 9월 9일 (제2023-000057호)
주소   07236 서울특별시 영등포구 의사당대로 38 102동 1309호
전화   02.324.3945-6   **팩스**   02.324.3947
이메일   arzaklivres@gmail.com
홈페이지   www.arzak.co.kr

ISBN   979-11-6668-754-9 04810
         979-11-6668-736-5 04810 (세트)